written by 原晓 / Illustrated by 九千坊

知音动漫图书·新阅坊
ZHI YIN COMIC BOOK 以梦想之名 点燃阅读

季小姐,你就当睡一个好觉,做一个长梦,终会醒来!

——原晓

INTRODUCTION 序

一个文艺作家的自我修养

我和原晓已经是编辑部公认的 CP 了，我所有的新书写序言的人都是她，而她的书也都是我写序言，雷打不动，已成惯例。

这一次也不例外。原晓几乎掐着我的脖子让我快点写序言，不然耽误她的编辑排版出片。我不禁想起第一次见到她的时候，她羞涩地抬起头，用一张漂亮得酷似石原里美的脸蛋对我巧笑倩兮，脸颊红得快要滴出血来，说话也腼腆得像是要把词句吞进肚里一样。

过往种种皆在眼前，却宛若隔世，哪里能想到现在的她已经快和责编一样，化身为催稿女王。

时光荏苒，想想岁月又这样过去了，原晓的《时间海》居然也已经出到了第三部，而她刚开始筹划这个系列的模样似乎还在昨天。想到这里，我心里充满了对时光的敬畏。

时光啊，把温柔可爱的原晓还给我好吗？

好了，话题回到《时间海》，其实一直以来，我都觉得《时间海》是原晓的一

部转型作品。

在这部作品之前,原晓写的小说就像是一首诗歌。她十分注重文笔,讲究语言的优美,读起来的时候就像是刚刚烤完的苹果派,芬芳的果味和面包的香气沁人心脾。

用别人的话说,就是文字充满了优美的翻译腔。

这或许和她的经历有关。她是英语硕士,才华横溢,之前经常从事翻译工作。最可怕的是,她还会日语、国际语等好几种语言,拥有常人难以企及的语言天赋。

所以她的文章即使涉及其他国家的背景,她也能将场景描述得自然而充满魅力,仿佛她自己就身在那个国家一般。

有许多时候,我都因为她美好的语感而忘却了内容,只顾着一直向下看去,囫囵吞枣,连情节都忽略了。

原晓的笔法越来越熟稔的时候,她开始了《时间海》的创作。当看到第一篇稿子的时候,我觉得十分惊讶,因为我觉得原晓有了巨大的转变。

她不再追求甜美馥郁的笔调,而是选择更加平白直述的方法去讲故事。换言之,她用了更容易让大家接受的写法,放弃了她更为擅长的文风。

我喜欢她笔下的易月生,其实我总是很容易喜欢原晓笔下的男二号。她这个人

问题很大,总是喜欢把每个角色都塑造得又饱满又鲜活,恶意满满地让人对着配角们心向往之难以自拔后又狠心弃之不顾,就是我们俗称的"后妈"。

但即使这样,我还是忍不住看下去,因为我最喜欢的,还是她文里悠远绵长的文艺气息。每次读她的小说,我都觉得她仿佛是一个陌生的人。她就和文中的季萱一样,穿着精致而华美的旗袍,摇着点缀了羽毛的绢丝扇,遮住自己的嘴,用曲调的方式,讲述着一个又一个不为人所知的秘辛故事。

给大家爆一个料,虽然在我不懈的努力下,大家已经知道了现实里的原晓脸蛋虽甜美,内里却是一个快乐的小逗比。

但事实上,一到写文的时候,她就会像是被"写作神"附了身。

今年秋日,我和她一起去海南游玩,但又一次遭遇了台风。我们两个被困在酒店动弹不得。望着窗外十几级能把椰树吹得东倒西歪的台风,当我百般焦虑开始考虑会不会被饿死在酒店,会不会有直升机来救援的时候,原晓却对着笔记本噼里啪啦地码着字,嘴角还始终向上扬起,露出诡异的笑容。

我对她抱怨自己好饿,又说即使是泡面也好,还去摇了摇她的椅子,她都不为所动,双手仿佛黏在了键盘上,始终上下翻飞着,右下角的字数不断向上飙升。直到我放弃了,跑回床上决定一睡了之的时候,她才施施然转过身,眨着一双无辜的大眼睛问我:"你刚才有和我说话吗?我写得太入神了。我跟你说,这段剧情我想写很久了……"

所以,《时间海》真真是原晓倾注了全部心血在其中的作品,多少个抓耳挠腮

  殚精竭虑的夜晚,她因为一个情节而久久不能入睡,又因为一个转折喝下了一杯又一杯的咖啡。或许没有人和我一样,看到《时间海》的时候会有一种迷之自豪感。

  看,多棒,这是我的挚友,也是我此生的灵魂伴侣。我们以笔为武器,以纸做媒介,因为文字而相识,往后也将继续为文字而痴狂。

  过去的承诺相信我们都不会忘却,她会一直写下去的,为大家写出更多精彩的作品。

  所以,请好好欣赏吧,来自一个叫作原晓的文艺作家的自我修养。

By 奇露亚
2016年12月19日

CONTENTS 目录

Introduction 序	002
第一章 · Chapter One 旧歌谣	001
第二章 · Chapter Two 魔术师	027
第三章 · Chapter Three 女先生	051
第四章 · Chapter Four 木兰辞	071
第五章 · Chapter Five 天云浩	091
第六章 · Chapter Six 连理枝	113

第七章 · Chapter Seven	第八章 · Chapter Eight	第九章 · Chapter Nine	第十章 · Chapter Ten	第十一章 · Chapter Eleven	第十二章 · Chapter Twelve	番外 · Extra episode	Postscript

祝东风	中国船	刀断水	守陈规	朝露苦	弑神录	如梦令	后记
135	155	175	197	215	235	265	270

旧歌谣

第一章・Chapter One

一

  我不知道自己沉睡了多久。

  这种感觉甚至不能被称为"沉睡"。

  通常当一个人离开这个世界时,我们说他永远地沉睡了。可是没有人能站出来说明,这种"沉睡"到底是什么感觉。因为但凡真正感受过它的人,都再也无法开口了。

  我只觉得自己沿着一条白色的大道不断地往前走。这条路陌生而庄严,弥漫着冰凉刺目的白光,走在其中如同置身浓雾,几乎不能辨别方向。我想起自己曾经在一场梦里走过的那条类似的道路,只是那条路两边风景不一样,并且远比这一条残酷。

  没有人和我同路,我想这段旅程注定是孤独的。

  走到一半时,我开始想念母亲。母亲在人生的最后踏上这段旅程时,心中有何感想?她是否怀念过自己竭尽全力拯救的人世?是否怀念过父亲和江南那座长满荒草的院子……以及我?我渴望她在身边,仿佛只要再次听到她的声音,心里就会重新充满

第一章
旧歌谣

力量。然后我开始想谢青，想我养桃花的小院子和没看完的小说。谢青会一个人回到那里吗？他会像以前那样用鸡毛掸子掸去绿纱窗上的灰尘，然后在八仙桌上泡一壶茶吗？只是我再也无法看到了，我甚至看不到窗前桃花再次盛开的样子。我想起了易月生和他的猫，想起黎家铭欠我的演出费。

我渐渐明白，自己怀念的是整个人间。

直到最后，我才想起果实，愤愤不平，埋怨那个天字第一号蠢货，没事选我做容器干什么。我还有好多路没走过，好多舞曲没有跳过，好多人来不及相遇。

然后光芒深处，忽然有人开口："你以为我想住你那儿啊？谁叫令堂把我镶在门把手上！"

光芒如雾气一样散开，我终于看清了前面的景色。路旁有一座白色的房子，白色的门虚掩着。果实的声音从门内传出来，还特地拔高了音调，十分不满意。

我推门走进去，看见一张棋盘。

果实穿着一件人类的青布长衫，像个普通的少年，端坐在棋盘前，对我说："这条路太长了，我觉得你会很闷，特地中途来探望。死的感觉怎么样？"

"挺无聊的。"我说，"为什么这条路和我以前走过的那条不一样？"

"哦，黄泉路有很多条，虽然终点都是死亡，然而沿途风景不一样。"他说，"下棋吗？"

于是我在棋盘对面坐下来，拿起一枚黑子。

果实的声音忽然低了下去："季萱，其实我是来送你最后一程的。等你走到神树面前，我们就要永远地分开了。我们来下最后一盘棋吧。"

二

那是1945年1月，春天尚未到来，战争还在继续。米卡站在阳台上，俯视柏林郊区冬天冰封的湖面和湖边的枯叶，觉得自己的心也和这鬼天气一样冷。

马克西的车已经驶进来了，沿着湖边的小路愈来愈近，最终停在了别墅前。司机拉开车门，他从车上跳下来，脱下厚重的大衣搭在肩膀上，迈着大步走上门口的台阶，上台阶时特地抬头向上望了一眼。

米卡正在进行每日的声乐练习，低头对上一道寒冷的目光，喉头一松，顿时发不出声音。他转身想走，但是马克西转眼已经上了二楼，把他堵在阳台门口。

"明晚有场私人音乐会，希望你务必到场。这是你要演唱的歌单。"

"我不想唱《德意志的荣誉》，"米卡低头看了一眼歌单，摇头，"没有兴趣。"

后脑撞在门上，米卡痛得说不出话来。马克西强有力的身体将他抵在墙上，拽着他的领子，声音低沉而危险："我是你的赞助人。想想，米卡，谁帮你还清的那一屁股债？如果不是我，你现在还烂在贫民窟里，跟那群乞丐待在一起。想想是谁冬天给你衣服穿，夏天给你冰水喝，谁在战火与飞机的轰炸中保证你的面包和红酒？大人物们都在等你，你必须去。"

不，他不想要这个人的面包，他不想参加那些无聊的演唱会。他知道面前这个男人以及他的权势如同落日的余晖，只剩下半刻钟的辉煌。在那之后，他们将一起坠入黑暗，可是他别无选择，他必须去。

马克西一直看着他的眼睛，直到里面反抗的意志逐渐消失，然后微微一笑，似乎心情突然变得很好，张开手臂拥抱他，仿佛刚才的威胁只是一个无伤大雅的玩笑："某位上将指定要听你唱歌，亲爱的，你必须去。去让那些乡巴佬们听听世界上最美的声音。"

米卡闭上眼睛，只觉得浑身冰冷。

他回想第一次见到马克西的时候，已经太久太久了，就仿佛蒙了灰尘的相册，要使劲擦拭才能看到一点影子。那时的他刚刚从德国皇家音乐学院毕业，还管马克西叫他的全名——马克西·米连。

所有人都对他说，米卡，你有全世界最美的声音。

战争还没开始，他和最好的朋友在柏林开了一家酒吧，每天用唱片机放欧洲与美国的流行歌曲。那是他的黄金时代，崇拜者挤在小小的舞池前，人们高声喊："米卡，再唱一首！米卡，再唱一首！"

如果时间能够倒流回战争爆发以前，他愿意付出任何代价。

米卡站在台上，在意乱情迷的灯光与沸腾的音乐中看到了马克西·米连。他有一头很久没修剪过的栗色头发，五官深邃，正拿着一张从墙上撕下来的招聘启事，在吧台前跟酒保争执，似乎想来这里做采买。

酒保转过身，对正在台上唱歌的米卡打手势，米卡看了一眼吧台前穿着破旧大衣的男人，摇了摇头，于是酒保很快拒绝了他。马克西察觉到了，隔着人群往台上望过去。

米卡现在都记得那道目光，冷冰冰的，让人后背发凉。

三

后来马克西常常来他的酒吧，总是站在吧台前，问需不需要人手。他换了很多份工作，越来越潦倒，总是穿一件破破烂烂的旧大衣，夹着一只刷得发白的文件包。每次酒保都摇头，然而他并不会马上离开，而是和其他观众一起站在舞池下面，听完一整首歌，直到米卡退场，他才转身走出门。

有一天米卡从舞池中下来，突然想起翻一翻酒吧这个月的账目。他从朋友手中接过账本，翻了几页，觉得不对："账面上似乎少了三百马克？"

"采购出了点问题，"朋友轻描淡写地点头，"下个月会补上。"

然而下个月又亏了两百五十马克。

米卡只会唱歌，对经营的问题一窍不通，因此没有再看账本。德国刚刚从上一次战争失败的阴影中走出来，经济渐渐有些起色，人们对未来充满信心。他也不例外。那天米卡写了一首好歌，兴致勃勃地去找朋友："亲爱的，来听听《忧郁的夏天》。这是我新写的情歌，明天晚上演唱。"

朋友把自己关在经理室喝酒，抓着啤酒瓶一杯又一杯，酩酊大醉。他抬头看了一眼米卡，一把拿过他的歌词，只瞟了一眼："不，米卡，你不能唱这首歌。你明天唱《Libiamo》。"

那是首通俗的祝酒歌，米卡并不喜欢。朋友放下瓶子，看着他，悲伤地叹息："对不起，米卡，我骗了你。前段时间酒吧不景气时，我向外面借过几笔债，现在利滚利，已经快要还不起了。我们马上就要没钱进好酒，也没钱付房租了。因此你必须唱一些大众喜欢的、欢快的歌曲，让更多的人能够在便宜的勾兑酒精中快乐起来，不然你和我都要睡在大街上。"

第二天广播里宣布了德国进攻波兰并且取得胜利的消息。人们欢呼雀跃，没有人考虑过波兰人的想法。那天晚上米卡唱《Libiamo》，他扮作酩酊的醉汉在舞台上又疯又叫，台下阵阵叫好。当天吧台的收入，确实比前几日高出一些。

米卡开始唱一些风流低俗的情歌，酒吧也开始贩售廉价酒水饮料，然而钱依然越欠越多。酒吧能请得起的侍者越来越少了，他每天在舞台上卖力演唱，下了舞台还要擦玻璃酒杯和清洗餐具。顾客依旧每天在减少，账面依旧每个月出现亏空。

直到有一天，米卡像往常一样推开酒吧的门，发现里面一个人都没有。经理室内看不到朋友的身影，保险箱里是空的，唯一的帮工两天前就没有来上班了。他一个人坐在空空荡荡的大厅中央那把高椅上，花了很久才想明白，朋友带着他们仅剩的一点钱逃走了。

第二天债主上门，收走了酒吧。米卡身无分文，只能躲进贫民窟中。

那时整个国家的人都情绪高涨，很多人在战争中发了财，没人注意一位落魄的流浪歌手。他每天白天躲债，晚上去小酒吧唱歌，赚第二天买面包的钱。后来债主把欠条转给了黑手党，米卡好几次唱到一半，就被拿枪的人从台上拖下来，渐渐地再也没有人请他唱歌了。

他做过洗盘子的侍者，帮人家搬过东西，也在天桥下乞讨过零钱。他把所有能留下来的钱都寄给了乡下的母亲，写信说："亲爱的妈妈，我在和朋友经营自己的酒吧。我们的生意很好，很多客人喜欢听我的歌。我爱你——米卡。"

再次见到马克西时，他已经穷困潦倒，正被追债的黑手党堵在河边的堤岸上。那时已经是深夜了，路上行人特别少。他确实身无分文，黑手党用手枪抵住他的太阳穴，威胁道："要么还钱，要么去见上帝。"

米卡想了很久，说："那么请让我唱完最后一首歌。"

他站在高岸上，对着深黑色的江水，唱了自己在战争爆发之前写的最后一支歌——《忧郁的夏天》。那是一首情歌，米卡写给一位暗恋的女孩。女孩早已消失在时间里，那是他第一次对着很多人唱这首歌。

"亲爱的莉娜／我会一直记得你送我的玫瑰／以及那个盛夏，我们遗憾的眼泪……"唱这首歌时，米卡用尽了全身力气。然后他像当初在舞台上一样，双手张开做了一个华丽的低头谢幕姿势。他鞠了三次躬，然后仰起头，闭上眼睛，说："谢谢，可以了。"

然而扳机并没有被扣响，有人在身后问："先生，听说你欠了钱？"

米卡睁开眼睛，看见了马克西。他变得和以前完全不一样了，身材高大，穿着笔挺的西服和锃亮的皮鞋，身后停着一辆别克车。他是善于顺势而上的那类人，似乎在

第一章 旧歌谣

战争中过得很好。

"我恰巧有很多钱,但是缺一位演唱家。"他说,"我可以做你的赞助人,方便的话我们去车上谈。在那之前,我想先问你一个问题,谁是莉娜?"

── 四 ──

果实的棋艺非常好,我下得很差劲,很快就溃不成军。虽然母亲是大家闺秀风范,我长大后却琴棋书画样样不通。

"我记得以前你也不会下围棋啊!"我问果实,"才分别几日,你从哪里偷师的?"

"我是神树果实,"他正襟危坐,右手取了一枚白子,中指食指相扣,颇有些好看,"神树为森罗万象之本源,万物之归宗。我一回归神树,自然与人世万物相联系,无所不知,无所不能。"

他把白子"啪"地放在棋盘上,提了我两枚黑子:"蠢。"

"既然你现在无所不能,"我想了想,"怎么不去揍易月生的猫?"

"不准提那只猫!"果实尖叫。

"那你去找家母算账没有?"我又问。

"不准提你母亲!"果实拍棋盘,站起来作势要走,走到门口又回来,气鼓鼓地坐回去,"比方这条路隔绝大千世界,唯我能自由行走,它隔绝一切凡音,唯我可语言。你只有一个选择,要么闭嘴听我说话,要么一个人待着发霉。其实我来是想参考你的意见,你怎么看待易月生?"

"易先生是个小气的、克扣工资的人渣。"

果实点头赞赏:"他养的猫也是。"

他又问我:"你觉得黎家铭怎么样?"

"欠钱不还,也不怎么样。"我说。

他接着问:"你觉得人类怎么样?"

我一时不知道该怎么回答。果实认真地看着我,似乎真的在等一个答案。忽然,空旷的空间里出现了一种声音,那是歌声。

虽然听不清是什么,但我肯定那是歌声。歌声很有力量,一直穿透厚重的浓雾,到达我身边。

"这条路上只有你一个人？"我问果实。

他的脸色突然变了。

五

米卡坐在车里，司机将车发动起来，马克西靠着后座点了一支烟，吸了一口，把之前的问题重新问了一遍："我叫马克西，是个商人，曾经听过你在酒吧里唱歌。刚才你歌中唱的莉娜，她是谁？"

米卡记得马克西。他永远记得那个隔几天就来酒吧问有没有工作的穷鬼，隔着人群向他投来一道冰凉的目光。

"那是我喜欢的一位姑娘。"米卡回忆道，"她有一头漂亮的金发，经常来听我唱歌，然后在吧台留下一束玫瑰花。我们没有说过话，我只在观众席上见过她。后来她给我留下一封告别信，去了远方。信纸是湿的，我想她也许哭过。"

"继续，"马克西说，"这个故事你说得好不好，决定着我会不会帮你把欠债还上。"

"我很后悔自己没有告诉她，我也喜欢她。我为她写了一支情歌，希望人们能喜欢它，口耳相传将这支歌带到远方，这样或许莉娜能听到。只是从那天起我的酒吧就变得不景气，我失去了唱它的机会。"

"你知道她叫莉娜？"

"酒保告诉我的。"米卡说。

马克西点点头，熄灭了手中的烟，靠在后座上闭上眼睛，似乎很累了。司机把米卡带到一栋湖边的别墅，管家推开二楼一间奢华卧室的门，说："先生，这是你的房间。"

从此米卡就在湖边住了下来。他又见了黑手党们一次，那一次马克西带着他，去了柏林市中心一家豪华餐厅。追债的混混们围着长桌坐好，侍者端来了主菜，装在巨大的银餐盘里，盖着锃亮的餐盖。

马克西揭开主菜的盖子，对在座的所有人说："各位先生，米卡从此置于我的保护之下。所有对他的不尊敬行为，就是对我马克西·米连的挑衅。"

米卡穿着熨烫得笔挺的黑西装，衬衫领子卡得他脖子僵硬。他看了一眼餐盘，发现里面是厚厚的纸币，摞成一座小山。这些钱完全够还他欠下的债务，即使利滚利之后它变成了一个天文数字。

然后马克西做了个手势，黑手党们纷纷揭开自己的餐盘，里面没有热气腾腾的主菜，每个盘子里放着一张支票和一颗冰凉的子弹。

"再见。"马克西向在场的所有人鞠了一躬，拉起米卡，转身走出餐厅。

"我记得以前你并不富有。"米卡感激得不知道说什么，"谢谢，谢谢你。"

马克西却并没有笑。

他转过身，看着米卡，眼睛里一点笑意都没有。

"我知道你记得我。我曾经去你的酒吧找工作，然而你高傲地拒绝了我。放弃那家酒吧后，我发现了自己经商的天赋，成了一名投机的小贩。从倒卖鸡蛋开始，到后来与政府联手卖军火，现在柏林最好的餐厅和银行都有我的股份。"他轻声说，"我不知道你现在后不后悔。如果你当时聘请我，或许你现在已经飞黄腾达了，先生。而你酒吧倒闭的真正原因，是你当年轻信的合伙人朋友，他参与了赌博。"

这些话是米卡第一次听到，他僵在原地。

"他输了太多钱，只能用酒吧的收入抵债，不断地在账目上做手脚。这就是为什么你一直努力地唱歌，经营却每况愈下。我欣赏你的才华，希望刚才的钱，能买来你的忠诚。我不为你工作，从此你为我工作。"

六

那时第二次世界大战正是顶点，德国所有能参军的男人都参军了，米卡因为身体条件没有通过，留了下来。四处都是对小胡子男人的狂热与崇拜，人们疯了一样相信德意志能够征服世界，取得最后的胜利。

米卡只是一个歌手，而马克西却把他包装成了一位歌唱家。马克西为他安排了一场又一场的独唱会和慰问演出。他站在金碧辉煌的大厅里，按照事先定好的节目单唱一些政治曲目，例如《苏醒的德意志》和《党卫军行军歌》。

第一场演唱会非常成功，随即有了第二场、第三场。马克西为他编造了一个落魄旧贵族的身份，带着他参加一场场答谢酒宴。人们说米卡的歌声有穿透灵魂的力量，给予人胜利的勇气与希望，有些报纸上甚至写着他是德意志的嗓音、柏林音乐殿堂的荣耀。然而米卡知道，自己只是马克西讨好当局、高攀政界的桥梁。纳粹政党中不乏音乐爱好者，在他最受欢迎的时候，甚至连某些高层政要想见他，都必须提前打电话向马克西约定时间。

那是一场慰问演出，在柏林的一处露天舞台。台下挤满了疯狂的崇拜者，米卡唱到一半，越过人群，忽然看见一头漂亮的、瀑布一样的金发。

一瞬间他仿佛被幸福击中了，几乎发不出声音。

那时他刚刚唱完《苏醒的德意志》，按理说应该唱《党卫军行军歌》，却突然换了曲目，唱起了《忧郁的夏天》。看过节目单的听众们一片哗然。

米卡一边唱，一边走下舞厅。人们自动地向两边退去，让出一条通道，米卡一直往前走。通道尽头站着一位年轻女子，金色的头发像瀑布一样流泻下来，在阳光下熠熠生辉。她比记忆中长大了一些，脸庞变得更柔美细腻。然而那双碧绿色的眼睛在时光之中依旧如初，让米卡看得有些失神。过了好一会儿，他才问："莉娜，这是为你唱的歌。你喜欢吗？"

但是莉娜没有说话，她只是冷漠地看了他一眼，转身挤入人群中。米卡想追上去，但摩肩接踵的人海里他无处可去。而此时记者也来了，拿着笔记本想采访刚才发生了什么事。

"刚才似乎看到了一位旧友。"米卡笑了笑，回到舞台上。

演唱会结束以后，他收到了一封信，寄信人名字不详，只有一个地址和时间。打开信封，里面落出一根金色长发，米卡的心跳慢了半拍——莉娜。

他拿着信去了那个地址。那是柏林市中区的一栋大楼，门卫看了他的信，指了一个房间号。大概是觉得有点眼熟，门卫特地多看了他一眼，米卡压低帽檐，匆匆往里走。门牌号指向地下室，推开门时，他因黑暗里放映机的强烈光线眩晕了片刻。

屏幕上是黑白无声的战争场面，一架德国飞机被盟军击落，坠入海中。在场观看的人很多，每个人都静默无声，与外面热烈乐观的战争氛围截然不同。

莉娜逆光向他走来，就像从荧幕上斑驳的影像中走来一样："米卡，我以前很喜欢听你唱歌。我怀念当初我们在酒吧的时光，你的歌声有灵魂。"

第一章 旧歌谣

"谢谢，我也很怀念。"米卡笑了，"后来你去了哪里？"

"波兰，然后去了英国，希望找一份工作，结果赶上了战争爆发。"莉娜微微一笑，然后叹息道，"但是现在听你唱歌，我很失望。你歌颂的即将赢得最后胜利的德意志，并不存在。这里有朋友从前线战场上带回来的录像带，广播中的宣传在说谎，我们正从各条战线上被击败。"

当天早上，米卡还从广播中听说，英勇的飞行员在海峡上空击落了三架英国飞机。

"那些都是假的，包括你歌颂的东西。"莉娜转过头看荧幕，正好一辆装甲坦克被炮弹击中，翻倒在地，她悲伤地说，"这才是真实的德意志。"

"我不太明白。"米卡说。

"我们正在战败。"

"这不可能。元首说过……"

"元首？"莉娜提高语调，忽然显得很愤恨，"我去过波兰，去过很多国家，我们的军队并不是去解救他们，而是去侵略他们，掠夺他们的财富……"

莉娜的话残忍而冷酷，与报纸上的新闻、周围人的言谈、马克西的观点截然不同，米卡忽然感到很恐惧。他摇头，转身想走，莉娜拉住他："我是德国真理社的社员，我们通过影像把真相展现给人们看。米卡，求你看一眼录像，求你看一眼……"

米卡走了。踏出门的瞬间，他犹豫了片刻，觉得自己至少应该坐回黑暗中，把那盘录像带看完。

后来莉娜常常给他写信，米卡一直看，但没有回复过。他把每封信都叠成桃心形状，收藏在一个镶嵌着宝石的盒子里。马克西看见，曾经笑着问："崇拜者吗？"米卡摇摇头："不，是我的朋友。"

信里莉娜会写她对真实时局的了解，纳粹如何操纵德国，希特勒如何成为一个大骗子，这个国家如何走上崩溃的边缘。她甚至会寄来一些照片佐证这些观点，照片上都是占领区内失去自由的居民，以及正被送往集中营的犹太人无助的眼神。

"米卡，我相信你能理解我在做的事情。这个国家已经离理智太远。德国的每一次燃烧，都向着最终的熄灭更近一步。我们必须让更多的人了解真相。我需要你的帮助。"

最后一封信送来后不久，米卡打开晨报，忽然浑身冰凉。那是一份政府要处决的叛国者名录，米卡看到了莉娜的名字。

七

　　果实闭上眼睛,然后再睁开。

　　当他睁开双目时,歌声停止了。他轻轻挥了挥手,就像挥走一段不重要的记忆,然后重新问了我那个问题:"季小姐,你觉得人类怎么样?"

　　"你怎么想?"我拿起一枚黑子,挡住果实的白棋咄咄逼人的进攻。

　　"充满各种各样的欲望,"他后退了一步,把刚才棋形上的缺口补上,"毫无限制。"

　　"不对,"我反驳道,"我们通常一直都在给欲望设置限制。比方说我虽然不喜欢易月生,但是我兢兢业业地完成了他给我的每一项任务。易月生虽然小气并且不满意我的工作成果,但是他依然按月给我发工资。这种限制叫作理智。"

　　"再比如战争,"我继续解释,"就算那是某些人类的集体疯狂,然而即使在最疯狂的人群中,依然听得到理智的呐喊。它也许很微弱,也许被万人践踏过,然而它一定存在,并且不穿透人心绝不停息。"

八

　　米卡急匆匆拿着报纸出门,来到马克西的办公大楼,旋风一样地上楼。马克西正在喝咖啡,看见他有些吃惊,心情却非常好:"米卡,什么事?"

　　"你能帮我救救她吗?"米卡把报纸递过去,"你不是跟政府高层有联系吗?"

　　"可以试试看。"马克西轻巧地问,"这人是谁?"

　　"莉娜,我的爱人。我跟你说过的,以前还为她写过歌。"米卡急切地说,"还记得那首《忧郁的夏天》吗?"

　　马克西的手一顿,突然僵住了。他的脸色变得很难看,半天没有说话。

　　"答应我!如果你不帮我,我再也不会帮你唱歌了!"米卡手撑着桌面,脸色苍白,情绪激动,"这个月我还有两场私人演唱会,专门为你讨好纳粹党的财政部专员!求你了!"

　　马克西盯着他的眼睛,盯了很久,确定米卡这次是认真的,终于点了点头:"好。"他收起那张报纸,打了个电话,转身就消失在门外。

第一章 旧歌谣

三天后马克西回来了,憔悴了一些,走上湖边别墅的楼梯,敲开米卡的房门,给了他一张照片:"对不起,我尽力了。你要救的女人是真理社的成员,四处宣传我们战争必败理论,铁证如山。她不肯向政府低头,也不肯宣誓忠诚于元首,并且坚持自己的错误见解,我无法帮助她。我能为你做的,只是答应她的请求,在处决以前照一张照片。她让我把照片转交给你。"

照片拿在手上很薄,色彩不知道为什么显得很淡。莉娜对着镜头笑,长发落在肩头,被阳光打出一圈光晕。照片的背景是什么,米卡记不清楚了,他只记得那个单薄灿烂的笑容,像夏日最后一朵玫瑰花,开在即将来临的寒冬之前。

"莉娜让我转告你,你幸福,她就感到幸福。希望你忘掉她。"马克西安慰地抱住他,拍了拍他的背,然后转身离开了。

米卡又去了那个见到莉娜的地下室,然而那里已经空空荡荡,没有人了。据说这个协会受到了很大的打击,地点已经转移了。他花了很多钱,联系了各式各样的人,终于有一天,有人重新将他介绍给了德国真理社。

社团地址设在柏林一处地下市场的小隔间里,比第一次看到时更小更阴暗,四处有老鼠跑动。米卡在那间狭小的房间里,坐在矮木凳上,和其他人一起看了整整七天的录像。录像上有盟军的报纸,犹太集中营的介绍,一架一架被炮弹击中坠入深海的德国飞机,以及战场上溃不成军的德国士兵。无数从别国掠夺来的财富堆积成了战争中德国的荣耀。而这些岌岌可危的东西,正在以无法挽回的速度崩塌。

米卡渐渐意识到,莉娜所说的一切都是真实的。

他找到了社团的负责人,对方不太记得莉娜:"你是说莉娜·迪特里希吗?她是我们杰出的社员,我们至今为失去她……"

米卡打断了他模糊的陈述:"我想知道,你们缺什么?"

负责人诧异地抬头。

"你们秉承着莉娜付出了生命的信念,我想知道你们缺什么?"他问,"我会竭尽全力。"

负责人想了很久:"我们缺钱。"

米卡在纸上写了一个数字,那是他为马克西唱歌后所有的存款总额。负责人看了看,摇摇头:"不够。放映机、租借场地、战地取材经费……每一样都很贵。"

"我会想办法的。"米卡说。

九

"别忘了明天的演唱会。"马克西轻巧地提醒他,然后下楼了。他走了两步又回来,环住米卡的肩膀,在他耳边低语,如同威胁,"亲爱的,请一定要按照预定曲目演唱,不然我会很生气。"

加入真理社以后,米卡曾经写过很多歌曲。米卡写的那些曲目阴郁而沉重,用他漂亮的高音声线唱出来,带着决绝而凄凉的美。那些歌曲大多是关于战前美好生活的回忆,对自由民主的赞颂。当他第一次在舞台上演唱这些歌曲时,马克西冲上来,把他拽下去,抓住他西服的领子,指关节因为用力而显得苍白:"米卡,闭嘴。你这样会害死我们的。"

"这是我最近两年来写得最好的歌。"米卡说,"而且我确实认为,元首是个大骗子,正在带领我们走向灭亡。"

"我不相信元首,也不相信纳粹党,但是我相信钱。"马克西的声音从牙缝里挤出来,"只要元首的政府为我的生意买单,我就一直支持它。别忘了,你还欠我一大笔钱,很大一笔钱。"

马克西指的是最初为他还的那笔债务,从黑手党手上转到了马克西手上,并且利滚利已经达到了天文数字。马克西从来不催讨,但是不代表他不记得。

"好的,我会按照预定曲目唱的。"米卡说。

米卡一个人站在阳台上,对着镜子一样冰冷的水面,直到冬日的太阳沉入湖底。

"莉娜。"他轻声叹息。

上将的宴会如期而至。那位上将以爱好音乐著称。除了米卡,他还邀请了著名钢琴家与小提琴家,还有一支乐队在宴会大厅一角伴奏助兴。

那位官员完全没有受到战争后期物资奇缺的影响,他的收藏室里挂满了世界各地的名画,餐桌上堆满了奶酪、红酒和上等牛肉。

德国正在走向灭亡,而参加晚宴的人们依然在餐桌上夸夸其谈,谈所谓即将取得的、最后的胜利。

米卡唱了两首歌,发现完全没有人听,自己只不过是一个用来炫耀的道具。他去花园里散步,忽然听见有人交谈。

那是一间亮了灯光的书房,有人在打电话。

第一章 旧歌谣

"是的,虽然对外不能声明,但是我们确实正在全线溃败。遵从您的指示,已在某处藏好了我党的财富,预备战败后复兴使用。地图已做好绝对保密措施,仅此一份,将由维西·海德里希先生送给您。"

声音有些熟悉。他走得更近一些,隔着雾蒙蒙的玻璃窗,发现竟然是上将本人在打电话。

政府终于承认德国战败了,米卡想。

听起来,高层似乎已经预知德国将战败,正在隐藏战争中掠夺来的黄金和艺术品。隐藏地点有好几个,其中一处已经安置妥当,藏宝地图已送到上将府邸,即将转往别处。米卡认识那个叫维西·海德里希的人,刚刚才和他在宴会大厅里喝了酒。那是一名钢琴家,纳粹党忠诚的粉丝和元首热切的追随者。米卡猛然醒悟过来——这并不是一场普通的私人宴会,而是一颗烟幕弹。上将召集了众多音乐家,借机将藏宝图托付给其中一位间谍,由他转交给看不见的更高层。

维西刚刚在大厅里炫耀他受到邀请,明天一早将离开柏林,赴波兰为元首本人做一次钢琴独奏。原来,他前往波兰并非为了演奏,而是以此为借口,亲手将财富交到德国目前的最高统治者手中。

然而早上的广播还在宣称,这场"正义"的战争中,德国必胜。莉娜说得对,一切都是谎言!

上将挂断电话,又接起另一个,然后匆匆离开,临行前吩咐秘书:"九点整海德里希先生会来取文件,他知道是哪一份。你们在电话里交谈过。"

电话中说地图已经做了万全的保密措施,说明埋藏财富的工人已经被秘密"处理"了,所有的秘密都在那张地图上。一瞬间,米卡有了个主意。

他又回到大厅,马克西正在喝酒,喝得快要酩酊大醉了。以马克西现在的关系网,他也许知道德国在陨落,然而他是这条利益大船上的一条狗,除了共同灭亡找不到其他的道路。门口的卫兵很年轻,一脸天真无邪,向他致敬。米卡在进行最后狂欢的人群中穿梭,找到了那位叫维西的钢琴家,跟他握手:"先生,我朋友是您狂热的崇拜者,能为他弹一曲吗?"

米卡转身看马克西,向他递眼色。马克西不明所以地放下酒杯,转过头来朝着这边微笑。

现在八点三十分,足够维西演奏一首即兴曲。

维西点点头,在舞池一角的三角钢琴前坐了下来。

琴声响起来时,米卡悄无声息地离开了大厅。

他敲响了主楼东侧书房的门。

"先生?"里面有人问。

"我是维西·海德里希,我们在电话里交谈过。"米卡善于唱歌,也善于伪装成他人的声音,"我来取文件。"

门开了,温暖的书房里站着一位年轻的军官秘书,上下打量他:"先生,你比约定的时间早到了一刻钟。"

"是吗?我的表快了。"米卡尽量让自己显得很自然,"文件在哪里呢?"

秘书扬起下巴,傲慢地指了指窗边宽大的书桌。米卡走过去,发现上面放着三份文件,两份用密封袋装着,写着绝密字样,一份半打开状态,旁边还放了一份乐谱。米卡愣了一瞬,听见秘书在身后问:"海德里希先生,你看到了吗?请拿好尽快离开。"

米卡并不知道该拿哪份,他觉得背上的衬衫被冷汗打湿了。

十

"可是理智的声音太过于微小,"果实说,"常常被淹没在欲望的洪水中。"

"你太小看人类了。"我说。

棋盘上黑子如山崖陡峭,白子如积雪倾覆,那是一个大雪崩的定式。我不乐意下成这个局面,总感觉果实可以从中牟利,于是果断地悔了两步棋。

他不满意地皱起眉头。

"我不否认部分人类具有理智,不过和你在一起的这么多年,我发现大部分人……"

我又听到了那种歌声,穿过浓雾,撞入我的耳膜。唱歌的人声音里有一种情绪,仿佛一种直击苍穹的力量,让人异常怀念。仿佛闭上眼睛,就能从歌声里看见人间的山川与海洋、建筑与万物。

"季萱?"果实伸手摇醒我。

这一次果实什么都没听见,但是我听见了。那仿佛是来自人间最美的声音,浩浩

第一章 旧歌谣

荡荡，穿越了时间与空间，一直到达死亡的尽头。

"听，理智的声音，"我说，"只要你愿意倾听，一定能听得到。"

十一

米卡瞟了一眼乐谱，那是贝多芬的《第九交响曲》。米卡钢琴虽然不怎么样，但是作为一名歌唱家，识谱是基本功。就在那一瞬间，他发现乐谱有错误。有几个高音被标成了低音，一些暂停符号位置也不对。

这是一份不应该出现在上将办公桌上的、粗制滥造的乐谱，除非它有别的用途。

"马上。"米卡伸手拿起乐谱，夹在胳膊下面，指了指堆满文件的办公桌转过身，"上将工作繁忙，让人钦佩。"秘书僵硬而礼貌地微笑，指了指门口。米卡知道他拿对了。

一出门他就将乐谱装进口袋里，走出上将府邸。门口的卫兵拦住他，米卡装作喝得酩酊大醉，嚷着要回家。卫兵放行了，米卡走过一个街区，转身狂奔！

他冲向街边的电话亭，拨了一个号码，语速极快地说了一大串话。

雪亮的军用吉普车车灯自远而近，能听到警报响起，米卡在黑暗的小巷子里狂奔。他不知道跑了多久，也不太记得自己说过什么，见了谁，做过什么，直到撞在一个人身上。米卡没站稳，被撞了个趔趄。

"马克西？"他惊讶道。

"米卡，他们在追你？"马克西一身酒气，用力抓住他的胳膊不放手，"你做了什么？"

"我偷了上将一张重要的地图，"米卡说，"被追捕了。"

马克西瞬间暴跳如雷。他攥住米卡的领扣，几乎要把他勒死，嗓音低沉危险："还回去，说你误拿了。以我现在的关系网，也许能够救你一命，还回去……"

米卡知道马克西关心的不是自己的命，而是和自己捆绑在一起的利益。如果米卡因为叛国被逮捕，那么作为保护人的马克西必然受到怀疑。此时他唯一的选择就是事先将自己交出去，这也是为什么马克西现在正在醉醺醺地找他。

"没有了，已经不在我手中了。"米卡盯着他的眼睛，伸出手，"那是一张政府藏匿财富的地图。你知道我们的战争将要失败，现在高层在转移财富。埋东西的人应该已经不在了，全世界应该只有拿到那张图的人知道财富被藏到了哪里。而我已经把地图给了最需要它的组织。"

真理社，米卡想。希望他们能找到这笔财富，将它用于真相的传播与和平的缔造。

搜查队越来越近，已经能听到猎犬的嚎叫。米卡以为他要将自己拖到路灯下时，马克西却松了手，气急败坏地一巴掌拍在他背上，将他按倒在路边的草丛里："趴下。"

或许是因为草丛外面有条下水道，冲天的臭气掩盖了他们的气息，猎犬搜查队几乎从米卡鼻尖前踩过去，却没有发现他们。他甚至能看清党卫军锃亮的黑皮鞋和他们整齐得像一个模子里刻出来的步伐。

整个过程马克西一直按住米卡的头，屏息静气。

直到所有的人都走远了，他才一把拉起米卡，往相反的方向走："这边。"

"你要带我去哪里？"米卡问，"这件事情与你无关。"

"闭嘴。"

他们在黑暗中摸索，绕过警戒线和岗卫亭，一直到了黑黝黝的河边树林里，那里有一家私人船坞。米卡以前流落街头时听说过，这里的老板在收取很大一笔钱后，能把罪犯弄出柏林，送到东边的山地里。

"这是偷渡，太危险了！"米卡拦住马克西，"被发现的话我们都会完蛋。"

"你欠我很大一笔钱。"马克西狠狠地瞪着他，"闭嘴，不然现在就还完。"

忽然远处亮起了车灯！米卡意识到他们被跟踪了。

转过街角再沿着河岸跑一小段路程就是船坞，然而党卫军已经追来了。子弹擦着树枝飞过去，沉闷地射进泥土中。马克西拽着他跑，忽然往前一扑，米卡被压在地上，下巴磕在石头上，满嘴都是血腥味。

他们在一个看不到的死角，然而搜查队越来越近。

两个人寂静无声，米卡几乎能感到死神扇动羽翼的微风。马克西总是随身带着一只装威士忌的小酒瓶。他艰难地坐起来，靠在树干上，从怀里取出酒瓶，仰起头灌了半瓶酒。他转过头来看米卡，突然开口，声音有些虚弱："亲爱的，你能唱一首歌吗？"

"什么？"米卡不明白。

"我想听你唱歌。"马克西固执地重复道，"《忧郁的夏天》，就是这一首。小声一点，唱给我听。"

米卡沉默着。

"莉娜的事情,我确实尽力了。没有办法为你救出她,非常抱歉。她是一位美丽并且值得尊敬的女人,但是你误会了一件事情。"

"什么事?"米卡问。

"当初在酒吧里,把玫瑰花放在前台的人是我。"马克西每一个字都说得很艰难。他身上依旧有很重的酒气,让米卡不知道这个男人说的是实话,还是酒鬼的胡言。

十二

马克西永远记得自己最黑暗的时光。虽然现在他不是很清楚,那究竟是自己最黑暗的时刻,还是最光明的时刻。

他出生于贫民窟,母亲很早就亡故了,从小在社会最底层摸爬滚打,就像生活在臭水沟里的蛆虫。他从来不觉得这样的生活有什么不对,直到有一天路过一条小街,听见有人唱歌。

那是条孤僻的小巷,两边寂静无人,街边立着一根老旧的电线杆,上面绑着一盏昏黄的路灯,有人在路灯下唱歌。因为离得太远,马克西看不清他的脸,只听见干净明快的歌声,就像三月的春天,骤然撞进他的心里。青年靠着电线杆,全神贯注地唱歌,他似乎在唱一首和春天有关的歌曲。唱完后,他把手插进裤兜里,向着空寂无人的街道鞠了一躬,然后如同演出谢幕一般转身离开。他并不在乎谁在听,有没有人喜欢,随随便便,毫不在意。

马克西从来没有欣赏过美,他对美没有概念。因此就像沙漠里的居民第一次看见大雪,深山的猎人偶然走到了海边——直到青年走远,他还站在脏兮兮的街头,就像站在春风里。

原来世上竟然有这样美好的存在。他从不知道有一种歌声,可以直击心灵,让人燃起生活的勇气。

青年在闹市区有一家酒吧,马克西穿上自己最好的外套,尽量让自己看上去体面一些,去前台应聘。酒保上下打量他,然后往舞池中央扬了扬下巴:"那是我们酒吧的二老板,叫米卡。你得问问他的意见。"

米卡，马克西记住了这个名字。

青年正在唱歌，声音美得一如初见。他往台下望了一眼，向酒保做了个手势，后者对马克西摇头。

马克西没有立刻离开。他留在人群里，听完青年唱歌，然后再转身出门。

第二天他又来了。第三天他又尝试了一次。

他突然明白自己在外人眼中的样子——肮脏、堕落、一无所长。人们看他就像看下水道里的一只老鼠。

后来马克西去了自由市场，拿出自己攒的一点本金，学商人倒卖货物。第一次他从乡下买了一篮鸡蛋，在街边坐了一整天，终于全部卖掉了，赚的钱仅仅够他吃一顿晚饭。然而那天晚上马克西并没有吃饱，他只买了一条白面包。他用剩下的钱买了一束玫瑰花，混在人群里，然后放在了米卡酒吧的吧台上。

他留下了一张纸条："谢谢。"

后来他搭乘数日火车和小船到东部山区，倒卖当时流行的某种木材，渐渐有了一点收入。

每次进货回来，马克西都会带一束玫瑰花，悄悄放在吧台上。就算在米卡看来，自己不过是一只臭水沟里的老鼠，可是这个人的歌声里有整个春天。

再后来，马克西通过小道消息得知战争即将爆发。他前往边境，准备在那边倒卖战时奇缺的食物和布料。据说边境线上四处都是盗贼团伙和走私贩子，在那边赚钱如同在刀尖上喋血。马克西约好了朋友一起出发，走之前他去了米卡的酒吧，听他唱最后一首歌。

他把最后一束玫瑰花放在吧台，然后留下一张便笺。写这张便笺时他的手在颤抖，因为他不知道自己有没有机会再回来。

"米卡，我要去远方。谢谢你的歌。"

放下花束出门时，他与一位金发女郎擦肩而过。女孩径直走向前台，对一位侍者说："请你转告米卡，说我很喜欢他的歌。我要去远方了，特地来向他告别。"

米卡正在台上唱歌，女孩向他挥挥手。米卡的眼神一直追随着金发姑娘，直到她消失在人海中。

米卡甚至忘了一句歌词。

"小姐,我们老板注意您很久了!"侍者追出门,"请问您贵姓?"

"我叫莉娜,帮我转告他。"莉娜微微一笑,像一朵玫瑰花开在盛夏。

"后来我从边境回来了,不仅赚到了钱,还成了体面人。"马克西摇摇头,"那里有子弹、马贼还有骗子,但是我活下来了,并且生意越做越大,与政府建立了关系。赚了足够的钱后,我就回到了柏林,而那时你的酒吧已经岌岌可危了。"

"已经被卖掉了。我朋友赌博花光了我们所有的钱,"米卡纠正道,"你见到我时,我正在因为欠债被黑道追杀。"

"不是这样的。"马克西又喝了一口酒,把头靠在树干上,眼睛微微闭着,显得非常疲惫。

"我回到柏林的时候,你朋友还只是经营不善,并没有赌博。和他赌钱的人是我。"马克西说,"我在边境上学会了很多东西,包括赌钱出千的技巧。我可以让他一晚上赢一小把钱,然后输得精光。事实上你朋友确实在我手上输掉了所有的钱,他拿了你们的酒吧做抵押,抵押文件现在还锁在我的保险箱里。"

米卡惊讶得无法说话。

"我看着你失去了最喜欢的舞台,看着你做体力活,看着你在街头祈祷。就像当初的我,在社会底层挣扎。我无数次告诉自己,是时候了,是时候向你伸出援手了。但我还是在等,等你最无助的时刻——直到在那个河岸边,黑手党拿枪抵住你的头,我出手制止了。只有在最绝望的时候拯救你,我才能得到你的歌声。"

米卡觉得浑身发抖,他不知道是因为愤怒还是恐惧。他曾经以为马克西为自己还了一笔巨债,原来那只是一场戏。

"后来我得到了你的歌声,米卡。"他仰起头,把瓶子里的酒喝完,将空瓶子放在地上,"我不后悔。"

"你是在利用我。"

"我确实是在利用你。很多人说你的声音具有穿透心灵的力量,他们说的是实话。如果当初没有在那条街道上听到你的歌,"马克西说,"我现在应该还只是阴沟里的一只老鼠。"

米卡觉得手里被塞入了一样东西,是个钱包,沉甸甸的。

"你现在很恨我,不是吗?"马克西说,"顺着我手指的方向走五分钟,见到河岸向右手方向拐，有个船坞。把钱包里的钱付给老板，他会带你远离危险。我会如你所愿，死在这里。"

米卡一直闻得到空气里浓重的血腥气息。最初他以为是自己撞松了牙齿，现在才发现，原来马克西中弹了。子弹从他背部穿过，似乎打断了一根肋骨，让他无法站立逃走。

"米卡，做个好人，离开前为我唱一首歌。我想听《忧郁的夏天》。"

米卡唱了。他的声音很轻，刚刚能被马克西听到。搜寻的队伍已经向着他们所在的方向走过来了，米卡停了下来。他站起来，向船坞的方向走去，马克西叫住他，脸色苍白地笑了笑："最后不问我一个问题吗？为什么我会在你的吧台上放一束玫瑰花？"

"为什么？"米卡问。

"那天你在路灯下唱的歌，名字叫《春日玫瑰》。从那天起，那种花对于我来说，就代表着希望。"

米卡消失以后，马克西站了起来。他扶着树干，摇摇晃晃地向搜查队打招呼，仿佛只是酒会上一次简单的重逢："嘿，先生们，我在这里，这个方向。"

枪声再次响了起来。

"你们听过这首歌吗？"马克西的声音磕磕绊绊，口齿不清，似乎刚才再次被击中，"叫作《忧郁的夏天》，我朋友为我写的，非常美。让人想起战争爆发以前的德国……"

──── 十三 ────

米卡沿着河岸狂奔，当他把钱包交给船坞老板时，发现那些钱只够支付一人的偷渡费用。那是马克西身上所有的现金，他来不及回去取，因为他原本就打算好了，只送米卡一个人上船。

船工在船上装满了货物，让他躲在一个空酒桶里，说了一句他听不懂的话，然后发动了小船。

米卡在黑暗的船舱底部待了整整一周，过了数不清的关卡，直到小船在一处码头

第一章
旧歌谣

停靠下来。酒桶的盖子打开，舱门也打开了，新鲜空气透进来，让米卡觉得仿佛重获新生。他走出去，发现酒桶在不知不觉中被移动了，这并不是东部山区，而自己所乘坐的已经不是当初的小木船。那是一艘舒适漂亮的货船，停在一座中立国首都的港口里。

"我们在哪里？"米卡问。

船长正在甲板上煮咖啡，他把压低的帽子取下来，竟然是五官分明的东方人面孔。他背对着米卡，认认真真地煮完一壶咖啡，倒了一杯递给他，然后递过一张纸条。船长的德语似乎并不好，只能通过书写交流。

"听说你的声音有直击心灵的力量，我想请你为我的一位朋友唱歌。"纸条上写着，"她病了，希望你能唤醒她，至少让我跟她说说话。"

"我能见见你的朋友吗？"

船长点点头。他带着米卡回到船舱里，上了二层内舱，推开一扇门。那大概是船上最大最好的一个房间，房间里所有的东西米卡都没见过。他看见有四根柱子的雕花红木大床，空气中是淡淡的龙涎香气息，柔软的丝绸从天花板上垂下来，在海风中轻轻拂动，窗户边甚至有一株盛开的室内桃花，让他目瞪口呆。

然后米卡看见了躺在床上的人。

那是一位纤弱的东方少女，躺在满床的绫罗绸缎当中，如同沉睡过去。因为垂着丝幔，米卡看不清她的脸，只觉得那是一件非常珍贵、极易破碎的中国瓷器，多看一眼都会造成伤害。

"她是你的爱人？"米卡问。

青年船长摇了摇头。

"那你为什么要救她？"

男人转身在梳妆台上写了一张纸条，米卡接过来看了："她是我上司，欠了我很多钱。"

米卡能理解，这的确是非常重要的理由。

他低头喝了一口咖啡，突然脸色十分痛苦，片刻后才问："你上司拒绝给你发工资，是不是因为你给她喝过自己煮的咖啡？"

十四

歌声一直在持续，渐渐地充斥了我整个意识。

这一次棋盘前的少年听到了，他再次闭上眼睛，然而声音并没有停止。他脸色青白，气急败坏。他皱起眉头，向我伸出手，大声喊着什么，似乎要帮我堵上耳朵。然而人间的声音实在太温柔美好了，如同春日里玫瑰盛开的花园，每一个音符，都穿透他的手指，如春风流水一般浸润我的感官。

和歌声一起的，还有别的声音，我试图想听清楚。

"季小姐。"

"季小姐。"

"季萱。"

窗外的雾越来越浓，而歌声却更加清晰洪亮。然后雾气与白光开始散去，坐在我对面的少年脸庞愈加模糊，他在大声说着什么，我却听不清。

我听到了谢青的声音："季小姐，今天十八号，到该发工资的日子了。我的钱呢？"我吓得一身冷汗。

雾气消散之前，我终于听清了果实在喊什么。他十分愤怒，拍着桌子，已经不能维持翩翩少年的形象："区区人类！"

"听，这就是人类的声音，再微弱也能够驱散黑暗。"我对他微微一笑，向他俯身，离他特别近，几乎能鼻尖对鼻尖，我打量他，"果实呢？"

"什么？"少年问我。

"以前住在我身体里的那个天字第一号蠢货呢？"我问，"虽然你装得很像，但你不是它。它到哪里去了？"忽然，少年脸上所有表情都褪去了。一瞬间他无喜无怒，面如平湖，然后向我凑过来，附在我耳朵边上："我就是。"

"你不是。"我说，"鬼知道你是谁！"

"我知道了一切它所知道的东西，感受到了一切它所感受到的东西，接纳了它的愤怒，也接纳了它的专情，"他问，"你怎么能这么轻易就否定我们之间的联系呢？"

我突然想起了果实临走前说的话，它说它将回归神树。我从来不曾问过果实，什么是"回归"。

"我就是神树。"少年的脸急速地改变，仿佛岁月在一瞬间落到他身上，又在一瞬间悄然隐去。我面前站着一位青衫青年,有一张不悲不喜、无风无浪的脸。青年长得很好看,剑眉星目,每个五官都遵循黄金比例,似乎是按照东方审美中最完美的样子塑造的,然而脸上没有任何表情。他只是站在那里,看着我。

那时歌声已经很浩荡了,青年的脸与棋盘一起如同水中倒影一样扭曲起来,然后渐渐消失了。我听到他说的最后一句话是:"季小姐,二号果实希望你参考它的意见。我会在这里等你回来,和我下完这盘棋。"

世界变得一片混沌,混沌中我看到了谢青的脸,他神情严肃,问我:"季小姐,我的工资呢?"

十五

"易月生没替我发吗?"我猛然惊醒。

"他说发到了你的金库里,让我找你。"谢青板着脸,"你已经快拖欠一年了。"

我坐起来,发现自己躺在床上,心想原来睡了这么久。床有些微微晃动,我想自己应该在一艘船上。窗边站着一位青年,背对着我,在看外面的海。不知为什么,我突然就明白了,刚才的歌声源自他。

"先生,你有能够深入灵魂的声音。"我对他说,"谢谢。"

青年回过头。他有一双深蓝色的眼睛,蓝得如同他身后的大海。他摇了摇头,用德语轻声说:"曾经喜欢我歌声的人,都已经不在人世了。这位先生找到了我,花了一大笔钱,让我为你唱歌。他说只要你能醒过来,哪怕只是很微小的可能性,他都愿意尝试。"

他低下头,额发在眉间留下一小片阴影。

"我叫米卡,谢谢你醒过来。"青年最后向我笑了笑,"刚才那首歌叫《回家》,是我为死去的朋友写的。"

青年手中拿着一份当地报纸,我借来翻看。头版头条的新闻说,德国一个叫真理社的组织无意中得到一份地图,找到了一处无人认领的宝藏,把所得的财富用于国内的反战运动。米卡刚才站在舷窗前,看的就是这个版块。

报纸上还印了那张藏宝图的样子,似乎是张乐谱,从低音到高音,每个音符对应一个字母。把乐谱上印错的音符拼在一起,正好组成一个详细的地名。

"挺有意思的。要破解这份地图,是不是需要一位音乐家?"我评价道。

"不,一个酒吧歌手也可以,看一眼就够了。"米卡说。他随即转过身,看向窗外的碧海蓝天。

我转头找谢青,发现他就站在床边看我,端着一杯咖啡,一身黑西装,一如既往的面无表情。我向他笑了笑,他一时没拿稳咖啡杯,杯子"哐当"一声落在地上,溅了一裤腿咖啡。谢青没有管杯子,却突然转身,去看旁边一株开在室内的桃花。

谢青背对着我,弯下腰,似乎想嗅一嗅新开的花朵。我不知道他为了让我从不归路上回来,究竟还尝试了些什么。我忽然想起在小楼中,我们做的交换——我用生命,换取了他的忠诚。

不知为什么,一瞬间我觉得有些悲伤。

一

按理说,我应该已经死了。

我总是贪睡,闲时爱抱一本时下流行的小说,躺在窗前的贵妃竹榻上,一睡就是一个下午。如果易月生那边有什么事情,谢青会来摇醒我。可是睡太久,也是很不舒服的一件事情。

知觉花费了很长时间才回到身体里,四肢浑然无力,我躺在一张红木四柱床上,床头放着一个看上去柔软舒适的蚕丝靠枕,我想挪过去,费尽力气折腾了半天,一寸也未动。而在其间,任由我如何挣扎努力,谢青都只背对着我,低头闻床尾那树桃花。

等他嗅够了,才转过身来:"起床了,季小姐。"

如同我还在那个江南小院,窗外桃花正盛,黄莺啼叫。说完他就转身走了,没有再多看我一眼。

"他说你是他上司,"年轻的歌唱家站在舷窗前,费解地问,"你们东方人对雇员真宽容。"

"我对他做了一件不厚道的事情。"我叹了口气。

我又想起了那座小楼，离我而去的果实，以及当时支离破碎的身体。我强行拿走了谢青一样东西，他大概原本并不想给。

我在一艘船上，船内装饰奢华。床上挂着落地的纱幔，床尾有一树盛开的观赏桃花，花树下是只香炉，袅袅地燃着龙涎香。我忍不住想起了德国皇帝号，那是我唯一拥有的一艘船，后来被自己亲手炸毁了。

据说我沉睡了一年，恢复是一件极其缓慢的事情。最开始记忆像是断片的胶卷，一闭上眼睛就能听见遥远的呼唤，仿佛是那条浓雾弥漫的道路上，棋子落在棋盘上的声音，果实在我耳畔低语："季小姐，季小姐。"

我从未回应。因为他不是真正的果实，真正的果实很少锲而不舍地跟我打招呼，我们聊天时它一般都只简单明了地说一个字："滚。"

歌唱家会来床边陪我，为我带来当天的报纸。故事一旦变为油墨，总是显得格外冷静。我发现战争似乎已经和当初截然不同了，德国节节败退，盟军胜利在望。仿佛自从去年协会在小楼里一战之后，世界光与暗的对峙发生了微妙的改变。我有一肚子问题想问谢青，然而他看都不来看自己的上司一眼。

三餐是歌唱家端给我的，他说："刚才你助理往你的咖啡里加了三勺盐。"

我只好在勉强能下床后亲自去找他。谢青在厨房煮咖啡，日久不见越发身姿挺拔，手里果真拿着只盐罐子。我扶着门框："你这是打击报复。"

他抬头看了我一眼："我的工资呢？"

"你不是才买了船？"我疑惑，"应该不缺钱吧？"

谢青摇头："我在协会的账户被监视了，里面的钱不能动。"

我想借机问协会的秘密，比方说小楼顶上是什么、协会的人到底想要什么时，他却忽然放下杯子，竖起手指放在唇上，摇了摇头。

谢青背对着阳光，脸藏在阴影里："季小姐，我给了你我的忠诚，意味着我不会背叛你。但是并不意味着我是你的百科全书，有义务解答你的一切问题。这个世界上最危险的东西是好奇。"

我只好换了一个简单的问题："我们在哪里？"

"阿姆斯特丹。"他说，"我来这里见一位旧友。"

我从未听说谢青在管理局有朋友,还想追问,他却已经煮好咖啡,装在白皙通透的白瓷杯里,递过来。

我落荒而逃,才出门,忽然听见他开口:"季小姐。"

我回头,看见谢青靠着舷窗看着我,他端着那杯咖啡,自己低头轻轻喝了一口:"我朋友是个神经病,你最好别好奇。"

二

美国,纽约。

那是最后的围捕,手下在走廊里一阵扫射,米莉安端着枪一脚踹开千疮百孔的酒店房门。

戴着白色面具的男人坐在窗台上,转头看着她,微微一笑:"小姐,好久不见。"

米莉安没有说话,举起枪!

巨大的后坐力,火光,碎石,尘埃。

男人像个染血的沙袋,仰面坠入楼下。

米莉安扔下汤姆森冲锋枪,换了短枪,冲到窗前笔直地向下开了三枪!

一、二、三……男人自商务酒店坠入曼哈顿湾的深水之前,至少中了七发子弹。这次,他不可能生还,一定不可能生还。

米莉安舒了一口气。她忽然觉得春天快要到了,阳光里有一点浅淡的暖意,落在自己酒红色的长发上,很舒服。她忽然想写信,告诉那个魔鬼,他们之间的约定完成了。在那之前,她要先喝一杯咖啡庆祝。

米莉安转身出门,旋风一样冲过满地碎石的走廊,穿过仓皇失措的酒店工作人员,扔下自己呆头呆脑的手下,冲向外面阳光明媚的咖啡厅,点了一杯蓝山。

咖啡厅的女招待走过来,弯下腰,附在她耳边道:"小姐,那位先生问你好。"

米莉安顺着女招待的手势,转向酒吧角落,笑容忽然凝固了。白色的面具,黑色的西装,他没有死。

这个男人明明中了七枪,却没有死。

米莉安放下钢笔,摇摇晃晃地站起来想逃跑。男人一瞬间靠上来,快得让她无法

反应。他的手轻易地握住了她的脖子，就像握住一只脆弱的东方花瓶。米莉安挣扎着，咖啡店里所有人都往这边看。然而没有人帮助她，每个人只是安静地看着，包括女招待。

米莉安知道自己输了。这是一个陷阱，她是困在其中的小兽。然而男人手上的力气却突然松了，戴着白手套的手指滑过她的脖子，灵巧地穿过酒红色的长发："能告诉我它是什么吗？旧情人的定情信物？"

"滚！"她咬牙切齿。

男人将手收回来，掌心里握着一条碧绿色的东方翡翠项链。他用小指头将项链勾起来，晃来晃去，仿佛一松手，脆弱的翡翠就会掉下去，摔得粉碎。米莉安看着那一点碧绿，忽然想起远方的那条船，和诺亚·贝克尔的脸。她已经没有什么东西能够用来怀念他了，除了它。米莉安很绝望："你想要什么？"

"这是我们之间的秘密，没有其他人知道。"白色面具微微一笑，优雅地拉起她的手，放在唇边，"我想要你的忠诚。"他靠过来，附在耳边，如同魔鬼般呢喃，"所有反对我的人，最后都死了。你想加入他们吗？"

下午的暖意以惊人的速度退去，夕阳变得冰冷。

她离去的时候，身后突然传来巨大的爆炸声，气浪把旁边的遮阳伞与汽车掀翻在地。人群骚动逃离，远方响起警笛声，刚才的咖啡店已经是一片废墟。

那个男人是个疯子。他说这是他们之间的秘密，于是炸毁了整个咖啡厅。如果刚才她拒绝，现在葬身火海的人就是自己。

魔鬼，杀不死的魔鬼。

米莉安感觉到了恐惧。她逆着人流的方向往前走，街上挤满了看热闹的人群，她却形单影只，浑身发抖。

路边有一个老旧的停车场，停满了因为经济不景气而没有使用的汽车。傍晚的寒意里，车的后引擎盖因为白天的太阳而略有余温。米莉安蜷缩在一辆别克后面，轻轻地哭了起来。

她哭了很久，突然身边响起一个声音："小姐。"

三

少年站在街边,向她脱帽致意。他挥了挥手中的破帽子,里面突然呼啦啦飞出一群白鸽。鸽子扑打着翅膀向米莉安飞来,落了她一身羽毛。少年走过来,怜悯地问:"小姐,你被男朋友甩啦?"

纽约黑手党三大头目之一,黑寡妇米莉安·卢西亚诺已经很久没有人追了。自从上一个男友躺在深深的大西洋海底之后,她一直单身。

米莉安伸手拿枪,但是枪被面具男人搜走了,于是她只好对少年说:"滚。"

两辆黑色的轿车停在停车场旁的街道上,下来几位黑衣人,匆匆忙忙搜索着什么。那是她的手下,正在满纽约城找她。她站起来,向黑色轿车的方向走去。

米莉安忽然停了下来,有些发抖。前面的女人很陌生,乱得像草一样的红发,苍白的脸,穿着一条满是硝烟和弹痕、破烂不堪的裙子,仿佛刚从魔鬼手中逃出来一样,眼中满是泪水与恐惧。

那是一辆旧汽车的反光镜,她看到了自己。

难怪少年会觉得他们是一类人。不能让手下看到这样的自己,米莉安想。她是地下世界的女王,黑暗神坛上的雕像,神像不会悲伤、惶恐与恐惧。于是她又坐了回去,靠着一辆报废的轿车,瑟瑟发抖。

少年靠着她坐了下来,又伸出自己的帽子:"小姐,你饿了吗?"

米莉安没说话。他伸手在空帽子里一抓,抓出一片干面包,掰成两半,递了一半给她:"其实我也没吃晚饭。刚才在街边表演了一下午,没有一个人给钱。"

黑衣人依然在停车场里来来回回地找,米莉安蹲在角落里,靠着少年,尽量让自己缩起来,从远处看就像两个挤在一起取暖的乞丐。她咬了一口面包,似乎有点发霉。不过当年执行家族任务时,更糟糕的东西都吃过,因此她觉得似乎还行。

少年是个街头魔术师,出生在西部偏僻的村落,很小的时候就跟着老师一起流浪。老师年纪很大,总是拄着根拐杖,带着他穿过森林和乡村,从西部一直走到纽约,靠表演魔术换面包吃。他们路过各式各样的小城镇,遇见过很多有趣的人和事情。

"你老师呢?"米莉安小声问。

"死了。那年寒流,经济不好,很多流浪汉都死在了路上。"少年叹了一口气,"我一个人来到了纽约。"

他转过头看米莉安:"小姐,你刚才为什么哭?"

"我遇到了一个魔鬼,"米莉安说,"他非常可怕。我用尽了所有方法都无法杀死他。他想要买走我的忠诚,我很害怕。"

他们分享完最后一片干面包,黑衣男人终于走了,米莉安站了起来。少年向她挥手道别:"小姐,我是个魔术师,没有魔术师办不到的事情。如果魔鬼再来找你,记得来找我。"

他远远地又喊了一句:"记得来找我啊!"

四

后来我能在甲板上走一走了。歌唱家陪着我,和我说他曾经的故事。年轻的歌唱家有很多故事,他的眼睛被那些故事蒙上了灰色的阴影。他说他曾经与一位朋友相互厌恶与利用,直到一个深夜,一直以来憎恶的人挡在枪口前,为他留下了一条逃生的道路。

"我知道了最深刻的感情,因此对人生再也没有期待了。"他的笑容很苍白,"你的助理付了我很大一笔钱。我想找一个安静的小城市,听听人们的故事,写写酒吧歌曲,等待战争结束。"

"我有一位朋友,她叫米莉安。"我说,"也许你会想为她写一首歌。"

于是我说了米莉安的故事。

五

有光明的地方就有黑暗,有利益的地方必然有利益的划分。纽约不例外,黑手党们也不例外。

1940年,纽约突然多出了一些外来客。这些人肩上印着奇怪的徽章,成立了一个地下秘密组织,疯狂地扩张自己的势力。他们的头目,是一位戴着白色面具的男人。

黑手们立刻进行了反击。恶战每个星期都有,提着冲锋枪的美国人在街头、码头、酒店与外来势力战斗，然而损失惨重。白色面具就像一支恐怖的歌谣，在纽约灰蒙蒙的天空中飘荡。反对的人大多数都死了，剩下的黑手党家族纷纷默认了白色面具的存在。

只有卢西亚诺家族的米莉安拒绝握手言和。她动用了家族的全部力量，开始对白色面具进行绞杀。

她派出了暗杀的高手，也带着人拦截过男人的轿车。轿车被冲锋枪的子弹扫得千疮百孔，然而白色面具安然无恙。后来米莉安出动了所有的人，亲自将男人围困在酒店中。她冲进男人的房间，对着他连开七枪，白色面具却依然活着。

米莉安失败了。她成了面具男人温顺的代言人，代替他处理事务、纠纷，争取利益。人们只觉得米莉安的势力在变大，没有人知道她只是一个木偶。

男人要求每天早上和她共进早餐。他喜欢晃着手中那个翠绿色的玩意儿，问："宝贝，你想拿回去？你看我的眼神像在喷火。"

"先生，那是我朋友的遗物，希望你能还给我。"

"不能。"男人满意地把鸡心翡翠收进上衣口袋，递给她写着当天待办事宜的信封，吹了声口哨，"当然，小姐，如果你嫁给我，也许我会考虑。"

那天事务结束得特别早，米莉安并没有回家，而是去了市区的一个旧停车场。自从吃了少年发霉的面包以后，她养成了一个新习惯，心情不好时就去停车场。少年这时正在停车场外的路边做街头表演，米莉安愤愤不平地蹲在他旁边："你见过这么无耻的魔鬼吗？他拿我的鸡心翡翠威胁我。我现在一无所有，只剩下它了。"

少年在街头装雕像，只能用嘴角说话："那个鸡心翡翠是干吗的？"

"我喜欢的男人的定情信物，我们差点结婚了。"

大街上一位路人回头，正看见街边一个人形雕像从台子上倒下来，脸着地，随后又站了回去。

"你有喜欢的男人？"

"废话！"米莉安白了他一眼，"死了。"

于是人形雕像又从台子上掉下来，哐当一声。

"你现在在干吗？"少年爬起来。

"为魔鬼工作。"米莉安叹了口气，"我在想办法杀他。你有办法吗？"

"我连自己的午餐都没有办法解决。我已经在街边站了一上午了，没有一个人给

第二章 魔术师

我钱。"

米莉安把自己早餐剩下的面包分给他。

少年在街边站了一会儿，犹豫来犹豫去，突然问："米莉安，你很痛苦吗？"他转过身，看着她，"逃走吧，米莉安。我有办法帮你逃走。"

── 六 ──

偷袭发生得毫无防备。

当时米莉安正在指挥几位手下，将走私的枪支运到秘密码头。男人涉足的事情不外乎三种——走私交易、军火运输以及接应一些身份特殊的人。米莉安不理解为什么他会将如此大量的军火运入这座城市，但是除了执行，她别无选择。

忽然，她被人从背后扑倒，按在了地上。

"黑K党！黑K党！"身边有人在大声呼喊。

枪声和爆炸声响起，米莉安什么都看不见。

那是一场完美的伏击，袭击者来自与米莉安为敌的一个帮派，他们偷袭了她卸货的地点。所有人被抓，米莉安被拖起来，罩上黑色的罩衣和头套，送上了一处高高的绞刑架。

绞刑架在郊区，是独立战争之前遗留下来的东西，磨磨刀片勉强能用。偷袭的敌人将她架上断头台，然后手起刀落——所有人都看着，包括米莉安那些被捆成一排的手下——米莉安的头落在地上，滚了两圈，掉进曼哈顿港湾的深水里。

整个纽约的地下世界沸腾了——卢西亚诺家族的米莉安被杀死了。

白色面具找到米莉安时，她正拖着旅行箱在咖啡店吃点心，嫌弃太甜，用银色小勺不耐烦地敲打着碟子边缘，一抬头，桌子对面突然多了一个人。

男人看上去与平时没有什么差别，伸手拿过她放在桌上的汽车票："去费城？我一直在想没有头的人怎么买车票，看上去似乎很顺利。"

米莉安转身想跑，被他一把抓住。

白色面具的声音就在她耳畔，危险低沉，满腔怒火："黑K党并没有来找过你麻烦。

断头台下有暗道，那是一个魔术，经典的街头演出。"

他说得对，那是一次精心策划的演出。

那天晚上绑架她的，是米莉安自己安排的手下。他们戴着兜帽，蒙着脸，在最恰当的时机俘虏了在场所有的人——包括白色面具派来的监察员。所有人都看见米莉安被送上高高的绞刑架，然而他们没有看见的是，绑匪给她穿的是一件特制的斗篷。那件黑色的大斗篷比米莉安高一些，正好多出一个头颅的高度。为了私下制作这套道具，她费尽周折。

她背对所有人，站在绞刑架前。人们的心都悬在嗓子眼时，她从披风里滑入预先设计好的地道，绑匪随后将一个兜帽里的假头颅与一件空披风斩首了。

然后她拖着行李箱，打算去费城，却被拦在了咖啡厅里。

米莉安没有回头，她不知道小小的咖啡厅里到底有多少把枪对着自己，但她知道一定不会少。

白色面具抓起她的衣领，嘴唇几乎对着她的鼻尖："小姐，远离你那位魔术师朋友。"

于是她又被带了回去，在一间公寓里关了两个月，每天只能透过一扇小窗户看到鸽子、蓝天和半截烟囱。等再次见到少年时，雪已经能盖住皮靴鞋面了。

少年在停车场外搭了一个帐篷，烤着炉火瑟瑟发抖，看见她眼睛一亮："米莉安，你还活着？"

"废话，再也不相信你的馊主意了。"她在破破烂烂的火炉边挤了一个位置坐下，伸手烤火，祈祷自己黑道上的对手们不要看到这一幕，"不过魔鬼需要我，他不会轻易让我死掉。"

米莉安带来了面包，少年吃得狼吞虎咽，问："米莉安，如果逃不掉，那你为什么不和魔鬼握手言和？"

米莉安摇头，把下巴放在膝盖上，深蓝色的眼眸垂下去："我不能。他杀了很多人，包括我忠诚的手下。"

米莉安一条一条列出了魔鬼最近的恶行，愤愤不平："他把我关了整整两个月，每天除了窗外的鸽子什么也看不到……他强迫我每天和他共进早晚餐……他杀掉了所有反对他的人，但是没人能够杀死他……"

少年告诉她这两个月街上发生的新闻，欧洲战事激烈，面包店的面包每磅涨了十

美分，时尚杂志上的女士们开始流行穿过膝的短裙……他讲话断断续续的，皱起眉头费力回想，讲到一半忽然发现好多东西记不起来了，最后沮丧地停了下来。

"我只是想让你高兴一些，米莉安。"他说。

米莉安叹息："我为他走私了很多东西，但是他从来不允许我查看是什么。"

"那你看了吗？"少年问。

"看了。"她眯起眼睛，声音突然冷了下来，像外面飘落的雪花，"都是枪，全都是枪。"

"别担心，其实我经历过比这些更可怕的事情。"米莉安伸手摸了摸少年柔软的头发，"活下去已经很艰难了，我不会让这个世界变得更坏。"

"米莉安，"少年叫她，转过头来认真地看着她，"如果逃不掉，也许你只能杀死他。"

少年说："杀死他，我带你逃到安全的地方去。我有一个办法。"

—— 七 ——

"米莉安，姓卢西亚诺，是黑手党卢西亚诺家族最危险的杀手。我们在德国见过面，她有一头比夕阳还红的长发，眼睛蓝得像海水一样，"我们在甲板上散步，我告诉歌唱家，"没有男人不喜欢她。"

"她遇到自己喜欢的男人了吗？"他问我。

"遇到了，"我看着碧蓝的海水，想起米莉安的眼睛，"然后亲手杀了他。"

歌唱家没有说话。

"那个男人叫诺亚·贝克尔。他心中有爱的人，因此米莉安从来没有真正赢得过他的心。米莉安试图从诺亚身上获取一个重要的情报，但失败了，绝望中她引爆了炸弹。诺亚死了，米莉安独自活着。我和她做了交易，我拿走了她的忠诚，她为我工作。"

歌唱家问我："后来呢？"

"几年前，我处理了一些自己的旧物，将诺亚的鸡心翡翠项链寄给了她。从那之后，我们就失去了联系。"

我们散步到甲板的尽头，我看见了谢青。

他靠着栏杆,在和一位戴着白色面具的人说话。我想他应该是谢青正在等的朋友,一位黑洞协会的白鬼。男人蹲在地上,谢青手中拿着一份报纸,谈话间时不时瞟一眼报纸的头版,似乎心情不错。

我难得见到谢青心情不错,于是走了过去。

谢青看见我走过去,突然将报纸叠起来,夹在胳膊下,转身想走。

八

米莉安进门时,男人在窗前看雪,手上夹着一支香烟,回头看她:"你终于来了。"

"我遇到了伏击,死了三名手下。"米莉安说,"你要的东西,放在曼哈顿区的这个仓库里。"她把钥匙递过去,手有些发抖,"我很害怕,能休息几天吗?"

"小姐,别把自己说得这么惹人怜惜,我知道你怎么得到卢西亚诺家族的。"男人向她走来,居高临下地打量她,米莉安退了一步,突然不寒而栗,"当年死在你手中的对手,还少吗?"

米莉安抿着嘴唇,没说话。

桌上放着一束白色的玫瑰花和一张写着任务地点的卡片,男人向那边指了指,米莉安走过去拿起卡片,向门口走去。男人叫住她:"还有花。"

米莉安又走回去,抱起那束玫瑰花。出门时,报童男孩抱着满怀的报纸,看了一眼她手中的花,突然说:"小姐,情人节快乐。"

米莉安才发现,原来今天是情人节。

这次的任务是取一样东西。既然要通过走私的渠道获得,就意味着它不能被表面的世界所接受。米莉安带着人到了深夜的码头,正好听到了情人节十二点的钟声,四周都是排队上游轮、深情相拥的情侣。

接头的人戴着黑色兜帽,从熙熙攘攘的人群中挤过来,将一样东西放在她手中。那是一个精致的首饰盒,看上去就像装着普通的情侣戒指。

"劝你别打开它。"接头的人说,然后匆匆消失在人群里。米莉安握住那个冰冷的盒子,感觉像握住了一枚炸弹。

她没有去找白色面具,而是找了个借口先回到自己的公寓,关上房间所有门窗,试图打开那个盒子。

出乎意料的是，盒子并没有上锁。她轻轻一碰，就自动打开了。里面是一张很薄的纸，字写得非常潦草。米莉安拿起来，对着灯光看，突然脸色变得苍白。

她终于知道男人想要什么了。他秘密买进了很多枪支，这个并不可怕。现在欧洲和亚洲战火激烈，全世界都异常缺乏弹药，很难大批量入手。即使你给所有的黑帮成员每人一支枪，没有足够的子弹，那也只是玩具而已。

而那张纸上，是一个火药配方表。

米莉安出身黑手党家族，很小就开始接触火药。这是一张异常珍贵的，经过改良的，大量减少硝酸铵，可以批量生产的新配方。它珍贵到不能通过容易被破解的无线电台传送，只能采取最原始的方式——人肉传递。

这个男人将会有枪，有子弹。他想要的，是整个纽约城。

房间里冷得令人发指，米莉安穿上她最厚的貂皮披风，戴上最喜欢的小圆帽，匆匆出门。出门前她甚至对着镜子用冻得发抖的手化了妆，让自己的气色看上去好一点。她在楼下拦住一位报童，塞给他一把零钱，让他给白色面具的住址送一封信。

米莉安买了一张通往西部的火车票，然后跳上了相反方向的火车。

九

火车路过一个个落满雪的小站。

深夜的车厢里光线昏暗，人声嘈杂，米莉安全身冰冷，抓着手中的盒子，就像抓着最后的救命稻草。

突然有人在她对面坐下来，问："小姐，那是你未婚夫送的情人节礼物？"

米莉安看着他，他看着米莉安的手。

然后男人突然拔枪！

米莉安更快一步！她左手拿枪，已经抵住了男人的额头。米莉安没有任何犹豫，甚至没有眨一下眼睛，瞬间扣下扳机。车厢里一声闷响，陌生人栽倒在地，耳畔充斥着人们的低声尖叫。

火车正经过弯道，逐渐减速。米莉安冲到车厢连接处，推开车门，跳了下去。

面前是一片山地，走进树林之前，她最后回头望了一眼，火车已经轰隆隆驶向远方。她知道她早已跨过了面具男人为她设置的底线，从现在开始，一切不再是游戏。

树林、村落、城镇，男人的情报网无处不在，追捕她的人越来越多。她不记得自己开了多少枪，又杀死了多少人，只知道自己手中的东西很重要，如果流落出去，整个世界将会是一片火海。

偶尔她也会想起那位街头卖艺的少年。自己没有给他带面包，不知道他能不能安然度过这个冬天。

最后的围捕是在一个黄昏。大雪积到了膝盖那么深，米莉安开着一辆车皮生锈的皮卡，冲向一座仓库。那是她最后的基地，家族在西部最后的一点产业，当年养父留给她的最后遗产。

养父临终前抚摸着她的头顶说，米莉安，有一天你在家族无法立足时，就去西部，那里有一处秘密的房产，你可以平静地生活，放牛牧羊，纺织衣服，嫁给一位普通人。

追捕的人从东边过来，机枪对着公路扫射，子弹打在皮卡轮胎前的地面上，留下一个个雪洞。皮卡以难以置信的高速冲进了那座仓库，轰的一声，仓库爆炸了，熊熊大火燃烧起来，将米莉安和她的车吞没其中。

追踪的车队停了下来，有人从车上下来，打量着仓库的火势，又回到车队当中。车辆分开，最里面的黑色轿车车门打开，下来了一个人。

戴着白色面具的男人走了下来。他穿着厚重的大衣，毛绒领子一直遮到下巴，手插在口袋里，脸上依旧戴着那张面具。他走到仓库前，点燃一支香烟，吸了两口，然后扔在地上，对旁边的人说了一声："灭火。"

火势终于小了下来。男人走进火场，低头看脚下被烧得漆黑的残垣断壁，然后扬起手给自己一个耳光。这是这件事发生以后男人给自己的第三个耳光。

然后爆炸声再次响起。这次炸药的位置就在他脚边，深深地埋藏在地下。炸药威力之大，如同火山突然从地底喷发，将面具男人淹没其中。

厚重的黑大衣瞬间飞扬起来，冲击波让周围的人都倒下了，男人在地动山摇中打了个喷嚏，忽然扭头看向远方："暴风雪要来了。"

第二章 魔术师

十

谢青看见我，收了报纸转头就走。

"你最近变小气了。"我谴责他。

面具男人突然开口了，用的是非常不标准的中文："小姐，你刚才提到了米莉安？你认识她？"

我低下头，打量他。男人的声音很阴冷，没有什么温度，像是冬天的天气。他戴着白色面具，坐在一把白色的躺椅上，把玩着一把枪，我想他就是谢青要等的人。我看了一眼谢青，他面无表情地看我，看来默许了男人把枪带上船。

"是的，"我说，"我们以前定期通信。"

"你想听米莉安之后的故事吗？"他指了指身边的另一把椅子，"不会耽误你太长时间。"

谢青折回来拦住我："季小姐，你最好别听他说，他是个神经病。"

我在男人旁边坐了下来。

十一

皮卡车冲向仓库时，米莉安看了一眼远处冲来的车队，推开车门。她将帽子挂在座椅上，弓起身体，翻出车外。汽车轰鸣着冲向前面的仓库，车上的炸弹和汽油桶撞上仓库的谷草，烈火熊熊燃烧起来。

米莉安滚下公路，在路基之下冬天的麦田里打了几个滚，终于停了下来。她遍体鳞伤，但是她庆幸自己还活着。

公路很高，她藏在路基的阴影处。外面异常安静，她只能靠化妆镜的反光，才能知道面具男在做什么。

他在让人灭火。

米莉安突然松了一口气。

她的逻辑很简单。男人会杀了她，但是在那之前，首先要拿走她手中的配方表。那是个坚硬的盒子，或许能够在火灾中幸存下来。男人不会救冲进火场的她，但是他一定会灭火，然后亲自拿走她手中的情报。

那张配方表太重要了，他一定会亲自来取。

因此米莉安动用了最后的力量，事先在那座仓库里布下了埋伏。因为少年曾经对她说过，任何魔术都只能进行小范围的欺骗，如果你让整个世界都陷入火海，再优秀的魔术师也无法逃脱。

男人一走进仓库，她就引爆了手中的定时器。炸药炸毁了半条公路，爆炸的冲击波落了米莉安一身的泥土和石块。她最后看了一眼那座已经夷为平地的仓库，确信男人不会再活下去了，然后转身走入大雪深处。

米莉安看了看远处铅灰色的天空，知道自己必须尽快离开，因为暴风雪要来了。

十二

米莉安迷路了。

她小时候和养父逛集市时曾经走丢过，后来又在感情上迷失了方向，这次是在暴风雪中找不着回家的路。

烈风卷着大雪，霎时覆盖了一切，所有方向都是一样的白色。公路早已看不见了，追杀者的车队也不见了。他们要么也急于逃出暴风雪，要么还在为死去的首领默哀。米莉安把整个人都缩在貂皮披风里，庆幸自己走的时候拿的是最厚的一件。

她的计划艰难而仔细，考虑到了每一个因素，但是没有考虑到暴风雪。一切已经太晚了。没有食物，没有水，而那件披风上还有一个弹孔，挡不住死亡的寒意。米莉安曾经在报纸上看到过死于暴风雪的旅行者的故事，她曾以为这种新闻离自己很遥远。

不记得走了多久，远处有一个牧羊人避雪的山洞。洞穴很深，从积雪中露出来，像是一个远方的召唤。米莉安挣扎着走了进去，蜷缩在黑暗里。

她昏睡了过去。

梦里听见有人叫她的名字："米莉安，米莉安。"

梦里金发的海军长官，端着一杯鸡尾酒靠着吧台看着她，温柔地喊她的名字："米莉安。"

酒吧很温暖，有音乐和热闹的人群，以及丰盛的食物。米莉安又冷又饿，向他走

第二章 魔术师

去："亲爱的，我已经和家族没有任何关系了。我答应嫁给你。"

然后一切都爆炸了。所有的场景如同被炸掉的玻璃，在梦里支离破碎，包括诺亚英俊的脸。

米莉安醒了过来。

她感觉很暖和。面前燃烧着一个火堆，火堆上烤着一只兔子。少年只穿着一件单薄的衬衫，背对着她翻动着烤架上的兔子，问："米莉安，你刚才说要嫁给我？"

米莉安吓得差点跳起来。

"我不放心你的计划，就来看看你。别小看流浪汉的情报网，"他说，"我对西部到纽约的乡村小路可熟了，尤其是冬天。"

"谢谢，"米莉安说，"魔鬼已经死了。"

少年没吭声，他烤好了兔肉，递过去，然后走到米莉安身后，靠着她坐了下来："我想听你的故事。"

"刚才你在梦里喊诺亚，诺亚是谁？"少年问。

冬天的夜晚很漫长，米莉安沉默了很久，最后说了诺亚的故事。她说了他们在一家海军军官常去的小酒吧相遇，相互利用的往事。她形容了他英俊的容貌、温柔的举止，说了自己几次枪口对着他时的犹豫，以及误杀他后的挣扎与彷徨。

"你爱他？那个人渣有什么值得你爱的？"

"关你屁事。"米莉安说。

"长得好看的男人很多，温柔对待女士的也不少，而且他们都还活着。"少年看着她，"我们可以一起逃走，找个安静的小镇，修一个小房子。我可以每天表演魔术赚钱，你可以做喜欢的事情，我们一起活下去。"

米莉安发了一会儿呆。

"你为什么会对一个死人念念不忘呢？"

她抬起头，正对上少年的眼睛，忽然觉得有些可怕。少年的眼神深邃而认真，像是外面漫天风雪里的黑夜。一些片段从记忆中一闪而过，米莉安开始察觉到不对。少年身上有一种味道，一直以来她都觉得莫名其妙的熟悉。米莉安突然意识到，自己从未见过面具男人摘下面具后的样子。

"你是谁？"她问。

"什么？"少年似乎没有听清楚。

"你从那么远的地方来，只穿着衬衣，没有行李。我不相信一件衬衣能够让你独自穿越茫茫大雪。"

"我的行李在路上弄丢了。"

"最初见面时，你说你的老师死于一场暴雪。但是我突然想起，那年是个温暖的冬天。"

"你记错了。"

"我没有记错。"米莉安嘴唇有些颤抖，"而且你身上有一种 Camel 牌薄荷香烟的味道，那是魔鬼最喜欢的牌子。你在等我醒的时候，一定吸过烟。"

烟灰就落在火堆旁的冻土上，一目了然。

少年收起了笑容，调整了自己的坐姿。米莉安忽然意识到，虽然火堆就在自己面前，然而他一直坐在阴影里，背对着光明。他站了起来，走到米莉安面前，重新蹲下来。光影交错间，米莉安觉得他变高了。对于一个魔术师，身高、容貌、音色……一切都能在舞台上进行伪装。只不过他的舞台，是人生。

"小姐，你愿意听听我的故事吗？"少年问。

十三

"我会间歇性失去记忆。"少年说。

少年没有说谎。他出生于美国西部的一个乡村，从小跟随老师在城镇街头卖艺。后来经济不景气，老师带着他去远方的大城市。正巧那年大雪，最终只有少年一个人孤身来到这座城市。只是这个故事发生在三十年前，而不是三年前。

当时的少年并没有遇到给他面包吃的好心人。他饥寒交迫，受尽了路人的白眼，最终在一个寒冷的冬天，靠在落满雪的汽车引擎盖后面，蜷缩成一团，奄奄一息。有人在他面前蹲了下来，问他："孩子，你喜欢这个世界吗？"

少年摇头。

男人又问："很好，你愿意跟我走吗？"

从此，时间对少年不再有意义。他戴上了一个白色面具，走进了黑暗当中，成为少数几个能够直接加入协会的白鬼。

第二章 魔术师

经历了那场大雪的后遗症,就是他会时不时地失去记忆。当他什么都不记得时,他会变回当年那个无辜的少年,在街上漫无目的地游荡,直到把一切都回想起来。

他没想到自己会在失忆的时候遇到米莉安。

她蜷缩在那个旧停车场里,就像一只小猫。孤独的身影和火红色长发刺痛了他的眼睛,于是他忍不住走过去搭讪,问:"小姐,你被男朋友甩啦?"

他看到了一双蓝如海水的眼睛,被这样蓝的眼睛注视时,就仿佛站在整个纽约的晴空之下。米莉安总是带来面包和温暖的饮料,他们聊天,相互交换烦恼,就像两只互舔伤口的猫,忘记了生活的艰辛。

后来他才意识到,米莉安带来的,是希望。

男人开始渐渐沉溺于少年的梦境,不再想醒过来。他甚至发现自己失去记忆以后,竟然开始质疑起现在的工作,还给米莉安出主意,如何对付现在的自己。

每每发现这一点,他就头痛不已,恨不得给自己两巴掌。他无法威胁自己,只好威胁米莉安:"离你那个魔术师朋友远一点,如果再看见你和他有联系……"

他无法真正伤害米莉安,只能尝试相信她。

当报童把信送过来时,男人的手抖了抖。他摔了酒杯,摔了碟子,想摔米莉安的鸡心翡翠,但拿起来,又放下了。

信很简单:

你的配方在我手上,想要它,就来找我。

米莉安

她竟然真的用了自己出的主意。为什么我要给她出这种馊主意?于是男人转过身面对窗户,给了自己一个响亮的耳光,然后对下属说:"走。"

毕竟配方表是要追回来的。

他清楚米莉安的计划,那是根据一个经典魔术改的。困着魔术师的棺材在传送带上送往粉碎机,当所有人都以为魔术师被切成碎片时,他其实已经从棺材另一面的活板门偷偷逃走了。米莉安将棺材换成了汽车,粉碎机换成了放有炸药的仓库。这个设计危险而合理。他想起她曾经是卢西亚诺家族最优秀的杀手。

他甚至陪她走到了计划的最后一步,走进了那间仓库——当然地下的烈性炸药已经被替换过了，相对温和无害。他终于妥协了，决定换个新代理人，然后将米莉安带走，随便藏在哪个安全的乡下，别再扰乱自己内心的平静。

"我并不想伤害你，""少年"看着她，"我也感激你给我带的面包和啤酒。作为回报，我在情人节送了你玫瑰花。对了，你还记得你拿走的盒子吗？你试过打开它的反面吗？"

那个小盒子米莉安一直带在身边。她拿了出来，发现它可以双面打开。正面放着情报，背面打开，里面衬着黑色的天鹅绒，上面有一枚戒指。

"好了，你现在看到我所有的秘密了。我为欺骗你道歉，你愿意跟我走吗？"他问。

十四

"我会间歇性失忆，"男人说，"失忆的时候我会回到少年时代，然后找个街头卖艺。以前我的手下必须从街边把我拖回去，换上西装和干净的长裤，关在房间里直到我恢复记忆。管理局的鹰眼很厉害，后来我最信任的手下都死了，失忆的时候就是我最危险和最脆弱的时刻，连我自己都不知道，少年的我会做些什么。犯病的我没有任何自卫能力，或许我在什么都想不起来的时刻，就被车撞死了，或者被黑手党杀死了。我就是在最黑暗的时候看见了米莉安·卢西亚诺，就像在黑暗中看到了一线光明。"

"我能理解。"我告诉他。

"那你能理解，这一线光明后来熄灭了吗？"他问我。

十五

枪口。黑洞洞的枪口对准太阳穴。

米莉安带着枪，她有随身带枪的习惯，并且子弹永远上膛。

"不！"米莉安脸色苍白，"我答应过一个人，要把黑暗挡在这座城市之外。"

诺亚·贝克尔死后，米莉安不再效忠家族，她和德国皇帝号上那位脸色苍白的东方女子达成了协议。

第二章 魔术师

养父病逝下葬的第二天,米莉安带着四个手下、五把枪,闯入了家族内部的晚宴。金碧辉煌的大厅里充满了吵闹和喧哗,米莉安沉默地走进去,再出来时就正式成为卢西亚诺家族的继承人。因为任何黑手党家族,都只能由活人继承。太阳照常升起,华尔街依旧人头攒动,卢西亚诺家族事务依旧,只是纽约的地下世界多了一双注视的眼睛。

几年后,米莉安收到了那封来自东方的信。信很简单,写的德语,只有一句话:

> 如果有戴白色面具的人出现在纽约,杀掉他。把黑暗,藏在人们看不到的地方。

随信一同寄来的,还有一条鸡心翡翠项链。

因此,即便整个纽约黑手党都和白色面具男人握手言和,米莉安不可以。相反,她必须动用所有力量,杀掉他。

"可是你失败了,小姐。"男人看着她,"你很尽力了,可以放弃了。"

米莉安摇了摇头:"我答应过一个人,要将黑暗藏在人们注视不到的地方。我经历过世界的残酷,我希望这个世界变得温暖。我想诺亚想要一个更温暖的世界。"米莉安举着枪,手有些摇晃。枪里只有一发子弹,因此她只有一次机会。

"我不一定能够杀死你,"她把枪对准自己的太阳穴,"可是如果你再失去记忆,会怎么办?暴雪会下很久,你会一直困在这里,面对我的尸体。我不相信你,但是我相信他。"米莉安扣动了扳机,"如果我死了,他不会让你轻松地活着。"

少年的脸色瞬间变得像纸一样苍白。

—— 十六 ——

"米莉安赢了。"男人对我说,"她自杀以后,那个男人举起枪,自己杀死了自己。从此整个纽约,不再有最深刻的黑暗。协会在北美洲的行动,因为她而停滞不前。甚至战火向各个地方渗透时,纽约成了一个安全岛,安全而繁荣。"

他从椅子上站起来,取下面具。面具下竟然是个清秀的少年,有着浅金色头发和深黑色眼睛。少年看了我一眼,嘴角挂着一个悲伤的微笑:"谢谢你听我的故事,小姐。"

"如果白色面具死了,那你是谁?"我问。

"我吗?"他挥了挥手,"我是米莉安的代理人,帮她把黑暗挡在世界之外的魔术师,你也可以叫我协会的叛徒。现在我的使命完成了,请帮我向季小姐转达,说米莉安已完成她们之间的约定。"

少年撑着栏杆,翻了出去,落到轮船下一层甲板上,然后向远方的港口走去。夕阳冰冰凉凉的,他的影子被拖得很长。我看着他穿过密集的人群,手插在口袋里,像个最普通的少年。

"我不明白。"我说,"现在的他,到底是白色面具,还是失去记忆的少年?"

"别理他,"谢青站在我身后,"他是个神经病,精神分裂很多年,早就治不好了。以前还在协会里找过医生,后来遇见了米莉安,再也没吃过药。"

我想男人大概真的很喜欢当年的旧梦。米莉安死后,白色面具向内心深处的少年与感情做出了妥协。他背叛了协会,然后以毕生之力,达成了米莉安的愿望。如果一定要说,我想他应当是在现实与过去之中做了选择,然后选择了曾经的那位流浪少年。

第二天,我听到传闻,说港口的停车场里,一辆老旧的轿车后发现了一名流浪少年。少年拿着一把枪,对准自己的太阳穴开了一枪,不治身亡。报纸上的传言沸沸扬扬,我一惊,咖啡杯落在地上摔得粉碎。

谢青蹲下来,将碎片一片一片拾起来。

"谢谢你,"我对他说,"你来这里,是帮我拿米莉安最后的任务报告,对吗?"

他没有说话。

"我很高兴能够醒过来。"

谢青捡碎片时,手中夹着一份报纸,很不方便。我帮他接过来,发现是昨天他看得高兴的那份,竟然是管理局欧洲分部的内刊。我打开一看,头版头条是一篇悼文,署着黎家铭的名字。

《悼念上海滩一朵优雅的白玫瑰——NO.99》

整篇文章文辞优美,用情至深,一看就出自同僚之手。我一目十行地看下去,问:

"上面写的人是我?"

他放下手中的瓷片,抬起头看着我:"当年小楼上,我把你抱走时,所有人都以为你死了。"

"易月生呢?"

"他并不知道你已经醒了。"

船上有无线电,我想去跟老狐狸联系。谢青一把拉住我的手,然后反手锁上了餐厅的门:"我看到过光明,所以不想感受它在黑暗中熄灭的样子。季小姐,这是我的船,你不能离开。"

女先生

第三章・Chapter Three

一

　　船上有无线电，我想去跟老狐狸联系。谢青一把拉住我的手，然后反手锁上了餐厅的门："我看到过光明，所以不想感受它在黑暗中熄灭的样子。季小姐，这是我的船，你不能离开。"

　　谢青做他想做的事情，通常有两种手段：第一种是说出来，然后做；第二种是不说出来，直接做。如果他事先开口，就意味着在给你反对的机会。虽然我不知道一个来自黑暗中的人要追求的光明到底是什么，但是机不可失。我问他："你给了我忠诚，你的忠诚是什么？"

　　谢青靠在门板上，离我很近，他几乎不假思索："我会尽我所能，完成你的愿望。"

　　"我的愿望是从这里出去，给易月生发电报。"

　　"不，"他摇摇头，低头看我，"你的愿望是毁灭协会。"

　　我一时无言以对。

然后谢青松开手,走到房间的那一头,开始打扫地上的水渍和咖啡杯碎片。

在助理气消之前,我无事可做,只好拉了把厚重的椅子,坐在船舱的圆形窗户前,将黎家铭为我写的悼词重新欣赏了一遍。

除去黎导那篇言辞优美的悼词,内刊一如既往的不好看。研发部那群疯子说黑洞协会在研究一种能够瞬间毁灭一座城市的超级炸弹,呼吁总部拨款,自主研发一种威力更大的。有人发了一篇评论,抨击易月生假借勤俭节约之名,擅自缩减公款开支。老狐狸抠门也不是一天两天了,可喜的是竟然还有人匿名发了篇稿子反驳,说亚洲司部向来账目分明,福利优厚,从保留已故执行员 NO.99 的职称上就可见一斑。该反驳遣词造句隐隐眼熟,并且竟然可以在出版之前看到前稿,想必是易月生不愿出钱找代笔,亲自操刀。

易月生对外宣称我已殉职,却保留了我的排名与权限,细细品味,只觉其间回味悠长。

"我还是觉得,醒来应该跟易月生说一声,"我对谢青说,"他毕竟是我的直属上司。"

在早晨朦胧的光线中,他坐在餐桌前,用一块绒布擦拭着餐具:"当初易月生同意我带走你,因为他以为你永远不会再睁开眼睛了。季小姐,现在局面非常复杂,知道你醒过来,他可能会反悔。"

我于是问:"发生了什么?"

谢青站起来:"如果你答应不去见易先生,我就带你去见一个人。"

我终于意识到为什么谢青会买一艘船了。管理局和协会的眼线遍布每一寸土地,唯一空白的地方,就是无边无际的大海。谢青曾经将德国皇帝号改装成一艘情报船,游荡于公海之上。如果想要摆脱所有势力的制约,海洋是最好的选择。

船停靠在瑞士的一处商贸码头,我要见的人叫周慎余,是位研究员。

他留着报纸上流行的西式发型,穿着一件黑色的长衫,坐在一家中国茶楼里喝茶。茶楼为了迎合西洋人心中的东方情调,垂着红色纱帐,紫檀木桌上立了一排结婚时才点的大红蜡烛。他面容枯黄,双目无神,在一片深红浅香中,像个阴间来的鬼魂。

那时我依然不太能走路,谢青为我撑了一把挡风的纸伞。进门时,我向他问好:"周先生,久仰久仰。"

他惊得跳了起来,仿佛我才是那个阴间的鬼魂:"老师?!"

谢青收了纸伞，他又坐了回去，伸手揉眉心："对不起，我听错了。小姐，你的声音与我启蒙先生的有些神似，细听又别有不同。"

我笑问："尊师现居何处？"

他痛苦地低下头："我不知道，想必过得很好。"

二

周慎余初见蓝竹时，中日战争刚刚打响。七七事变之后，国立北京大学迁到了昆明，借着几间破旧校舍，联合其他几所高校重新办学。开校之初，学生寥寥无几，周慎余提早几日到校，因为行李少，并未去宿舍，而是直接去了新安置的化学实验室。实验室借的民居，勉强摆放了一些从北平运来的实验器材。初秋雨蒙蒙，空空荡荡，只有一位穿蓝衫黑裙子的女学生在调试仪器。

周慎余在她对面坐了下来，开始写实验计划。

写到一半，女学生走过来，低头看他的草稿本："你在研究炸药？你想通过改变成分与引爆方式来提高爆炸当量？"

周慎余点头："然。"

"你想干什么？"女学生问。

"黑市上有人出高价收配方，我想拿出去卖。"

周慎余答得很坦然，怎么也没想到这位姑娘会想撕了他的本子。她气得脸色苍白，声音都在发抖："国难当前，科学者当为国效力，哪儿有你这样发国难财的？"

周慎余想，对方既不是他老师又不是他未来的夫人（尚不知在何处），便不甚客气："我不过是研究，至于谁拿去做什么，与我无关。"

"既然无心报国，读书又有何用处？"

周慎余回得理直气壮："当然是为了赚钱。"

"你！"

"区区女子，与你何干？"

"区区——"姑娘倒吸了一口气，半天没说出一个字，转身走了。她走了两步又转回来，拿笔往他草稿纸上一敲："这里写错了。"

第三章 女先生

周慎余目送女生气呼呼地出门，只觉得她声音很好听，如同黄莺出谷，婉转悦耳，一双剪水瞳像是倒映了整个秋天，于是顺便多看了两眼。

他低头看本子，发现确实写错了一个计量单位。

周慎余原本忘了这事，直到开学第一天，他夹着笔记本进了课堂，教基础化学的先生却迟迟不到。

外面下着秋雨，一双黑皮鞋将破旧教室外的水坑踩出形状漂亮的水花。一位穿蓝旗袍的姑娘匆匆进来，把钢笔和课本一股脑放在讲桌上，转身往黑板上写公式。旁边有人窃窃私语："那新来的女同学是谁？长得真美。"

周慎余也问友人："那日我在实验室见过这位姑娘，她是谁？"

友人古怪地看了他一眼："你不知道？今年来了位女先生，慕尼黑大学回来的年轻讲师，姓蓝。喏，就是讲台上那位。"

女先生写完板书，拿起名单开始点名。点到周慎余时，顿了顿，提笔做了个记号。周慎余起初没留意，直到一个月后论文成绩单发下来，才发现自己被判了不合格。

── 三 ──

蓝竹最开始没有打算判周慎余不合格的。

她年少便出国留学，学的是少有女子涉足的化学，寒窗苦读，对国内事情知之甚少。这次受邀回国任教，特地提早了几日到校，熟悉环境。虽然是临时的校舍教室，可喜的是实验器材尚可使用。那天，蓝竹正检查仪器，忽然发现临窗坐了一名男学生。

男生不过十八九岁的年纪，灰布长衫，绷着脸奋笔疾书。她无聊地过去看，发现男生在研究炸药。他似乎想设计一种威力更大的炸弹，因此在做理论层面的推演。以当时西方观点来看，他的研究方法简单幼稚，然而视角却十分新颖独特。于是蓝竹问了句："你研究这个有何作用？"

原本以为周慎余会回答报国杀敌打鬼子，然而他恬不知耻地回答说要卖到黑市上。蓝竹一时气结，争论了两句，被一句"区区女子"气得晚饭都没吃。

然而既为人师，就要诲人不倦，就要循循善诱。她花了一个月的时间，在讲授基础化学的同时，还讲了前辈科学家们为了人类共同利益所付出的努力与牺牲，例如布鲁诺被罗马教廷烧死，还有被判终身监禁差点出不来的哥白尼。一个月以后布置心得感想，蓝竹收上来一看，别人写的都是"啊，我的祖国我的母亲"，周慎余写的却是"啊，我的炸药我的钱"。

她一怒之下判了他不合格。

周慎余课业之外的研究几乎都与炸药有关。学校化学系的课程偏重理论，他一无老师具体指导，二无材料做实验，竟然生生地在黑暗中摸到了窍门，将一份研究做到了八分像，配方科学严谨，俨然已经能拿去黑市卖钱了。

蓝竹向来不赞成将科学运用于战争，因为武器必然伴随死亡，越先进越可怕。自己的学生的确天赋过人，然而这种天赋一旦用在歪道上，便直指地狱深渊。研究一种高效廉价的炸药救国打鬼子尚可，拿去黑市卖钱就走得太歪了。于是她判了周慎余五次论文不合格。

结果这位同学从此就不再来上课了。

蓝竹没办法，只能去图书馆逮人。男生坐在窗前，于书本之间抬起头："蓝小姐公报私仇，要判不合格就判不合格，何必来找我？"

"我虽是女子，却是你的老师。"蓝竹道，"放下手里的东西，跟我回去上课。"

周慎余果然放下了笔，上上下下打量她："跟你回去可以，不知道恩师今年芳龄几何，有无婚配？"

蓝竹泼了自己学生一杯热茶，回去了。小小年纪，倒是想法颇多。

她去找闺密倾诉。闺密是她当年教授的女儿，叫爱丽丝·勃朗特，因欧洲局势不稳，跟随父亲一同来华，在临时拼凑出的图书馆帮忙。她是个性格奔放的姑娘，把一头金发编成不碍事的辫子，一边用试管和烧杯煮茶叶，一边安慰蓝竹："爱情这么伟大的东西怎么能用年龄去衡量？就好像中国茶道，新茶旧茶都别有风味。"她熟练地倒掉了上等茶汤，把剩下的茶叶装碗里，递过去，"亲爱的，来尝尝我煮的茶。"

蓝竹愤而回家，觉得世上没有朋友了。

她拿回去了一本周慎余借过的书，翻开内页，里面掉出一张纸条。就着昏黄的煤油灯一看，上面是个地址。看字迹，正是出自自己的二愣子学生之手。

第三章 女先生

— 四 —

"最初见面时,她刚刚留洋回来。我想不过是学校吹了男女平权的风,请了位女先生回来充样子。"周慎余说,"一株摆设用的莲花而已,不用当回事。"

我不太明白谢青让我来听一个研究员的生平经历有何深意,但是他做了个手势示意我别打断,然后起身添茶:"周先生,请。"

周慎余接过茶杯喝了一口。他手指修长稳健,因为做过太多化学实验而被熏得有些发黑。"我醉心的东西只有两样,研究和钱。"他接着说,"我研究的是炸药,威力越大越喜欢。她提醒过我很多次,可是我只想拿自己的研究去卖钱。"

周慎余最终完成了自己的研究。那天早上他起得很早,将配方表揣入怀中,只穿了件薄夹衣就出了门。周慎余没去上第一堂课,穿过薄雾向校门口走去。走到一半伸手摸口袋,发现把地址弄丢了,想必是上次自己被先生泼了一身茶水时,夹在图书馆那本《古代火药考》里忘拿出来了。还好他记性不错。

周慎余叫了一辆刷得锃亮的黑漆洋车,说了个地址,洋车七弯八拐,在一个小酒馆外停了下来。正是早上,酒馆没几个人,顺着旁边黑窄的楼梯再往下走,不过下了一层楼,突然人声鼎沸。那是个豁然开朗的地下市场,分了不同摊位,光着膀子抽洋烟的,叫卖缅甸走私入境的玉石的,三教九流,鱼龙混杂,热闹非凡。周慎余不喜欢烟味,在门口站了一刻钟,看着里面乌烟瘴气的情景,忽然想起了那位踏破一地雨水进教室的女先生。

先生说,国难当前,科学者当为国效力。

周慎余本不想进去,可是他缺钱,别无他法。他在人群中挤来挤去,终于找到了买主。

大约是半年前,昆明的黑市上有人天价悬了赏,说想要一个美式炸药的配方。对方提的要求高上了天,该种制式国内连实物都没有,更何况配方,因此无人问津。周慎余想,既然大家都没有配方,那么自己开发一种拿出去卖,应当可以赚钱。

他进了一间挂了黑布帘子的摊位,老板是个戴玳瑁眼镜的青年,正在拿放大镜看古玩。周慎余走过去,把配方表放他面前的桌子上:"是你要买吗?"

玳瑁眼镜收起放大镜,把纸接过来。

周慎余说:"这个虽然不是你要的东西,不过我在通用炸药的基础上改进过,提高了硝化甘油含量,又加了一些别的东西,与你想要的东西半斤八两。你可以先让人试配,满意再给钱。但是如果试制过程中出现意外炸死了人,我不负责任。"

玳瑁眼镜还在看配方表,片刻后点点头:"天资聪颖,余心甚慰。"

"什么?"周慎余问。

"不错,"玳瑁眼镜换了白话文,"把他抓起来。"

顿时不知从哪儿冒出十来个戴白色面具的壮汉,把周慎余围住,一人抓他胳膊,一人拉他手臂,还有一人扯着嗓子喊:"荣大爷办事儿,闲人回避!"

不知道玳瑁眼镜是什么来历,壮汉连喊了三声以后,人声鼎沸的地下市场瞬间跑得没人了。周慎余虽然喜欢钱,但到底是学生,不知道水深水浅。他只是听说有人出高价买炸药配方表,没想到配方被人白拿走就算了,人竟然也被抓了。

那是一个废弃的地下仓库,原来不知道是用来存放什么的,清场以后显得幽深且巨大。他开始感到恐惧,觉得自己站在一个巨大的坟墓里。

忽然有人喊:"放开他!"

如金如玉,如闻天籁,周慎余抬头,看见一位女子。

她从高高的楼梯上走下来,喘着气,额发被汗水打湿了,似乎是一路跑过来的,但是声音坚定得像站在讲台上一样:"那是我学生,我要带他走。"

周慎余一辈子都记得那个场景。当自己为了钱误闯地下黑市时,蓝竹穿着一件蓝色高领旗袍,从光明中走过来。那时她不再是一个长得好看的女子,不再是判了自己论文不合格的魔鬼,而是自己的老师。为人师者,一身孤勇。

"你凭什么?"玳瑁眼镜冷声问。

蓝竹没说话,从怀里取出个玻璃瓶,掷在地上,玻璃瓶落地就开始冒白烟。周慎余认得,那是学校实验室柜子里装实验材料的玻璃瓶。他忽然反应过来——自制烟幕弹!周慎余一脚踹开制住自己的壮汉,一头扎进浓烟中。烟雾中有人抓住自己的手,往台阶上跑,手很凉,却让人安心。

他们冲上了楼梯顶端,再走一小段,就能到地面之上,天光之下。

周慎余停下来了。

他们冲破了浓烟,可是玳瑁眼镜更快。此刻他正站在楼梯顶端出口处,手里拿着一把枪,黑洞洞的枪口指着他,面色冷淡,用像是在菜市场挑拣大白菜般的语气道:

第三章 女先生

"我确实散布了想要改良版炸药配方的消息,不过可没说出天价想要买的是配方表,还是提供配方的人。我看阁下是可造之才,不如就买你?"

蓝竹挡在他前面。

周慎余觉得不应该让一位弱女子挡在自己前面,然而她站在那里,就像一株莲花立在风中。

"这是我的学生,我要带他走。"

玳瑁眼镜挑起眉毛。

从刚才起,蓝竹手中就一直拿着东西。那是个极小的玻璃瓶,也是实验室里的东西。她没说一个字,举起瓶子,忽然用力掷出。玻璃瓶落在仓库角落,铿然有声,继而地动山摇,气浪轰然而起!周慎余一个没站稳,等从灰尘和碎石中爬起来时,地下仓库已经塌了一半。

蓝竹站在没炸塌的一小块地方,眼睛都没眨:"刚才这个炸药瓶,我还有一个。你要么放我们走,要么一起死在这里,悉听尊便。"

玳瑁眼镜脸色一青。他半天才收起枪,往旁边让了一步:"果真是名师出高徒,既然先生亲自来带爱徒,那荣某人就不挽留了。"

直到离开仓库很远,周慎余还觉得自己双脚颤抖,心神动荡。蓝竹的那个自制炸弹很明显是实验室配置,用量微小,做工简陋,威力却是任何已知炸药的数倍不止。整个地下仓库塌了一大半,她所站的位置却完好无损,想必是对仓库的物理结构进行了瞬时测算,并且对自己所配置的炸药威力有准确预估——这一切必须建立在深厚的物理与化学基础之上。他一直以为自己看到的是一朵池塘里用于摆设的水莲花,没想到花中竟然藏着万物春天。

巾帼向来有英雄,只是要么她们的美貌盖过了智慧,要么男人只看美貌。是什么时候认蓝竹为自己老师的呢?周慎余想,大概就在此时。

拐了一个弯,智勇双全的蓝先生忽然扶住墙,脸色苍白,双腿发软:"过年时放鞭炮我都怕,刚才竟然扔了个炸弹……"

她转过头,谴责跟在自己后面的、不知所措的学生:"还有你,旷课一堂,论文必须判不合格!"

"好。"周慎余说,嘴唇有些发干。

"现在跟我走,带你去一个地方。"

五

"你把你学生带到哪里去了?"爱丽丝一边用烧瓶咕嘟咕嘟地煮茶叶,一边摆弄一台录音机,问她。

"哦,我的宿舍。"蓝竹没好气地说。

蓝竹花了半刻钟才缓过气来。她拉着自己的学生回了学校。蓝家在昆明也算是书香门第,家大业大,光小桥流水亭台楼阁就有好几处,而她却住在学校的教工宿舍。进门是个书架,桌上的水缸里养了一片睡莲叶子。蓝竹让自己学生进去,然后从书架上取出一本英文杂志和一张白纸。她在白纸上用笔画了一个圈,问:"这是什么?"

周慎余愣了愣:"圈。"

"这是一个原子核。去年波尔教授到北平演讲,我在欧洲见过他的演讲稿。"蓝竹在一张瘸了腿的书桌前坐下来,自己的学生去年想必也在逃课,"万物微小,以至原子。原子内有中子,以中子击原子,效果如何?"

周慎余只对炸药有兴趣,量子力学层面的东西从来没有想过。

蓝竹拿的是一本近期学术期刊《自然》,书上正好有一篇学术报告,论证铀235的原子核因为不稳定,在受到中子撞击时,会产生链式反应,释放巨大的能量。

"核裂变。"蓝竹说,"试想用一枚中子撞击一堆铀235,每个铀235又释放出两三个中子撞击同类原子核。就好比开学典礼时,张三揍了你,你又抽了另外两名同学耳光,另外两名同学……最后会怎么样?"

周慎余想了想,不确定道:"被勒令退学?"

"整个会场打成一片!"蓝竹恨铁不成钢,"那换成会释放巨大能量的铀235呢?"

周慎余愣住了,忽然不可置信地说:"巨大的爆炸?"

"这才是世上最可怕的炸弹。你有兴趣,可以研究这个。"蓝竹把书卷起来塞给他,送人出门,"不懂来问我。"

"他是个天才,只不过站在一条歧路上,左边是地狱,右边是天堂。我推了他一把。"蓝竹告诉爱丽丝,"研究核裂变需要很多仪器,国内都没有,除了理论上的探讨他也做不了什么。相比研究现实的武器,这要安全很多。"

"为什么要帮他?"

"因为有些知识,本不应该拿出来使用。"

爱丽丝轻轻笑了。她终于学会了正确的沏茶方式,将茶水倒入实验量杯中,然后在餐桌上摆好银餐刀与戚风蛋糕。爱丽丝笑起来有一种难以形容的美,让简陋的下午茶看上去像一场欧洲皇室的盛宴。

"蓝,你知道我为什么喜欢和你聊天吗?你的观点很奇妙,你的声音也很好听。"她说,"我有位故人与你的声音几乎一样,性格却截然相反。"

六

周慎余第一次遇到这么有趣的东西,以及可以全心全意依靠的人。

他曾经以为自己见过广阔蓝天,直到有一天走出井底,站在了浩瀚神秘的夜空之下。那是一个崭新的天地,与之相比,自己之前醉心的东西不过是幼稚可笑的儿童游戏。

他一头扎进了那片新天地当中。

周慎余开始从早到晚待在图书馆里,辗转寻找相关的书籍论文,构建模型,参照比较。他将自己的构想写在纸上给蓝竹看:"老师,我想从理论上设计出一个超级炸弹。"

"好。"蓝竹说。

"要设计这样的东西,让链式反应瞬时释放大量能量,就需有东西减缓中子与铀原子碰撞的速度,保证这种反应的持续。"周慎余双眼闪闪发光,"老师,什么东西做减速剂最好?"

蓝竹忙于日常教务工作,很少抽得出时间看,但是只要有时间,她都会对他的设想提一些意见。这个问题问得颇到点子上,看得出课余是下了功夫的。她笑道:"既要不吸收中子,又不能与中子发生反应,你回去想想看?"

周慎余眼睛亮闪闪的,向她伸出手,蓝竹退后一步。学生的手擦着她脸颊而过,拂落了一片落在鬓发上的枯叶:"谢谢恩师!"

周慎余抱着宝贝笔记本又回到图书馆,坐在窗户前冥思苦想。

蓝竹珍惜自己学生的才华,因此没舍得告诉他,他正走在一条死胡同里。可能用来做中子减速剂的材料世上有千百种,然而没有任何实验材料的他,所有结论都只能建立在空想之上。仅靠理论假设和数据演算搭建空中楼阁,无疑是不可能的。

蓝竹的原意只不过是消磨他几年的时间,没想到自己的学生两个月以后又回来了。

周慎余再次见到蓝竹时,面色苍白,脚步虚脱,仿佛那段时间一直没好好吃过东西睡过觉。他将蓝竹拦在了教室门口:"蓝先生,我找到一种材料,不知道行不行。"

蓝竹接过他的笔记本,忽然愣在原地。

那页纸空白干净,上面只写了一个分子式:D。

一氧化二氘,俗称重水。重水无色透明,看上去跟普通的水差不多,然而一立方米重水要比一立方米普通水重105.6公斤,因此称为重水。

"我计算了中子与许多材料发生碰撞时的能量损失,其中重水减速效果最好。"周慎余满脸期待,"先生以为如何?"

蓝竹拿着那张纸,突然意识到,在没有器材没有原料的情况下,他用什么方式找到了谜题的答案——计算。这个学生根据物理学理论,计算了一切可能的物质与原子碰撞以后的能量损失,然后找到了最小的几种,从中筛选。

他的研究手法向来幼稚天真,唯独思维角度引人侧目。如果你将他关在黑屋子里,锁上窗户,他能用一面镜子,从门缝里反射外面世界的阳光。蓝竹想起她与欧洲友人的通信,信中说减速剂有两种——石墨与重水。欧洲有先进的实验设备和优秀的专家团队,周慎余只有一张纸和一支笔。

他靠着一张纸和一支笔,笔直地走向了真相。

"老师,我对了吗?"周慎余问。

她从那双眼睛中看到了对科学的狂热,狂热得让她觉得那片深黑中,仿佛有魔鬼在注视自己。那时已经入冬了,她浑身发冷,将纸撕得粉碎,扔进风里,然后转身离开:"你放弃这个研究吧,不要再碰它。"

后来周慎余又找了她很多次,将她拦在教室门口、宿舍外、饭堂里,拿着一个小本子:"我又重新演算过了。老师,我究竟哪里算得不合你心意?"

"你想过这个炸弹有一天爆炸的样子吗?"蓝竹问他。

"我只是在做一个研究,我停不下来。"男生说,"我想看到它的终点。"

"我不想看到它的终点。"蓝竹叹息道。

周慎余最后一次主动找蓝竹,正逢一场阴沉沉的冷雨。他还是抱着那个小本子,

第三章 女先生

独自站在阴沉沉的窗外,被雨水浇得透湿。蓝竹没见他,只让室友送去一把伞:"告诉他,放弃这方面的研究,我不会再指导他课业之外的任何东西了。"

室友出门,和他面对面谈了一小会儿,周慎余抬头看向窗户。蓝竹躲避不及,与他的目光撞了个满怀,感觉到有什么东西在他眼底明明灭灭,最终归于沉寂。然后他撑起那把黑伞,一个人转身离开。

室友回来说:"你学生是来向你告别的。他要去欧洲,说有人资助他去做相关研究。"

茶杯落在地上,蓝竹听不到瓷器摔碎的声音:"什么研究?"

"核裂变。他说天冷,请先生多保重。"

七

蓝竹用了一切手段挽留,然而周慎余最终还是走了。他莫名拿到了一大笔资助,说要去有实验器材的地方,在大师的团队中,验证自己的想法。

"我是不是把他往错误的路上推了一把?"她问爱丽丝。

爱丽丝在窗前写东西,放下笔站起来,宽慰地抱住她:"亲爱的,别太担心。中国人有个好习惯,叫'天下兴亡,匹夫有责'。但是你们也有个坏习惯,就是有时候把这份责任背得太重了。如果世界变得更坏,那绝不可能是你的错。"

"可是我害怕。"

爱丽丝看着她:"亲爱的,你能再说一遍吗?"

蓝竹愣了愣。

"亲爱的,我喜欢你的声音。能用刚才楚楚可怜的语气再向我说一次你害怕吗?"

蓝竹第二次觉得,自己一定是运气不好,才交了这么个幸灾乐祸的朋友。

周慎余一走,就走进了沉沉的黑暗当中。

他提交的计划书写着去英国,然而半路上拐了道,换了架飞机直飞德国。等蓝竹知道时,他已经是德国纳粹铀研究计划的一名实验助手了。这个计划她略有耳闻,据说纳粹准备通过核裂变制造一种超级炸弹,一颗炸弹就足以炸毁一座城市。

蓝竹给自己昔日的学生写信,为先前的冷漠道歉,希望他能够早日回来。彼时中德已是敌对国，通信不自由。她和周慎余只能语焉不详，然而字里行间猜得出，他参与的研究进展顺利，并且他在其中起了不小的作用。

蓝竹写道："从事研究以来，我一直对科学心怀敬畏，因为有些知识，本不应该拿出来使用。如果你现在回来，我能想办法为你在联大谋求一席职位，确保生活无忧。"

很快周慎余回信了。那封信漂洋过海，经过层层审查，最终到了蓝竹手上："蓝先生，我在这世上没有别的要求，只不过想寻求满足。我的欲望注定无法满足，因此我选择将自己的爱献给科学。它虽然是冰冷的，但是会回应我的热切。"

蓝竹想，他的欲望应该指的是钱，但是那时战火纷飞，连她自己都缺钱吃饭，因此爱莫能助。

"这个计划确实很可怕，可他只是个助理，并不能在其中提供任何实质性的帮助。在他之上还有很多大人物，你的学生不过是黑夜中一颗小得不能再小的星星，在任何地方都查不到他的名字。"爱丽丝安慰她，"亲爱的，别自责。"

"你不明白，他是个天才，"蓝竹摇头，将衣服一件件地往行李箱里扔，"他是个真正的天才。"

爱丽丝按住行李箱盖子："你要去哪里？"

"去把我的学生带回来。"

蓝竹以参加国际学术会议的名义，在瑞典再次见到了自己的学生。她作为中方的参会专家，前往发言，正好撞见一位德国学术界的大人物。大人物身后，她看到了那张熟悉的东方面孔。周慎余长高了，言行举止已经没了当年的青涩，透着成年男人的稳重与成熟。他穿着一件黑色呢子大衣，提着一只黑色的行李箱，以助理研究员的身份出席了这次学术研讨会。举手投足之间，看得出已经在自己的团队里融洽自如。

那位学术界的大人物，正是为纳粹制造超级炸弹的领头人。周慎余坐在大厅的最远端，从头到尾没有发过言，但是会议开了三天，蓝竹觉得他就盯着自己的脸看了三天。议程最后那一日傍晚，蓝竹把他拦在了会议室门外的走廊上。

"先生。"周慎余微微鞠躬。

"回国吧。"蓝竹说，"我可以为你在学校里推荐一席教职，薪水尚佳。现在学校的科研器材也添置了许多，能进行很多研究。此外我个人还可以每月额外给你一些资助。"

第三章 女先生

那是她唯一拿得出来的钱,资助了学生,自己的薪资就所剩无几。

"我为什么要你资助?"周慎余奇怪地问。

蓝竹还记得他写的第一封信,记得他向黑市卖过火药配方,因此理所应当地认为,他不能满足的欲望是金钱。周慎余却看着她,摇了摇头:"我在这里过得很好,并不想回去。先生,我送你一程。"

蓝竹谢绝了,周慎余却出乎意料地坚持。他向身边的朋友介绍这是自己在中国的启蒙老师,然后为她叫了去机场的车。奇怪的是周慎余叫了两辆车,蓝竹乘前面一辆,他单独坐后面一辆,并且以玻璃晃眼为由,拿了自己老师旗袍的披肩,挂在车窗边上。

他拉开车门,问蓝竹:"不知先生在国内如何?"

国内战火连绵,昆明又常有日军飞机轰炸,蓝竹过得并不如意,她却点点头:"日子平静,过得尚可。"

周慎余点点头:"知道先生过得如意,我就放心了。"

他转身要上后一辆车,蓝竹拉住他:"这次我乘专机参会,特地为你留了一个位置。我是专程来带你回国的。如果你今天留在这里,以后就不能再叫我先生了。"

这是一句软弱无力的威胁,周慎余却还真的思考了片刻。他突然换了一个话题:"先生现在可觅得佳偶?"

蓝竹愣了愣:"家里有意介绍,下月可能正式订婚。"

"对方何人?"

"政界人士,你不认识。"

周慎余忽然笑了:"那真是好。学生无薄礼,就在此祝先生幸福。"

然后他上了后面那辆挂着披肩的车。黑色出租车行驶到一半时,突然跟丢了,消失在路上往来的车辆中。蓝竹独自上的飞机,等她下飞机,才知道那条路上发生了车祸。周慎余的车被撞飞了十米,整个出租车烧得只剩下骨架,幸运的是人没事。

那是蓝竹最后一次见到周慎余。回去以后,她就与一位政界要人订婚,不日举行了婚礼。本来就是温婉丽质的女子,又智慧聪颖,自然得了丈夫千般宠爱。她从此有了一双儿女、许多让人头疼的学生,再也没听过周慎余的名字。

周慎余就像是一颗流星,划过她的夜空,然后消失了。

八

"让我猜猜这个故事。"我说,"我知道这个超级炸弹的计划,有人管它叫原子弹。神树残枝毕竟是薄弱的,黑洞协会一直致力于研发一种可以和管理局果实力量抗衡的东西。如果我们的力量是永生,那么他们的砝码便是毁灭。这场横贯大陆的战争背后有那群人的影子,他们借由战争之名,网罗天才,从事黑色研究。你说的玳瑁眼镜我恰巧认识,他姓荣,叫荣慕生。"

大概帮忙找人的事儿就落到了荣慕生头上。他在黑市上放了一个风,说要某种特别高效的炸药配方。这种东西别说西方,恐怕翻遍整个世界都找不到,如果有能交出配方表的人,想必是业界奇才。周慎余当年误闯进去,若不是蓝小姐及时赶到,恐怕再也难见光明。

不过能从荣慕生眼皮底下带人走的普通人,我还是第一次听说。想必蓝小姐那时定是光彩夺目,风华万代。

"可是你后来为什么会决定去欧洲呢?"我问周慎余。

香炉烟气袅袅,他垂下眼睛:"怎么可能有人真的能从玳瑁眼镜手中逃走?那时他让我走,是想放弃我,带走我的老师。后来他再次找到了我,打听老师的身家背景。于是我告诉他,我跟他走,让蓝先生留在国内。先生对科学有自己的信仰,莲花出淤泥而不染,风暴太大,唯恐折断。"

于是他独自去了德国,走进黑暗里,以换得自己的老师留在光明中。其间有一次,他跟随大人物参加欧洲的一个学术会议,惊觉老师竟然离开了祖国,出现在会场。蓝竹原本是协会在亚洲的第一号候选人,因为带不走,故荣慕生退而求其次。谁也不能确定其他势力是不是也在针对这个构想展开研究,研究到了什么地步,因此对于不能带入自己阵营的天才,黑洞协会有自己的处理方式。

那些戴着白色面具的人更倾向于毁掉她。

周慎余坚持和蓝竹同行,分乘两辆车,将她的披肩悬在车窗上。后来果然出事了,挂了披肩的车被撞毁,周慎余命大,在医院里躺了三个月。醒来后知道蓝竹安全登机,他并不后悔,只觉得心安。

"周先生并没有完全为德国工作。"谢青说,"季小姐,你想过为什么协会花了这么大的力气,至今仍没有制成原子弹吗?"

第三章 女先生

我开始重新打量面前的男人。他并不老，甚至可以说还算年轻英俊，穿着黑色的长衫，眼窝很深，烛光投影之下，像一座肃穆的雕像，这并不是一副贪恋金钱和生命的面容。有人说当你研究一门学问到极致时，需要将自己埋进最寂寞的墓地里，然后在科学中获得新生。我想他已经重生过了。

"他是你们管理局的暗线，为鹰眼工作。"谢青向我微微俯身，声音轻得像夜风，"白鬼早就查过他，是我把报告书扣下来了。我想这个人可能会有用。"

周慎余闭上眼睛："科学当爱世人，有些知识不应该被使用。"

九

周慎余不喜欢欧洲。他怀念米饭和茶叶、坚硬的床板、坐在破旧教室里记笔记的雨天，以及自己的启蒙老师。他怀念蓝竹，就像黑暗中怀念盛夏的阳光。正是这种怀念，支撑着他度过了最艰难的时光。

所有研究员中，周慎余的实验数据最可靠，很多同行问他："周，你当年一定有一位了不起的启蒙老师。"

"是的，"他闭上眼睛，"我的老师很了不起。"

"他是个怎样的人？"

"她长得很好看，像一朵出水的莲花，因此常常被误认成女学生，收到男生的情书。她判了每个送她情书的学生考试不合格，因为对方一定逃课了。她喜欢穿蓝色的旗袍。"周慎余说，"她是个真正的天才，和她相比，我只是夜空中一颗被月亮的光芒遮盖的星星。"

直到有一天，管理局的鹰眼找上他，周慎余答应了。

他花了很多时间，融入研究团队，获取上层信任。这是一个高效而优秀的研究团队，汇集了一切能够汇集的科研力量，周慎余在其中不过沧海一粟。因此当有一天，大人物发现实验数据总是与理论构想不吻合时，思考了一切他们可能出错的地方，但是没有想到周慎余。他只是一只运转良好、质量优秀的齿轮，没有人会怀疑齿轮出了错。

要制造原子弹，首先要有减速剂。大人物先使用了石墨，可是理论上可行的石墨，在无数次实验中都失败了。实验方案被修正了无数次，直到放弃都没有人知道，纳粹使用的石墨是不纯净的。那批石墨被添加了钙等杂质，完全不适合精密实验。而负责采购的人，似乎是位东方助手，姓周。

后来协会改用重水作为减速剂。德国生产重水的秘密基地在挪威，原本重重保密的地址却被人透露出去，重水厂被数次炸毁。同时，运送原子弹的物资船也在海面上屡遭盟军深水炸弹炸毁，计划变得一团糟。

很多人被怀疑，但是周慎余活了下来。他是一个齿轮，齿轮是不会出错的。

"我们做的事情很多，一件一件数不完，今天来见季小姐，是来拿报酬的。"他向我伸手，"你说我可以用自己的故事，换走一样东西。"

我第一次见他，于是看向谢青。

谢青点点头，从怀里取出一本书，递过去。周慎余接过来，突然又开口："季小姐，我还想拜托一件事。协会现在暂时没有制造这种超级炸弹的能力，我希望管理局也不要碰这个魔鬼。一旦它被放出来，人间可能会变成地狱。"

我想他大概一直埋首科研没看内刊，难怪没看到我的悼词。

"管理局还没开始研究呢，"我笑道，"研发部还在为怎么筹集经费吵架。"

他宽慰地笑了，又说："如果你以后有缘见到恩师，请告诉她，学生不辱师门。"

我点点头，他撑起身体，艰难地从椅子上站起来，起身出门，走入茶馆外的沉沉夜色中。

我问谢青："为什么他不亲自回国见老师呢？"

"他在实验中失误了，身体受了伤，活不了太久。"谢青说。他给了我一本一模一样的书，我打开看，发现是一本日记的影印本。那是一位叫蓝竹的大学教师早年的日记，漂亮的蓝黑墨水，流畅的笔记，想必这就是周慎余拼着油尽灯枯的身体，前来换取的东西。我就着烛光翻了下去，渐渐拼出了整个故事。

日记的最后一页，是两个写好又被划掉的字：

再见。

从时间上看，写完这个词的第二天，蓝教授便步入了婚姻殿堂，从此幸福美满，金玉满堂。我不知道她告别的是某个人，还是某段时光，或许只有周慎余能够揣测。我猜谢青让我来听这个故事，只是想告诉我，协会在研究的东西有多么凶险，我多么

第三章
女先生

不适合回管理局。

"可周慎余不是说,这个恶魔被永远关在盒子里了吗?"我不解。

我们并肩走出茶楼,谢青重新为我撑起挡风的纸伞,轻声问:"是吗?"

"季小姐,我请你来听这个故事,是因为里面有一个细节。"他纠正道,"周慎余弄错的地方有两处。第二处在于荣慕生,就算他不去德国,荣慕生也带不走蓝小姐。"

我甚是不解。

"你还记得蓝竹身边那位叫爱丽丝的教授女儿吗?那位教授是你们的人,并没有女儿,倒是曾经跟着易月生来小楼救你的十人执行小组中,有一个人叫爱丽丝·勃朗特。"

我突然想起来了。在幽暗的小楼中,我们顺着荧蓝色的天梯拾级而上,管理局排名NO.5的执行员爱丽丝说,想让我帮她打扫办公室——蓝竹自始至终都处于管理局的保护当中,她不可能轻易被荣慕生带走。

"可是爱丽丝为什么要保护她呢?"

"这就是关键了。"茶馆就在码头边上,顺着小路一直往前走,虽然累人,却并不远。谢青突然伸手,将我抱起来,把纸伞横在前面,遮挡微凉的夜风:"据说蓝小姐的声音和某个人很像。与她相处期间,NO.5用录音机录下了特定的字,组成了一段话。我的情报网显示,她打算用那段话打开亚洲司部在北平的一扇秘门。季小姐,你好奇那是谁锁上的门吗?"

"易月生?"我问。

"令堂。"谢青说,"易月生试图开那扇门试了五十年。我想你最好别回去,别再和他扯上关系。"

我第一次听闻,惊得说不出话。

"既然蓝小姐的声音能打开那扇门,想必你的声音也可以。"他补充道。

木兰辞

第四章・Chapter Four

一

我近日一直在思来想去，想谢青的话。

他说家母在北平设了一扇秘门，有人似乎找到了开门的方法。

"易月生试图开那扇门试了五十年。我想你最好别回去，别再和他扯上关系。"

谢青说："既然蓝小姐的声音能打开那扇门，想必你的声音也可以。"

从我记事起，母亲就一直在苏州的小院里，我从未听她说起过北平，更不知设过什么门。

诚然我可以假装不好奇门内是什么，也可以假设不管里面有什么，它与我都并未有一文钱关联，然而我还是想见一见易月生，当面问他，也许这就叫信任。于是我为谢青煮了一壶茶。

那天早上他心情很好，坐在甲板旁的餐室里看报纸，见我过来便起身关了窗户，说早上风大。

第四章 木兰辞

船定好中午离港，我问他："倘若我自己回国呢？"

他一瞬差点摔了茶杯，半晌才重新端好，按铃叫来大副耳语几句，然后叹息了一声："大小姐，如果你确实要去，刀山火海我陪你。想好了，晌午时让人给我传话。"

"为何同意了？"我问。

他端起茶杯，抿了一口："因为你今日煮的茶，甜如蜜。"

十分钟后谢青合上眼睛，倒在报纸之上，沉沉睡去。

我下船时，正看见船工忙着起锚，便问："不是晌午才离港吗？"

船工说："刚才谢先生把大副叫去，让马上开船。什么？去哪儿我也不知道，说是要找个太平洋上的小岛，囤满物资待个一年两年。"

等谢青醒来时，我应当已经上飞机了。

遇见张春禄，是在重庆。

京沪沦陷，易月生秘密将亚洲司部转移到了陪都重庆。

以前见柳云烟时，我来过山城，略为知路，于是在朝天门码头找了家茶馆喝茶。

我正临窗看闲书，忽然门外一片喧哗，旋风般冲进来一位穿男装的女子。

那位小姐大马金刀往我身边一坐，黑礼帽拉下遮住脸，附在我耳边："江湖救急，你且装作我们认识，让我躲一躲。"

片刻门外安静下来，我问她："姑娘，这是仇家追杀？"

她急忙捂住我嘴："你如何知道我是女子？"

我的目光顺着领口下移，她叹息一声把外套扣起来，摇摇头："离家出走，一言难尽。"

片刻，她看了眼我手中的书，讶然："你也看秋芸的《木兰辞》？"

我向来爱看时下流行的言情小说，那是我颇为喜欢的女作家。她与别人不同，从不流连男欢女爱，字里行间都是巾帼英雄、家国天下。

我看的这本《木兰辞》讲的是女子从军，抗日救国，当时风靡一时。

他乡遇书友，我忍不住多说了几句："是啊。论笔名，秋作家想必是名女子；论学识，当是学界佼佼人物，而她笔下常常点到风流事迹，想来应当是位社交圈子内的名媛——可是多方探寻，并没有这样的人。我一直想，若是有幸见上一面，该多好。"

她竟然脸红了："说不定见了面也不过如此。"

我不服气："你怎么知道？"

出乎我意料，她伸手拿过我的书，唰唰两笔在扉页上写了几个字，递回来："我叫张春禄，秋芸是我的笔名。出门在外，也没别的报答，帮你签个名吧。"

秋大作家的每本书我都托谢青买过，但是从未想过她身在重庆，一身男装，并且正被人追得满街跑。

"我知道你以为我是个温婉的女子，"她叹了口气，"不过我从小被当成男孩养大，一时间要温婉，颇有些难度。"

说完她脸色忽然煞白，晕倒在茶桌上。

二

张春禄推开张宅的门时，大厅里静了一刹那。

用人欢呼少爷终于回来了，张老爷在虎皮椅上抽洋烟的手一抖，烟枪哐当一声落在地上。

外面下着瓢泼大雨，张春禄径直进门，一路走到餐桌前，头发尖还滴着水，对着张老爷说："父亲，我回来了。"

说罢转身向楼上走去，边走边吩咐用人："把我的滑雪帽拿出来，天气冷，明天想戴上。"

那是春天，积雪早就融化了，并用不着厚帽子。张家少爷张春禄离家出走三个月，突然自己好手好脚地回来了，虽然是件幸事，但据说回来时有些精神恍惚，很多事情都记不得了。

亲戚们议论纷纷："张家少爷青年才俊，一表人才，为何突然离家出走？"

"听说是觉得家里有人想害他……"

"大概是天冷在外面冻傻了。"

张春禄不理会闲言碎语，转身上楼。

她是回来取一样东西的，找了半天，发现自己竟然忘了藏在何处，便坐在床上思索起来。

春天明媚的阳光落在床头，映得那双手通透白皙，骨节纤细，白嫩若柔荑。

她突然很害怕，又想起了母亲。

那时她还小，母亲躺在病床上，已是面色苍白，气息奄奄，忽然撑起身子，狠狠地打了她一巴掌，说："从此你就是男儿了，要受得了打经得住骂，要顶天立地……"

母亲说了很多，最后一把将她抱住，哽咽道："你要活下去。"

都知道张家有位少爷，谁知其实是位大小姐。十岁那年，母亲重病，将她乔装打扮成男儿，给张家去了封信。膝下无子的张老爷为了留个后，亲自到烟花巷，把人接了回去。张春禄从小被当成男孩养大，她不知道风度翩翩的张公子能装多久，只觉得快要撑不下去了。

用人敲门："焦先生在楼下等你。"

张春禄穿了一件衬衫，外面套了件宽大的外套，又随意扣了顶帽子，就这么下了楼。

焦晗站在一楼扶梯旁等她，温文儒雅，胸口夹了支钢笔，抬起头："你回家老爷子高兴，大宴宾客，要去马场骑马，少爷得同行。"

她听到骑马，一瞬脸都白了，抓住扶梯的指关节微微发抖："我今天身体不适。"

那日例事初来，痛得神经紧绷，焦晗站在楼下，表情温和且关切："少爷，我特地为你备了一匹好马，就是性子烈了些，别可惜了。"

父命难违，张春禄抬脚往下走，每下一步楼梯，仿佛跨过刀山火海，踩在焦晗的脸上。

三

"我原本叫春绿，取自'秋芸有春绿，疏篱照孤芳'。母亲是位青楼女子，当年走投无路，便把绿字改成了禄，让我假装成男孩子，投靠张家。"

那日我慌忙将秋芸带回自己在重庆租的饭店，又匆忙叫了医生。她昏睡到第二日清晨才醒，披衣坐在晨光里，白皙消瘦，眼窝深邃，像朵开在半明半昧中的梨花。

她和我说了一些往事，我们聊了她的书，爱吃的菜式，喜欢的歌曲和影星。她神采奕奕，才思敏捷，有时却颇为疲惫，昏昏欲睡。

提到昨日被人追得满大街跑的事情，她闭上眼睛："我离家出走，是因为家里有人想杀我。"

"谁？"

她摇头："我不知道。家里姨娘有了身孕，堂兄表弟又如狼似虎，我一个外来的人挡在道上，是谁都有可能。"

"所以你就走了？"我说。

她叹息："对，所以我就走了。"

我安慰秋芸："凡事不着急，大家萍水相逢即是缘分，只要你能想出一个名字，我就能帮你把人绑过来，一问便知。我有位爱写剧本的朋友有部著作叫《古今十大酷刑》，届时借与你看。"

这句话用了十成的真心。虽然我在管理局只排名NO.99，枪法也不怎么样，但兴师问罪收拾个把恶人，还算手段娴熟。

我又想起昨夜医师的话，几次想提却无从开口——这位小姐恐怕是中了慢性毒药。

现在战时，查不出到底什么毒，不过就算知道，也恐时日无多。

秋芸问我："你说你也离家出走，却是为何？"

"我有位助理，精神不太正常，总觉得我被风一吹就会倒，晒多了太阳也会倒。我被关得实在受不了，就自己跑出来查一些事情。话说回来，你可见过某种巧夺天工的机关，可以凭人声开启的？"

"凭不凭人声我不知道……"她突然说，"我想回一趟家，有件东西在家中，我尚未取出来。"

===== 四 =====

焦晗挑的马果然刚烈，马跑过一棵春日里枝繁叶茂的榆树时，忽然失控惊鸣，张春禄眼看要被甩下去，忽然旁边有人伸手一捞，把她捞到隔壁一匹枣红色骏马上去了。

骏马沿着小道"嗒嗒"跑了一小段停下来。救人的公子梳了时髦的大背头，发胶闪闪发亮。

张春禄头昏眼花，正要道谢，救命恩人却跟跟跄跄倒退几步："张少，你你……你是女的？"

刚才那一捞，着实太近，撞了个满怀。大背头本人虽然无甚胸怀，但是别人有没

有，他还是分辨得出来的。

张春禄懊悔不已。

大背头又退一步，脸都白了："当初你还问过我要不要一起洗澡！"

有这事？自从回来以后，张春禄确实有些恍惚，不记得一些人和事。

大背头略感受伤："你连我都不记得了？"

大背头叫李士猛，是当年张春禄狐朋狗友圈内一人。然而事已至此，她只能低头认错，和盘托出。

大背头听了半响，慨而握拳："虽说这世上历来重男轻女，但此事也太过分！要是发生在我李家——"

"又如何？"

"大概也一样。"李士猛一脸沮丧地低头，"我爹在外据说有四五个崽，也只认了我和弟弟两个。"

他将马拴在榆树下，忽然问："张少……小姐，那人是谁？"

张春禄回头，正看见焦晗牵着一匹马，站在不远处望着这边，春草如茵，颇为落寞，她不禁皱了眉："那是我的家庭教师，姓焦，管天管地管我打不打牌，大可不必在意。"

李士猛从怀里拿出一本书，得意道："说起来我最近看了一本小说，里面也有一个叫焦晗的教书先生，为人小气，性格阴险，专门坑自己学生。作家叫秋芸，写得十分好看，只可惜书缺了最后几页。"

张春禄一瞬心虚，问："你说的可是《木兰辞》？我恰巧有完本，取来借你。"

马场离张宅不远，她回书房找书，忽然听见身后有人问："你走的三个月，去了哪里？"

她说："不记得了。"

焦晗靠在门上看她，窄腰长腿，温文尔雅，目不转睛："你记得我，却不记得自己三个月内去了哪里，去做了什么？"

张春禄专心致志地找书，焦晗却突然走过去，伸手往书架上一取，径自取下那本《木兰辞》。

她正要道谢，焦先生把书往自己怀里一装："听说书里有一人与我同名同姓，阴险小气特别可恶，想来应当拜读一二。"

他转身出门,还没抬脚又转回来:"少爷,你今日的卷子还没做,来年可是要考香港的大学的。"

她本意不过是想借人书,找个借口名正言顺地去书房找东西,怎料被关在书房里做了一下午功课。做完试卷夜已深,她倒头就睡。半夜忽然醒了。

寂静中一声脆响,隐约听到房门被人打开。

床前向来燃着三炷安魂香,此时本应燃到天明的香不知为何灭了,屋内黑得伸手不见五指。

张春禄坐起来,迷瞪了半晌,忽然明白那声耳熟的异响是什么。

那是一把枪,拉开保险栓的声音。

黑暗中有人正用一把枪对着她,无声无息,迟迟未扣动扳机。

她知道有人想要她死,但没料到在自己回来之后,竟然下手如此明目张胆。

张春禄一身冷汗,颤声问:"你是谁?"

黑暗中并无回应。

她一直坐到天亮,晨光透进屋里,一地香灰,门口衣帽架上挂着一件大衣,空无一人。

五

"你说你觉得有人晚上进了你房间?"李士猛问她。

那天李士猛在树下等了一下午,没有等到张春禄拿书来,晚上回去还感冒了,于是决定自己再买一本,让张春禄作陪。

两人跟以往一样找了家酒馆要啤酒,李公子伸手一挡,非得给她换成橘子水。

"我听到了枪上膛的声音,原本应当燃到天明的香也灭了。"

"是不是听错了?"李士猛道,"风大香灭也不无可能。"

于是,她便把此事忘了。两人聊了聊时局政治,张春禄又抱怨了自己的家庭教师要求严格,管事太多。李公子竟然深有同感,全程附和,出着主意让她想办法请张老爷把人换了。

他如是说:"最讨厌梳三七分头的斯文败类了。你家那位先生,一看就不是好人。"

第四章 木兰辞

又惋惜道，"说到发型，《木兰辞》里怎么没有像我一样梳大背头的人呢？风流倜傥，武艺高强，必当力挽狂澜，救人民于水火当中。"

张春禄仔细回忆，想起自己其实写过一个大背头，人挺好，就是傻，最后刺探日军情报时被炸死了。想必李公子没注意，她也不好提，只能低头称是。

两人又就这本打鬼子的言情小说进行了深入探讨，等回家时，天色已经很晚了。

焦晗站在门口等她，当头就是一句："你最好少和李家那位公子混在一起。"

张春禄敷衍而过，焦晗追上来，递过一张纸条："昨日的功课我都看了，给你写了张条子，晚点回去记得看。"

她心中琢磨着一件事，接过纸随手一放，便忘了。

第二天张春禄打电话约了李士猛，开门见山道："我藏了一样东西，可是不记得藏在了哪儿。你能陪我到以往常去的地方走走，帮我找找吗？"

她最近突然有点喜欢大背头的性格，大大咧咧，粗中有细，不该多问的绝不多问。

两人去了旧书店，去了酒吧，还去了求姻缘的庙。李公子指着看手相的半仙信誓旦旦地说："你以前经常来这里，你看来都来了，不如随便看看，来看看我们的八字合不合？"

他们把阴云密布的重庆城逛了大半，李士猛问："你要的东西可有想起？"

她摇头："依然不记得。"

"大约是何物？"

"这么大，"张春禄伸出手，"纸做的。"

那夜她梦见自己坐在书桌前奋笔疾书，漫天的纸张撒下来，焦晗拖长声音在念："那个叫秋芸的女作家是谁？满纸荒唐言。

"那本书骂日本人骂得真妙。

"女子无才便是德，论理女人不应当读书，何况写……"

相比焦先生，梦里的李士猛变得可爱起来。正想着，突然听到一声清脆的异响，如同机关被扳动，张春禄猛然惊醒，一身冷汗，想坐起来，四肢却仿若不是自己的，丝毫动不了。

黑暗中，她又听到了扣动扳机的声音。

她确定那人就站在自己面前，拿着一把枪，可她一丝一毫都动不了，直到天光渐亮，那人如同空气一般消散，屋内空无一人。

张春禄思来想去，想不到那人是谁，却突然明白自己要找的东西被放到了哪里。确实有一处地方，明明就在面前，自己却察觉不了。

六

少年跪在地上，一声不吭，仿佛落在他身上的不是鞭子，是三月春风里温柔的柳条。先生是拿过二姨太钱的，下手实打实地狠。

二姨太有了身孕，怎么看他怎么不顺眼，在雕花红木椅上喝茶，声音如黄莺般婉转："今儿检查功课，正好老爷也在。若背不出《国语》第十一篇，说明这抱来的野孩子是个草包，就哪儿来的送哪儿去。"

见少年跪得笔直，像棵青松，一言不发，她又忍不住把声音拔高了三度："要是背得出呢，你爱怎么样就怎么样。"

片刻后少年终于开口，背的却不是《国语》第十一篇，而是整部《国语》，从第一篇到第十一篇。

童音清亮如刀，一刀一刀落在二姨太心上。

他背了足足两个时辰，终于背完了从地上站起来，走到父亲面前："既然我爱怎么样就怎么样，我要换位先生。"

然后他不顾面色苍白的教书先生，走到十指蔻红正在品茶的二姨太面前："下次我请父亲换掉你。"

"初到张家时人们都避开我，说我脾气怪，因为我不与人说话，不让用人进房间，不许人服侍穿衣洗澡。"秋芸说，"于是我只好凡事都比别人强。堂兄们打牌骑马，我也打牌骑马，还要书读得比他们强，牌技更好，骑马骑得更快。父亲希望我将来继承家业经商，可我却成了作家。"

秋芸的生命以肉眼可见的速度在消逝，就像一滴露水遇上盛夏的阳光。

大部分时间她都靠在窗户前，默不作声，有时候会向我要一支笔，写点东西。

我问她在写什么，她说："写我书稿的后记。"

"我攒了一些稿费，让我能离开张家独自活下去，或许以后父亲年迈，还能尽一点绵薄孝心。"她说,"就算他怨我不是男儿身。"

我想起女子从军的《木兰辞》,想起她这十年人生。我见过许多人,走在自己选择的道路上,或是悲伤或是幸福,但秋芸是最为痛惜的一位。

因为她别无选择,当初母亲将她送到张家时,她的路就已经定好了。

撒一个谎言不难,难的是背负谎言活一辈子。

"你后悔吗?"我问。

"不。"秋芸抬眼看我,她神情疲惫,目光却很坚定,"若不是我当年女扮男装,想必现在要么在青楼,要么在街头,即便张家开恩要我,也是深闺当中刺绣缝衣,坐井观天。相反,我喜欢现在的生活,我倒希望千千万万女子都能如男儿一样,能上学堂,能入官场,能言政治,能写文章。

"也能继承家产,也能侍奉父母,巾帼不让须眉,女子能撑半边天。"她望着我,"季小姐,我不会刀枪,只能以笔为刀,在书中刻出这么一个世界来。你说,人间真会有这么一天吗?"

她勾勒出一个太平盛世,我忽然心驰神往,便忘了自己当年逃婚,忘了书上的三从四德父母之命媒妁之言,恍然步入她的书中。

我说:"会的,一定会有。只要我活着,我就会竭尽全力,让它到来。"

七

张春禄下楼到厨房,管采买的张妈正在煮早饭,她问:"张妈,我可是给过你一个账本?"

张妈用围裙擦了擦手,从柜子里掏出一个脏兮兮的小本子:"这个?"

战时物资艰难,账本是拿用过的纸装订成册,正面密密麻麻写着字,背面记账,已被烟熏火燎的厨房揉得很旧了。

她接过来,翻到背面,便知自己找到了。

如果你要离家出走,却有带不走又不愿被人发现的文稿,怎么藏呢?

装订成册,交到厨房,说是旧本子,背面可用来记账。

张妈不怎么识字,必然不会管上面曾经写过什么,可年底要查账,这本子至少得悉心保管一整年。

张春禄拿着本子出厨房，张妈还在身后念："看完可得还回来啊！"

她才出厨房，便看见焦晗站在门厅边，望着她："不写功课，去厨房干吗？"

张春禄将本子放好，径直往书房走："查家里的账目。"

才走了两步，焦晗快步跟上来。他动作很快，一手环住她肩膀，像是两个亲密交谈的挚友："把东西给我。"

张春禄浑身僵硬，她能感觉到，他手中有一把刀。

刀抵在自己的脖子上。

"你是谁？"张春禄低声问。

"我是谁不重要，重要的是你不能带着它离开。把它给我，你不会受到任何伤害。"

谈话间他们已走在大厅中，隔着窗户能看见一辆汽车缓缓驶入张家大门，李士猛从车上下来，油光水滑的大背头老远就认得出来。

张春禄往外张望着，手已轻轻抚上焦晗持刀的左手，后肘猛然捣上他胸部，像鱼一样滑了出来。那是一招釜底抽薪，用的一个巧劲，看得出身手虽然不好，却能扬长避短。

她退后一步，手伸进大衣里，猛然把手中的账本往窗外一扔："李士猛！"

李公子呆头呆脑地望过来，伸手接住。

张春禄双手撑窗框，鸟雀一样翻出去，拉起李士猛就跑："借车一用。"

焦晗追出来，已是来不及，隔着一扇窗，突然沉声道："张春禄，记得看我给你写的条子。"

李士猛把车开得很快，七弯八拐，问："你家请的那先生又在管你闲事了？"

"差不多。"张春禄胡乱答道。

车开得很快，她脸色惨白，靠在副驾驶上半天没回过神。

她把手放进口袋里，正好摸到焦晗的条子，便拿了出来。

李士猛开车，竟然还能腾出一只手试了试她额头："张……小姐，我这次是想来跟你说，要是实在不喜欢张家，要不然来我家。"

"去你家干什么？"她摇头。

李士猛一脚踩在刹车上，整个人扑在方向盘上，艰难地转过头来："我妈说男大当娶，你可以来我家……做我……媳妇……"

接下来的话她听得不是很清楚，因为头实在是太晕了，恍恍惚惚，只觉得李公子情真意切，只是事发突然。

她低头看手中的条子，忽然问："你在说什么？"

李士猛道："我喜欢你。"

张春禄觉得浑身发凉。

"张小姐有什么需要，在下帮得上忙的，万死不辞。你手中的书，我可以替你保管。"

张春禄将手伸进外套里，摸到冰凉冰凉的东西，那是一把餐刀："去年我们去看戏，李公子可还记得看的是哪一出？"

李士猛神情游移不定："可是《霸王别姬》？"

张春禄心中一沉："李公子，你我并未去看过戏。"

说话间她已经单手推开了车门，飞刀一掷，翻滚下车。

餐刀刀刃特地磨过，擦着李士猛消瘦的脸颊飞过去，留下一抹血痕。

李士猛面色一沉，方才的柔情蜜意已然退去，恨声道："张春禄！我对你哪点不像是真心，你如何看出的？！"

焦晗递来的纸条，上面只有一行字：张小姐原本并不认识一位叫李士猛的先生。

她摔在坚硬的方砖上，想走，但那是一条死胡同。

李士猛已经下车，堵住了唯一的出口。他逆光站着，拿着一把枪，叹息道："张大作家，我想你原本可以死得更温柔一些。"

他知道，他一直都知道，那位写抗战小说的作家是谁。

这是一个圈套，这个人原本并非张春禄的朋友，只是借着她记忆恍惚，乘虚而入。刚才她受了焦晗的提醒，一试便试出了端倪。

她一直在想，黑暗中想杀自己的人是谁。这个人日复一日地练习，却一直未下手。她原本以为那人是焦晗，然而失之毫厘，谬以千里。

他在等，等自己找到他想要的东西，可是她依然不解："我手中只不过是一部自己当初写的书稿，谁要我死？"

李士猛道："你手中是一本极尽所能讽刺日本、宣传女子独立的抗日书稿，于你而言不过是个故事，于他人而言，可是精神之寄托。人有时就这么奇怪，一个民族但凡还存着那么一点精神意志，便能屹立不倒。

"我喜欢你的故事,但是我没有脊梁。"他走过来,在张春禄面前弯下腰,附在她耳边,"日本人说,你必须死。"

　　因此,你必须死,而你的书稿,必须焚毁。你是时代精神的一部分,我们要摧毁一个民族,首先要摧毁它的精神。

　　枪已经抵上她的额头,张春禄有些发抖,她闭上了眼睛。

　　预料中的扳机并没有扣响,有温热的液体落在她衣服上。张春禄睁开眼睛,看见李士猛痛苦地捂着肚子,跪在地上。

　　一把刀从后面刺穿了他。

　　焦晗就站在他身后,拿着一支黑色的普朗克091消音枪,又补了一枪。

　　李士猛面朝下倒在地上,一动不动。

　　焦晗拿出白色手绢,擦干净了枪杆上溅上的血迹,问:"小姐,你非得被逼到一定份儿上,才会动手杀人吗?"

　　他低下头:"对了,敢问芳名?"

　　"张春禄"微微一笑:"焦先生何以得知?"

　　明知道这张脸下是别人,那么轻软的一个笑容,却还是把焦晗看呆了。

　　他想自己的学生是很少笑的。

　　他又想起上次自己拿刀抵在张春禄心口时,她仓皇而哀伤的神情。

　　片刻之后他闭上眼睛,神情十分痛苦:"我知道你不是她,因为我的学生现在应当已经死了。"

　　她说:"我姓季。"

　　焦晗恍惚片刻,才说:"季小姐,我并非真心救你,如果手稿流落出去,我依旧得杀你。"

───── 八 ─────

　　我叫季萱,禾子季,萱草的萱,曾经隶属历史管理局亚洲司部,是第九十九号执行员。

　　敝司的宗旨是挽狂澜于既倒,扶大厦之将倾,将行入黑暗的人间拉回平稳大道之上。

之所以说"曾经"，是因为按照管理局的记录，我早已死在北极的一栋小楼当中。

那场战役艰苦卓绝，整个十人小组去了黑洞协会的总部，此后管理局得到了一些东西，也失去了一些东西。

我们得到的东西，是正在让这场战争趋于平缓的关键，而失去的东西，只有我。

死亡是一条寒冷的路，我不愿再回首，因此很感激谢青将我从中带出，虽然不知道他让我从那条路上回来，究竟尝试了些什么。因为以永生换死亡，不可能不付出代价。

我很想对他说谢谢，可是他的眼神沉沉如潭水，不能凝望得太深。

就算他给了我忠诚，我也不敢断定静水之下到底是什么。

因此这次来渝，我特地避开了他，只是没想到会遇见张小姐，做了个顺水人情。

焦晗带我去了一家茶楼，对着滚滚长江水点了壶滚烫的碧螺春，两岸青山抹微云，他背对着我，问："张小姐她可曾说起过我？"

"我以为你会问，张春禄她现在在哪里？"我说。

"不，"他痛苦地摇头，"我知道她已经不在世上了，因此才容忍你进入张家。就算是做梦，我也愿意她回来的那个梦做得长久一些。"

"你知道她多少？"我问他。

"远比她以为的多。"焦晗说。

九

焦晗接到信时，正在看一本流行小说。

他向来对这类书嗤之以鼻，只是手中这本例外。难得有女子将家国情怀写得如此大气，确实可为一观。这一观就观完了秋芸笔下所有的小说。

因此他拆开信封时，眉头皱了皱，给一个号码拨了电话。

接电话的男人声音慢条斯理，斯文冷静，听着让人火大。

然而他知道，自己远没有发火的资格。

男人说："既然你不愿意，那我让柒去。你知道他喜欢的人早就死了，最不怜香惜玉了。"

焦晗心中骂了一万句娘："不，还是我去。"

于是他去了张家任家庭教师，但是看见穿着男装大马金刀坐在桌前打牌的张春禄时，还是着实吃了一惊。他问下人："张家不是有位大小姐吗？"

张妈道："何时有大小姐了？我家少爷是从外面回来的，因为这事太太还闹过，若是女娃，怎么可能进张家的大门？"

焦晗突然明白，为何秋芸书中的女主角总是策马江湖，纵横肆意。她原本也只能在书中策马江湖，纵横肆意。活在世上，她连身世都要层层隐藏起来。

不过这说到底是别人的选择，他向来不干涉别人的选择。

"上面给我的指示，是不让张小姐出一本书，"焦晗对我说，"不择手段。"

"如果张小姐执意要出版呢？"我问。

"没有如果。"

最初焦晗心中是十分不快的。

他一直认为秋芸应当是位思想深邃、端庄大方、温柔娴静的名媛佳丽，因此每次张春禄和狐朋狗友们勾肩搭背去歌厅跳舞打牌时，他就颇为不悦。

他虽然对自己学生偷偷写书这事睁一只眼闭一只眼，课业却要求得颇为严格，逼着张小姐日日关在书房里，还觉得不满意，又定了大大小小十余条规章制度，还收缴了她出门的钥匙。

直到后来，张春禄离家出走，他才觉得或许是自己太严厉了。

"我原本想，女孩子若要以男人的身份活下去，必然要受很多苦。所以我教她骑马，教她射击，教她如何在男人的社会中活下去。可能是我做过头了。"他说。

焦晗原本觉得这样的生活不错，他偷偷拿了她的书稿，看完之后颇为赞赏，然后原封不动地放回去，向组织汇报。

有时候他甚至觉得上面那位是脑子进了水，为何要去管一位大小姐写小说。既然如此有空，就应当在家多陪陪爱宠。

直到有一天，焦晗接到电话，说秋芸的书有问题，她必须死。

焦晗拿着电话愣了半天，开始疯狂地拨号，向每个熟人求证，结果都一样："既然有任务，就一定有理由。别问为什么，你实在下不了手，要不然我来帮你？"

"不用。"他说。

朋友意味深长地说道："焦晗，教书久了，你的枪该上油了。"

焦晗称病，把自己关在房间里，于黑暗中躺了三天。

第三天他推开门，穿上平日熨烫平整的大衣外套，打了领带，推门而去。他走在清晨的阳光里，看上去和平时别无二致。

"于是你给她下了慢性毒药？"我问。

焦晗手中原本拿着一只茶杯，闻言杯子落在地上摔得粉碎。

他伸手拿茶壶准备重新倒一杯，手抖没拿住茶杯，滚烫的热水淋在手背上，浑然不觉。

"我多希望，"他痛苦地闭上眼睛，"季小姐，我多希望她回来的那个梦，能持续得更久一点。"

"我无法回忆过去，但是可以跟你说说，"他说，"我前几日做的梦。"

── 十 ──

其实想要这位"张少爷"死的人很多，比方说二姨太突然怀了身孕，闲聊间说过，若是这位外面来的大少爷死了，她腹中的孩子便能多分一份家产。

也有堂兄表弟间私下推论，若是大少爷死得早，姨太太肚子里的孩子没能生下来，那么张家的遗产会落在哪位兄弟身上，每人能分得多少。

这些人中的每一位，焦晗都看在眼里。

他这位女扮男装、天生要强的小姐，读书论理，卓然众人；骑马射箭，从不落人身后。他就像看到一朵严冬里的花，在冰天雪地之间悄然绽放，而只要他愿意，伸手便能为它撑起一片晴天。

他随时可以带她走，只要她愿意——如果没有接到那通电话的话。

那通电话打得太晚了，晚到那朵花已经深深地印入他胸口，再也分不开了。正是这时，焦晗发现香炉里的香不对。

张春禄被带回张家时，便有怕黑的毛病，因此从小夜里总是要燃一炉安魂香。

那日焦晗试了试香的品质，突然发现不对。

有人换了其中一种成分，燃起来虽然气味不变，却是有毒。

那是一种混淆神志的毒，随耳鼻五官入人体，天长日久，心神渐弱，而无回转余地。

希望自己学生死的人有很多,终于有人下手了。

他同时又松了一口气——毕竟不用自己亲自动手。

他看着自己的学生面色日渐苍白,看着她在这个吃人的家族里艰难求生。

有一日她在花园里看书,隔着很远看见自己走过来,便微微地笑了一笑。

那是一种柔软而温暖的笑容,像是即将逝去的花朵,在夏天时卸下所有防御,最后的绽放。她说:"焦先生,谢谢你。"

那夜焦晗进了张春禄的卧室,熄灭了香炉中的香。他向来拿着一把枪,进门之前先卸下保险栓,安然出门时再拉上。

夜复一夜,夜复一夜。

十一

听到最后,我听懂了焦晗的梦,我问:"梦的最后呢?"

"梦的最后,我在小巷中杀了那个汉奸,救了张小姐。"他说,"皆大欢喜的结局。"

原来是香的问题。我知道秋芸中毒,却不知道来源于晚上的安魂香。想必李士猛买通了张家的某位用人,间或性地拿毒香替换好香,蓄意谋害。

因此夜里我偶尔醒来,听到保险栓的声音,并非一把枪对着我拉下保险栓。相反,那是焦晗熄灭香炉出门前,给枪上保险栓的声音。那时焦晗在做的不是开门,而是关门。

我来张家,是为了取作家秋芸的手稿,而他在张家,是续当初的旧梦。

旧梦之外,张小姐并未对他轻软一笑,他也并未为她熄灭毒香炉,张春禄最终身体渐弱,察觉出端倪,离家出走,力竭而死。

而我之所以能识破李士猛,一来是焦晗的提醒,二来我与秋芸日夜谈心,我知道她从来不看戏,因此才设了那么个小局。

我不敢说自己理解这种悔恨,但是这种黑暗却似曾相识。

他的故事讲得太多了,多到我觉得他对自己的组织已经不再有信任了。于是,我问他:"你的上级是谁?"

出乎意料他回答了,转头说了一个名字。

我如同五雷轰顶。

焦晗问我:"小姐,你又是哪一方的势力?"

我无法回答,茫然问:"你说的那人,是他本人说要秋芸死?"

他说是。我半晌没说话,最终道:"我现在无所依凭。我帮张小姐,是因为喜欢她的故事,想看后续,心痒难耐。书在我手上,你要拿走吗?"

他想了很久,最终叹息一声,摇了摇头,付了钱便往门外走。

焦晗伸手拿钱时,手上皮开肉绽,红肿触目,想必是被水烫的,他却浑然不觉。

我叫住他:"焦先生,你要去哪里?"

他摇摇头。

我追上去:"你知道校场口3号巷127号吗?"

焦晗回头看我,扬起半边眉毛。

"那里有一树梨花,已经开谢了,不过你现在去还不算晚。"我说,"如果呵护得当,明天春天当再开。"

十二

我在民生路住的旅店有些嘈杂,正打算搬到僻静一些的地方,门童送了一封信来。

我先看报纸,报纸上说著名女作家秋芸出了新作,正准备封笔隐居。

这是我第一次见到张春禄的照片上报纸。她穿着旗袍,气质温柔,俏丽可人。

她旁边站着一位提行李箱的男人,帽檐压低,我认出了是焦晗。想来他去了校场口3号巷,见到了养病的张小姐。

我在谢青的船上,每日会有一些恢复调养的药物,据说来得极其珍贵,只是混在咖啡里极其难喝。

既然谢青都说珍贵,想来确实有效,这次出行便随身带了一些,没想到关键时刻能救一条人命。

真正让我心神动荡的,是焦晗说的那个名字。

他说想让张春禄死的人,叫易月生。

我查了手中管理局亚洲司部的人事表,找到了第二十三号执行员焦晗的名字。

报纸上说《木兰辞》的续集要正式出版，而他选择守在秋芸身边，就意味着他放弃了执行员的身份。之后的路要怎么走，我也不知道。

我细细地看了秋芸的手稿，铁血柔情，令人拍案叫绝，如果没有将我喜欢的女主角写死，便更好了。我想真正精彩的，并非故事本身，而是其中女子可以济世救国的情怀。

这种情怀在每位读过她故事的人心中都留下了或浓或淡的一笔，推着人冲破黑暗，至臻美好。随着续集的风靡，我想她所梦想的众生平等的世界，或许会早一日到来。

最后，我终于明白了易月生为什么要杀秋芸。

《木兰辞》有两部，第一部中曾经描写过一扇她在北平偶然见过的门，做工精巧，位置奇特。原本只是一笔带过的东西，连我也未曾注意，然而她在续集中却提到了这扇门的具体所在。

当初我和她谈到易月生的"门"时，秋芸忽然说想回家取手稿，想来是记起自己曾经写过。

究竟细节如何，当时的她精神衰弱，必当依靠手稿。

易月生是在看了那部手稿后改变的主意。他想抹杀的，并非一个人，而是她的记忆。

"现在北平是日占区，贸然前往，恐有不测。"秋芸告诉我，"不如我画张图给你。"

我接过纸一看，大惊失色："这是门？你是不是画错了？"

她看了我一眼："怎么可能？我的画是焦先生教的，他这人性格不怎么样，学识还是很好的。"

如果这算门，那么我见过它，在不同的书里，不同的地方，见过它无数次。只不过见时尚未察觉，现在回想起来也是如隔云雾。

我拆开了门童送来的信，发现来自谢青。不知道他用了什么手段，已然找到我的住处，信里语气平和，风平浪静："季小姐，我有急事，最快下月初一赶来。请你记得按时吃药。"

信纸上附了大半页密密麻麻的药方和服法，最后竟然又加了一句："药请你自己吃，不要放进给我的红茶里。"

天云浩

第五章・Chapter Five

一

　　管理局在重庆的分部原来是一个破旧的旅社，易月生把临时分部搬到这里后翻新成了豪华饭店，一楼是餐厅，二楼是舞厅，三楼的客房可以观赏窗外滚滚的嘉陵江水，在物资贫乏的战时日进斗金。

　　我穿过上坡下坡的小巷去找易月生，没走多远，忽然身后有人叫我："小姐。"

　　那是个英俊的金发青年，皮肤被晒成深色，说着蹩脚的中文，背着只军绿色的背包，站在一处低矮的青瓦房旁。

　　因为他个子高，缺片漏雨的瓦房显得低矮，他不得不弯下身子。

　　我正在搜肠刮肚地想自己是不是在哪里见过这张脸，他问我："小姐，秦宣，你认识？"

　　怕我不明白，他又张开双臂做了一个开飞机的动作："Pilot。"

　　我想起来了，我曾经在报道援华飞行员的报纸上见过他。

他叫文森特·布莱恩，是位美国飞行员，援助中国抗战，专飞一条复杂艰险的航线。

据说那条航线要穿越喜马拉雅山脉的驼峰山口，山口最高点超过了目前飞机飞行的极限高度，只有技术最优秀的飞行员才能活着飞完。

那篇报道把文森特的照片印得很大，因为他数十次穿越驼峰，名动中外。

我以为他此刻应当在万里蓝天之上，没想到竟然在山城密如蛛网的小巷子里瞎转悠。我摇头，表示不认识他问的人。

"特别好的朋友，肝胆相照，共结连理。"他连用了两个成语，"小姐，我在找他。"

— 二 —

那是一架型号老旧的运输机，正以一种危险的高度在高山深谷间穿行。

群山壁立如剑，任何细小的擦碰，甚至一股上升气流，都会引发致命危险。

驾驶员是个东方青年，冷静地拉动操纵杆，堪堪避开了迎面而来的山峰，平稳前行。

"刚才的S形回避满分。"副驾驶是个美国青年，有一双海蓝色的眼睛，正在读一封信，"啊，希望你和我都活得十分长寿，一起看月亮……秦，这是你给你未婚妻写的情书？"

"但愿人长久，千里共婵娟。"秦宣咬牙切齿，"文森特，你放下。"

"到机场你睡觉，我帮你去寄。"文森特并没有把信放下，而是叠起来，装进自己的上衣口袋里，"希望我们都活得到那一天。"

他又重复了一遍："活到战争结束，赚大钱。"

自从日本人1942年切断了从缅甸到云南的滇缅公路，中国就很大程度上失去了外界的援助，于是盟国间开辟了一条航线，满载抗日援华的物资与药品的飞机从印度起飞，穿过险峻的喜马拉雅山脉，飞入中国境内。

那是世界上最危险的三条航线之一，统计数据说每架飞机平均只能飞行四个月，便会坠落成为深山之间闪闪发光的碎片。

秦宣从来不看统计数据，他只知道在这个每一滴汽油都要靠进口的时代，隔绝就意味着失败，意味着坦克停在前线，保卫家园的战士需要拿刺刀与敌人的长枪短炮决一死战。

每个人都有想保护的人,秦宣想保护春桃。

他将这种想法写到了信里,奈何被文森特读了出来。

他还想说什么,忽然文森特将手放在唇上,侧耳听了片刻,突然打开无线电:"敌机!敌机!日本人!"

四架运输机编队立刻散开,正好赶上日本飞机从山的另一头飞过来,阳光下太阳旗图案明晃晃地刺眼。炮弹发射的呼啸声,轰鸣的爆炸声,没有军机护航,一架运输机立刻向下栽去!

"打右舵,急转准备!"秦宣喊。

挡风玻璃在爆炸中破碎了,空气不断灌入他的肺里,嗓音嘶哑得几乎发不出声,他不断重复练习场上的飞行动作,力图操控这架老旧的运输机躲过袭击。

然而与日本人的战斗机性能不可同日而语。

最后一个拉升以后,巨大的震动让秦宣下半身发麻,爆炸声震耳欲聋——飞机中弹了。

"信,"他向文森特伸手,"我的信。"

文森特在大喊着什么,但是谁也听不见,爆炸声已经让所有人暂时性失聪了。

秦宣只是想要回那封信,那么飞机坠落后,人们从他尸体胸前的口袋里,能够找到那封他写给春桃的信,并且代他转交。

文森特从副驾驶位置上越过来,抓住操纵杆。

飞机再一次中弹,火光与浓烟四起,看不清方向,过了很久秦宣才意识到他在自己耳边喊的是什么。

"活下去!秦,我们要活下去!"

= 三 =

秦宣醒来时,是在一间灰暗简陋的平房里,窗外看得到简易机场和一架满目疮痍的运输机。

后来他才知道,当时两发炮弹一发击中起落架,一发嵌入机身但没有引发爆炸。

第五章

他被第一发炮弹震晕过去，文森特接过操纵杆，驾驶飞机偏偏斜斜地飞出战斗区域，以几乎不可能的角度绕过群山，最终成功降落。

此刻文森特·布莱恩站在床边看他，特别得意："如果这是一次模拟考核，秦，你最多 B+，我肯定是 A。"

"我们早就从学校毕业了，"秦宣费力地坐起来，"况且最后一次考核，是我得了 A+。"

他偶尔会怀念在美国佛罗里达州航空学院的时光。

秦宣和文森特是同期，毕业后秦宣回国抗日，文森特加入了援华志愿军。他说战后政府会给他一大笔奖金，自己打算开一家飞行公司，需要钱买飞机。

秦宣忽然低声说了句："谢谢。"

"哦，不客气。"文森特轻描淡写地回答，"没拿到奖金之前我当然不会死。秦，你的信我帮你寄了，半小时以后执行 A 飞行计划。"

震荡和疲惫让他昏睡了一整天，但是每分钟都有人死于战火、饥饿、疾病，因此他只能不停地飞，永远地飞。

直到飞机坠落，直到战争结束。

醒来时肌肉酸痛无力，他费力地穿好衣服，往门外走去。

等战争一结束，通讯恢复，他就娶春桃……

只要战争一结束……

飞行员休息室的门口放着一叠过期的旧报纸，他拿了一份在手里，边走边看。

他翻过一页，忽然愣住，脸"唰"地白了。

秦宣觉得手在抖，他握住报纸的手太过用力，廉价的纸张皱起来，油墨沾了一手。

"文森特，"他用英文低声问，"你真的帮我寄信了吗？"

走在前面的金发碧眼的外国青年猛然停下脚步，僵了片刻，没有回头："怎么了？"

烈日当空，他突然站不住，跪在地上，手撑着滚烫的地面："报纸上说，报纸上说——"

前面的青年始终没有转过身来。

四

"我有一位叫秦宣的中国朋友,"青年用英文告诉我,"他出生在这座城市,我想知道他曾经住的地方,有没有亲人与朋友……"

国内连年战乱,户籍档案保管不全,再加上重庆前几年饱受空袭之苦,现在想追查几十年前的人物档案,必然无从下手。

他的中文不好,只能一条街一条街、一户人家一户人家地问,直到遇见我。

这个世界上每个人都有愿望,有人想赚大钱,有人想活下去,有人想永生不死,但是他的愿望很简单,他只想找一个人,二十年前留下痕迹的人。

我突然想帮他。

战火之中资料保存最完好的地方,我只想到一处,于是带他去了管理局的临时分部。

"秦宣这个名字很普通,"我问,"你朋友是做什么的?"

我们一起穿过山城高高低低的街道,在最深暗的长街阴影里,他向我说起了盛夏明亮的阳光下,浩瀚蓝天之上的那位友人。

五

秦宣也不知道自己为什么会爱上春桃,或许是三月天酒喝多了。

那晚上他喝多了酒,挣扎着说醉了也能开飞机打鬼子,就从酒桌往机场爬。

还没出酒馆门,就被人一把抓住。

秦宣迷迷糊糊的,却还记得礼仪,说:"男女授受不亲,不摸可以吗?"

"不可以。"

他还想争辩什么,眼前一黑,再醒来已经在医院病床上,一位白衣姑娘在给他打针。姑娘有一双桃花春水般好看的眼睛,说话脆生生的,像五月枝头的脆桃。

秦宣问:"昨日我喝酒被一位女医生打了,姑娘你可见过?"

桃花眼的姑娘道:"不曾。"

"不知是否能请那人当面致歉?"

第五章 天云浩

姑娘手起针落"唰"的一声扎他屁股上，笑意盈盈："不能，我就是那位医生。"

后来秦宣才知道，姑娘叫春桃。

他当时重度醉酒，要不是正好春桃医生路过，拦住他摸了脉搏把他送医院，他现在说不定正和阎王爷接着喝。

况且当时整桌狐朋狗友都醉得不浅，酒馆就在小机场边上，万一他真的趁着酒劲爬上飞机捣鼓着起飞了，后果不堪设想。

他路过鬼门关，却遇见了一位天使。天使羽翼温柔，微风轻卷，便关上了地狱的大门。

秦宣在病床上赖了两个月，把全身上下所有的毛病都医了一遍，包括挑食。然而春桃医生只会说"不"。

"不行，我不能和病人一起去看电影。"

"也不能收病人的玫瑰花。什么，摸了你的手就要负责到底？我只是把脉,把脉！"

文森特来探病，第一次看见含蓄内敛的东方友人如此狼狈，觉得很新奇，问他为何。

秦宣思忖片刻，答道："大约是桃花灼灼，春光太好。"

至于最后秦宣是怎么抱得美人归的，谁也不知道。他给春桃写了一封情书，洋洋洒洒两千字讨论战争局势，最后一行问："姑娘嫁否？"

春桃回了两个字："不行。"

秦宣只好收拾东西出院，走到病房门口时翻过信纸，发现后面还有一行字：

江浙战事吃紧，那边急需医生，如果能活着回来，便将"不"字划掉。

那是秦宣最光明的时光。

他吻了吻信纸，叠起来放在胸前的口袋里，欢欣雀跃。

他驾驶飞机直冲云霄，与日本人周旋回避，觉得天云无限高远，自己无所不能。他只等春桃归来，战争结束。

突然传来消息，说春桃在浙江病了，已经奄奄一息。

那日她在一个镇上行医，天上拉起空袭警报，日本人的飞机呼啸而至，没有投下炸弹，却投下一堆糖果、棉花和布匹。

孩子们欢呼着去捡，春桃冲上去拦着，大喊："不行。"

她赶走了所有人,自己捡了一块,拿回诊所化验,发现了一种少见的霍乱病菌。

霍乱蔓延开去,那个小镇几乎沦为死城,春桃也病了。

她拼死将化验结果用电报发出去,人们才知道日本人竟然用染了病菌的跳蚤,秘密开展细菌战。自此政府开始为百姓接种疫苗,但是对于春桃,一切已经晚了。

消息是医院的医生转述给秦宣的,转告的人轻言细语,仿佛在说一段遗言。

那时整个江浙疫情暴发,药物供不应求,一支四环素要用金条换。

就算富商巨贾染了病,不花掉半个身家,也换不回一条命。

"我有药!"秦宣"噌"的一下站起来,疯了一样往外跑,"我从印度带了特效药!"

全国特效药难找,秦宣这里却有门路,因为他开印度往返国内的航班,能带药物。

他冲过挤满流民与乞丐的街道,冲到码头边要买最近一趟南下的船票,然而一票难求。

秦宣又挤回市里,叫人力车到机场,不管不顾就往自己的飞机上跳,被文森特拦住。

"我要去找她!我有药,我要去给她送药!"他爬上驾驶舱,被两个军人架下来,手舞脚踢,语无伦次。

"现在那儿是疫区,又在打仗,整个交通都不通!"长官训斥他,"国家缺医生,但是也缺飞行员!A计划要开始了,就算你活着找过去了,能赶回来?你绝对不能走。"

秦宣一个人在宿舍里待了一晚上,抽了平生第一支烟。

然后他趁着夜色摸上飞机,半夜起航,向着地图上那个小镇的方向飞去。

没有人想得到他能在夜晚不打灯起飞,但是这项技能秦宣在美国学习时排名第一,因此飞机顺利起飞了。

他拉动操纵杆时心跳得几乎要冲破胸膛,怕晚了一刻钟,死神就会降临在自己的天使身上。

可是秦宣并没有飞太远,因为很快他就发现,油箱不满,油被放掉了三分之二。

这样的油量并不能飞太远,他只好在最近的蓉城降落,刚下飞机就被人团团围住。

一溜大帽檐蓝色制服的军人就等在机场,他立刻被押回重庆。

秦宣绝望地被押进禁闭室,带来阳光与希望的人是文森特。

他利用外国人的身份申请了探视,隔着窗户给他看了一份报纸。

"上帝保佑，你的消息有误，疫情暴发的地区并不是你梦中情人所在的地方。"他把报纸展开，隔着模糊不清的毛玻璃给他看，"虽然我中文不好，但是地名还是能认识的。"

秦宣贴着玻璃努力辨认上面印刷的字迹，身体控制不住地发抖，觉得报纸里藏着整个世界的春天。

春桃还活着，她还活着！她不在疫情暴发的地方，也没有病倒，只是因为通信艰难，他才没有她的消息！

"安心关禁闭，"文森特轻松地敲了敲窗玻璃，"然后我们一起执行任务。我们活着，更多的人才能活下去。"

"好。"秦宣笑道。

六

秦宣控制不住手抖。

闭关了一周，他驾机飞往印度，满载物资后回到国内一个隐蔽的小机场，因为炸弹震荡昏睡了一天。

门口放着的旧报纸和两周前文森特给他看的那份一样，只有几个词不同。

报纸上讲了一位女医生，在没有防护条件的情况下勇敢地取样并化验了日本人的空投物品，发现霍乱病毒。

她最后病死了，却为百姓敲响了警钟。

这份报纸中的女医生叫春桃，而在前一份报纸中，她叫别的名字。

"你们给了我一份假报纸！"秦宣喃喃道。

"亲爱的，我不想看着你去送死。"文森特终于转过身，"那是疫区，除了霍乱，还有伤寒、鼠疫，就算你身体健康中途不染上日本人研究的新式病毒，还有打仗，还有间谍。秦，你是一个连晚饭都不会自己煮的人。"

"能代替你的飞行员太少了，A计划需要你活着。"他用力抓住秦宣的肩膀，仿佛一松手，就会有什么东西从这位苍白的东方男人身上流失，让他失去对接下来要做的事情的兴趣，"你活着，才能让更多的人活着。"

机场很小，从休息室到停机坪只有几分钟的路程，秦宣却觉得自己走完了一辈子。

那是两架飞机，他一架，文森特一架，由重庆飞往印度的美军基地。

一旦他们起飞，日本就会接到这两架运输机上有重要情报的消息，将会起飞拦截。

这是一次诱导行动，秦宣接过一个象征性的黑皮箱，放在后舱里，然后坐上驾驶位。起飞前，文森特走过去，站在舷窗前："对不起。"

秦宣没说话。

文森特站了一会儿，转身往另一架飞机走去，秦宣突然叫住他："我偷偷开飞机时，是你放了一大半的油吗？"

西方青年没有回答。

"知道我能夜间无灯起飞，能将油量算得这么精确，正好够在蓉城机场降落的人，只有你。我没想到你会向上面打报告。"

"如果你死了，我会失去一位重要搭档，少拿很多奖金。"

"我厌恶这种行为。"

"猜到了。"青年说，然后拉开了自己飞机的舱门，"但是我飞机上的黑色手提箱，装了一份霍乱病毒的检验结果，要送给昆明的细菌学专家。这就是春桃化验的那份，你一定要配合任务，这样我才能平安带到。"

两架飞机同时升空，向西南飞去。起飞不久，突然雷达响起警报，日本人的飞机从天边如期而至！

"日本战机！"文森特在无线电那头喊，"加速！"

那是性能卓越的一式日本战机，秦宣立刻加速！

他不用回头就知道炸弹向着自己呼啸而来，运输机的机翼几乎要倾斜成九十度，他猛然一个急转弯，避开火力，向着高山山脉飞去。

对于飞机而言，高原群山就是危险。高空突如其来的冷空气可以让整个飞机外壳结上厚厚的冰，几乎等于盲飞，而且不能下降高度，因为脚下就是万仞壁立的群山。

秦宣想也没想，一头冲进山中，日本飞机也毫不落后，跟着冲了进去。

秦宣和文森特驾驶着老旧的运输机，却仿佛身在一架战斗机中！

爆炸轰鸣，火光漫天，两架运输机在群山之中分合躲避，一次又一次九十度空中急转，机翼与山石堪堪划过！

如果有人观战，一定会觉得两位驾驶员在狼狈地躲避，然而日本人却知道，对方虽然狼狈,但是一弹未中。

无线通信台响起来,竟然是其中一架日本军机的明码通信,中文生硬冷漠:"能告诉我名字吗?我不相信中国有这么优秀的飞行员。"

秦宣紧急侧滑,在山谷间穿行:"不能。"

"天皇欣赏人才,击落你们太可惜了。交出飞机上的东西,让你们活下去。"

"不行。"

日本人恼羞成怒:"难道你所有的回答都只有'不'吗?"

"我有一位未婚妻,她是个有原则的人,最喜欢说'不'字。"

秦宣对着麦克风,一个字一个字慢慢说:"后来你们在江浙投放病毒,她是医生,染病不治。这个字,是春桃送给你们的。"

=== 七 ===

我让青年在饭店门外的大街上稍等片刻,自己只身进去。

保镖是位面生的鹰眼,大约是我不在期间来的新人,他伸手拦住我:"小姐,客满了。"

"我是易月生的朋友,来找易先生。"我说。

小鹰眼警惕地看了我一眼:"易先生没有朋友。"

我一时无法反驳,只好又说:"那找黎家铭也行,他常常拍电影,总不可能也没有朋友吧?"

"黎处长已经很久没拍电影了。他不仅自己不拍,还不准别人看,说腐朽堕落浪费工作时间。"小鹰眼纠正我,"小姐你有证件吗?"

我把自己的党章递过去:"我是NO.99号执行员季小姐的挚友。"

"哦,我知道,"小鹰眼点头,放我进去了,"就是去年殉职的那位。听说她死了以后整个亚洲司部都扣了奖金,易先生说心情不好。"

我没有立刻找易月生,而是到了地下一层。

饭店虽然是翻修的,但是格局未变,档案室在地下,常年用一把大铜锁锁着。

以前亚洲司管档案室的是个酒鬼,常常忘记带钥匙,就把一把备用钥匙挂在走廊的壁画后面。

我走出装修奢华的大厅,顺着楼梯往下走到地下室,果然看到了他心爱的壁画。搬开画,墙上仍挂着那把生锈的铜钥匙。

档案室内一股灰尘味,并列而立的红木架子一眼望不见头,我找了半天,才找到秦宣的资料。

二十年前山城举家留洋的人很少,因此重庆分部对秦宣这个人建了档。

八

秦宣关掉通信,猛然提速,和文森特一起冲进山谷!

那是一个带状山地,穿过林立高山,冲出两峰屏蔽,眼前便是豁然开阔的一片高原平川。

数十架中国战斗机猛然出现,在日军飞机自幽暗峡谷飞出,光线骤然明亮的一瞬间,猛然开火!

好飞机是日本人的,但是中华江山土地是中国人的。

将准备空袭平民的日本一式战机从川渝周边引至西边高原山地包围袭击,就是尚在襁褓阶段的中国空军Ａ计划。

而要完成它,需要民用飞机作为诱饵,而能在这种情况下驾驶运输机的,必须是有丰富高原山地飞行经验的飞行员,必须是文森特和秦宣。

枪炮声震耳欲聋!

苍鹰缠斗,天地为之变色。

文森特松了一口气,脱离战斗区域,按照原来的飞行计划,调转航线向南飞去。

天气很好,计划顺利,这时文森特的心情甚至是轻快的,计划着等着陆以后喝一杯酒。

因为战局在好转,而秦宣的悲伤最终会随着时间淡去。

就在这时,炮弹呼啸而至。

文森特晚了一秒钟看雷达,一架日军飞机从交火中逃脱出来,一路尾随而上,发射了最后一枚炮弹。

那是装备了 37 炮的一式战机,距离很近,一切只在一瞬间,文森特的心跳慢了一拍。

他知道完了。

这时他身后的秦宣突然做了一个拉升动作!那是一个简单的飞行爬升,微微上仰的机身像个屏障,挡在了一式战机与文森特之间!

炮弹击中了秦宣的飞机油箱,他和油尽灯枯的日本战机一起,化作一道弧线,向下栽去!

跳伞!

文森特在无线电频道里喊道:"秦,跳伞!秦!Shit!"

飞机下面就是高山,达不到跳伞的高度,文森特看着秦宣驾驶的 P51 号运输机落入广袤的原始丛林中,静静卧在那里,像个金属墓碑。

那是高黎贡山中的某一片地区,方圆数百里荒无人烟,没有地图没有测绘,甚至没有进山的道路。

文森特的飞机一圈一圈在上空盘旋,无法降落,最终油表将尽。

他一拳打在操纵盘上,只能调转机头,向着灰色的天际飞去。

"后来我每次飞这条航线时,都会在那个山区做超低空飞行。飞了无数次,低到再降一点点飞机就会撞上山头,机毁人亡,"金发的青年站在一处老旧的院子门前,低声说,"可是再也找不到他坠毁的地方。"

按照档案的记录,我们找到了秦宣出生的地方。一位年迈的婆婆指的路,老旧的院子,门口开着一丛蓝色的绣球花。

院子里住满了躲避战乱的人,没有人还记得一户姓秦的、带着一个小男孩的、后来移居国外的人家。

"也许是树木太茂密,遮挡了机身,"我说,"毕竟是原始丛林。"

"我永远记得他说的最后一句话,"文森特一直站在门口,却没有抬手敲门,只是盯着老旧的门板看,仿佛在看一段早已远去的时光,"那时无线电声已经很嘈杂了,他说让我把报告交给昆明方面,一定会受到嘉奖。他说再见。"

"我没有办法找到他的尸体,因此我想找到他长大的地方,为他立一座东方的墓碑。这样我可以在墓前跟他聊聊天,比方说我保护好了那份文件,还有就是,我从未因为钱,来他的国家。"

九

文森特·布莱恩第一次见到秦宣,是在美国佛罗里达州的航空学院第二年。

他只是远远地瞥了一眼,内心就受到了极大的伤害,他冲到系主任办公室,拍着桌子抗议:"就是那个东方人上次训练时成绩第一?我只排名第二?他那么瘦,连挺机关枪都端不起来!"

"他们国家连像样的飞行员都没有几位,一定是搞错了!"

教授把他赶了出去:"至少别人进办公室会敲门!"

文森特怒气冲冲,正好看见秦宣夹着文件袋站在门口,平静地说:"我们国家飞行员少,是因为太穷了,连像样的机场都没有几个。"

然后他转身离开,再没有多看激动万分的美国青年一眼。

之后文森特就和秦宣成了敌人。文森特训练时特地站在秦宣旁边,跑步时一定要比他多跑一圈。

最初秦宣英文不好,为了顺利交流,他竟然自学了一点中文,休息时间在走廊上拦住秦宣:"我测验得了A,你,分多少?"

文森特问:"既然你们国家连像样的机场都很少,你为什么要做飞行员?"

"如果没有像样的飞行员,新机场修给谁用?"青年淡淡地看了他一眼,"我的祖国在战乱中,学开飞机是为了报国,所以必须学好。"

文森特一时不服气:"我也有理想,我以后要开飞行公司赚大钱!"

"很好,"秦宣点点头,"加油。"

两个人的竞争一直持续到毕业。

结业考试为分组合作表演,文森特和秦宣同组,驾驶训练机表演同套复杂动作。

那天天空蔚蓝如洗,文森特已经整整调整了一个月的状态,无数次模拟每一个操作,自信一定能够赢。

两架飞机同时起飞,在蔚蓝的天空滑翔而过,每一个动作精准如同镜面,甚至让看台上的人以为是同一架飞机和它在云层中投射的幻影。

突然文森特发现发动机声音不对，那不是熟悉的振动方式！

每一架考试用机都经过了严格检查，但是不能百分之百排除机械故障。

他猜是发动机旁的一个零件松了，试图紧急迫降，然而那时正在做一个高难度俯冲动作，他只能选择跳伞！

"大概是上帝的意志，"文森特对我自嘲地笑了笑，"降落伞没有打开。"

降落伞没来得及打开。

飓风呼啸，失重感让他头部充血，这时突然有什么东西抓住了他。

那是一只手！

千钧一发的时刻，并行俯冲的飞机突然降低高度，避开正在下坠的事故飞机，擦肩而过，飞行员从驾驶舱里伸出手，一把抓住正在下落的对手！

秦宣的飞机拉出一道弧线，弧线的最低点是文森特没有打开降落伞的手，最高点是最低安全飞行高度。

当飞机在停机坪上停稳时，看台上爆发出热烈的欢呼声，人们冲向东方青年想致以最热烈的问候，秦宣却脸色苍白地坐在驾驶舱里，转头问狼狈爬上副驾驶座的文森特："你没事吧？"

"对不起。"文森特说，"谢谢你。"

见东方青年面露不解，文森特做了有生以来最真诚的道歉，包括当初不该把他当假想敌，不应当怀疑并且针对他，不应该找他麻烦。

东方青年听着听着皱起了眉头："这次飞行考试，是我请教授把我们两人安排到同一组的。我不太清楚西方礼仪，以为你总是和我一起训练，是西方人表达友谊的一种方式，我们是朋友。

"刚才我还很害怕，以为自己差点失去一位朋友，"他轻声说，"现在握操纵杆的手还在发抖。"

文森特呆立在原地，片刻后站起来，激动地握住他的手："对，这就是我们美国人表达友谊的方式！我们当然是朋友！"

"后来我们一起来到中国，参加援华，随着我对中国了解得越多，我对秦了解得就越少。他就像东方的水墨画，永远隔着一层烟雾。我看得见他的脸，但是看不到他的心。"文森特说，"比方说我不能明白，为什么一幅水墨画会突然喜欢上一位姑娘，然后燃烧起来。

"我告诉他等我回国会有一大笔奖金,因为这样的话,如果我死在这里,一定是为了钱,并不是为了帮他。"文森特说,"你们中国人有一个词叫婉约,把自己真实的意思隐藏起来,不让对方受到伤害,我在试着这么做。"

他最终在小院的旁边,窄街的角落为秦宣立了一块小小的青石墓碑,上面刻着一句英文:

He rest in high heaven.

下面是我为他做的翻译:"他将安眠于浩荡天云之上。"

墓碑刻好以后,文森特将它轻轻读了一遍:"He rest in high heaven, but I will not."

然后他背上背包,向我挥手告别,走向熙熙攘攘街道的尽头。

我知道又有一班航班等待他起飞,这一次驾驶员或许只有他一个人。

十

我回到管理局归还档案。一楼有间黑暗的小酒吧,我去要了杯鸡尾酒,坐在角落里休息。

我刚坐了一会儿,忽然听见饭店门打开,一阵迎来送往,黎家铭高声训人:"什么,季小姐的挚友找我?蠢货,季萱的挚友不就只有我吗?"

我还没反应过来,酒吧的门就被推开了,外面刺目的光线射进来,易月生的声音骤然响起:"小姐,听说你有我家大小姐的党章?"

他还是穿着灰布长衫,提着一只黑色手提箱,向我走过来,身后跟着黎家铭和垂头丧气的小鹰眼。

每个人手里都拿着枪,我知道每把枪的子弹都已上膛。

易月生一路走到我面前,正要开口,忽然黑暗中有人说:"易先生,借酒吧单独说话。"

我听出了是谁的声音，转身想跑，但是他已经伸手抓住我的胳膊，把我死死地固定在座位上。

易月生停在原地愣了很久，盯着我的脸看。我向来对自己的化妆术很自信，竟突然觉得全身发凉。

然后他手一松，提着的黑箱子"啪"地掉在地上。出乎意料地他没有弯腰捡箱子，而是抬起那只空出来的手，示意所有人退出房间，关上门。

战时节电，酒吧没有点灯，我只能从影影绰绰的烛光中揣测他的神情。

我还没开口，谢青先说话了："两天没吃药，衣着单薄，和不三不四的人满街闲逛。"

温暖的天气里他不知从哪里拿出一件披风，把我裹起来，然后转头问易月生："你们管理局开的饭店，连咖啡机都没有吗？"

这么多年，我自认为改进了很多，今非昔比，但是怕助理这一点依旧无可奈何。

明明追求平等与自由是人类与生俱来的权利，我从欧洲回国名正言顺，谢青一开口，我竟然莫名其妙地心虚。

他逼着我就着咖啡把药全部服完才松手，勉强道："好了季小姐，你有什么想问易先生的，现在可以问了。"

我想过无数种与易月生交谈的方式，甚至我们之间可能会剑拔弩张，持枪对峙，但是这一瞬间我犹豫了，不知道该从那位为纳粹服务过的化学研究员还是写小说的女作家的故事问起。

易月生就静静地站在那里，耐心与思想一样深不见底，我只好换了一种方式提问："易月生，你还记得我小的时候在一处桃林里迷路，你救了我。当时你说，有你在，没有人能够让我死。"

易月生闭上眼睛，面露回忆之色："有这么回事。"

"如果我知道你要找的门在哪里，你会像杀秋芸一样派人杀我吗？"

他猛然睁开双眼："大小姐！谁告诉你的？"

"我一开始就觉得很奇怪，当初在小楼里的时候，你说来接我回家，却带着所有人往顶层走。如果你仅仅是想救我，在迷宫中心找到我时所有人就应该下楼，原路返回，比带着十人小组杀上顶楼安全得多。我猜你救我只是顺手而为，协会的小楼里有你想要的东西，或者你一直在推测，亟待证实的推测。自从醒来以后，我就一直在想那是什么，直到谢青告诉我'门'的事情。"

"大小姐，我可以解释。当然你信谢青还是信我，就在你了。"易月生拉了一把椅子坐下来，突然神色之间像平添了十年的疲惫，他叹息一声，"你应该早点告诉我你醒了，毕竟人活的年岁太长了，一颗心总是悬起来，是很难受的。"

打一棒子给颗糖，易月生在进行长篇累牍的解释与批评之前，先把地上的手提箱捡起来，放在我面前的圆桌上。

随后易月生坐在那把椅子上，讲了一个很长的故事。

他的故事是真是假我无法辨别，但是对他放在桌面上散乱的资料我却很熟悉。那是一份文件，和一份鹰眼写的报告书。

报告书中提到一个名字：文森特·布莱恩。

十一

1943年6月1日。

金发的青年站在一处乡镇卫生所门口，他浑身上下都脏透了，只穿着一件汗衫。

有一大段路他私自搭乘了货运飞机，然后转了几次马车，到这里时身上已经没有什么钱了，就把外套送给了车夫。

小镇街上四处是白色的招魂幡，风吹着纸钱满街飘，天幕阴沉沉的，四周静得可怕。

他在卫生所外站了半个小时，好不容易抓住一位过路的行人，说："医生，春桃，药。"

青年很焦急，被拦住的是个好心人，立刻把他拉到一边，连比带画："春桃医生已经去世了，你来晚了。这里疫病流行，你要赶快离开，再不走就走不掉了。"

"我，西方人，强壮。"青年摇摇头，不走，问，"春桃，哪里？"

好心人拉着他进了卫生所，在凌乱老旧的桌面上指点着："这是春桃医生的听诊台，这是她给病人用的床，这是她写字和配药的地方。"

他又把外国人拉到卫生所的后院，指着一个新坟头："这是春桃医生被埋的地方。很多人都死了，你也快点走。"

青年在那个小小的坟头上掬了一捧土，收起来，然后回到卫生所，拿走了发报机

旁边的一份病毒分析报告书。

他把东西都装进自己背心的口袋里，然后道谢，转身离开。

青年怎么来的，就怎么回去的，等他重新回到山城机场时，全身连件汗衫都没有了，打着赤膊。他拿着那袋土和报告书去了空军的禁闭室，正好一位东方青年从里面走出来。

"文森特，"他笑着打招呼，"走，开飞机。我想给春桃写信，她收不收得到没关系，关键是我想写。"

青年站在原地不动。

"幸好疫区不在她那儿，谢谢你给我看报纸。"

他不能说在青年禁闭期间自己请了假，去找了他的心上人，然而春桃已经不在了。

接下来的飞行计划很危险，任何分心都会机毁人亡，而除了自己和他，暂时找不到第三个适合的飞行人员。

青年终于动了，他走过去拍了拍友人的肩膀："不客气。"

"我只是想帮他活下去，"青年低声对自己说，"就像以前他帮我一样。"

在易月生讲完故事之后，我问了那份文件。

"鹰眼为什么要调查文森特·布莱恩？"我问，"他跟管理局并没有关系。"

他把散落的文件一张一张收起来，重新装好："他带回了一位叫春桃的女医生在浙江某个小镇上对霍乱做的化验记录。她记录了病毒变种类型、病毒投放方式和时间，是日本人最早在这片土地上实行细菌战的证据之一。大小姐，这场战争要终结了，并且是我们有利，有些人与事终将得到公正的清算。这份记录被一个叫文森特·布莱恩的外国人送到了昆明医学专家手中，为了算得更清楚一些，我让鹰眼从昆明把材料拿了回来。"

"我们不是调查文森特，是想保护他。因为如果你想保守一个秘密，死亡永远是最便捷的方式。"易月生看着我，"不然你以为，一个蠢外国人在战时重庆一个人晃悠这么久，如何做到平安无事？"

我想到了那位叫秋芸的作家。

据说暗杀秋芸的决定，是易月生亲自做出的。

"世界上充满了黑暗与光明的博弈，有时候为了制裁罪恶，光明必须付出代价。

这种代价是那位叫春桃的小姐,也是那位叫秦宣的年轻人,差点是你,也可能是我。我只是尽量地让它小一点。"他看着我,叹息道,"我活得太久了,也经不起折腾了。"

他送我走:"大小姐,你好好想一想我今天对你说的话。"

我又去看了秦宣的墓地,发现墓碑旁放着一束带露水的栀子花,不知道从何而来。

正是栀子花开的时节,旁边卖花的婆婆告诉我,有一位青年早上来过,是他放在这里的。

青年文静秀气,手指断了两根,行动不是很方便。他在这块墓碑前站了很久,问谁立的,然后买了花弯腰放下,便走了。

现在记得秦宣的人已经很少了,大多数都上了年纪,从未有过青年。

于是我突然想到,会不会那位姓秦的飞行员死里逃生,回到了自己出生的城市,隐姓埋名,现在过着平静的生活?

如果一位飞行员的手受了伤,确实很难像以前那样精确地操控飞机。

伤痛是需要时间来抚平的,然而活下去才会有新的希望。

我在那块青灰色的石碑前反反复复想着易月生说的故事,问谢青:"你觉得,易先生现在是身在光明之中吗?"

我想听他的判断,但是谢青的脸色并不怎么好。

"既然你要走了我的忠诚,"他说,"就不要问我什么是对的,什么是错的。"

当我们在昏暗的酒吧见面时,易月生屏退了旁人,并不是因为他买谢青的账,而是赋予了我一项权利。当我刚刚醒来,在内刊上看到自己的讣告时,就隐隐有了这种预感。

他发布了我的讣告,却保留NO.99的位置,意味着从醒来的那一刻起,我能够动用管理局的资源,却不再受其束缚。

离开管理局时,易月生在夕阳中叫住我,说:"大小姐,我曾经想过,如果你真的能醒过来,我就把你的人生还给你。你爱养桃花就养桃花,爱跳舞就跳舞,你的钱一直在账上,想用随时可以取。"

他看了我一会儿,转身进门了:"偶尔也要回来看看我养的猫,它很想你。"

"季小姐,"谢青在夕阳中开口,他整个人沐浴在金色的阳光中,像画报上的人像一样模糊不清,"我曾经给你写过一封信。"

第五章

谢青没有提哪封信,但是我知道是哪一封。

"我知道那时我已经失去了你最后的信任。你有我的忠诚,如果你愿意,可以永远不提。"他说,"但是有些事情不是你不提,就可以当作它没有发生,深埋于墓碑之下。"

他说话时往我的方向走了一步,一瞬间我以为他在威胁,然而谢青只是伸出手,接过我的手提箱:"走吧,去你想去的地方。你赢了,刀山火海我都陪你走。"

第六章 · Chapter Six

一

  我永远记得谢青的话。

  他说季小姐，有些事情不是你不提，就可以当作它没有发生，深埋于墓碑之下。后来这句话时常如同晴朗午后的一声惊雷，万籁俱寂时的一根弦音，在行将遗忘之时，轰然响起。

  我想起海上那艘颠沛流离的小船中，想起总部大火前的那个夜晚，他对我说："季小姐，你犯了错，要闭目反省。"

  理智告诉我那是魔鬼的低语，如果再往前走一步，脚下将是万劫不复的深渊，但是我无法后退。

  有一刹那我甚至痛恨自己的软弱。

  谢青正在天井浇花。他拿着一只洋铁喷壶浇花，站在深紫和白色的绣球花中。黑色西装在他身上显得修长合身，让人忍不住多看一眼，我问："你能听我说一个故事吗？"

那是 1945 年春夏之交，我们在重庆租了个小院子暂住，到处都是战争即将胜利的捷报，人们奔走相告。北平收复之前，我都无事可做，每天除了看新闻，就是将易月生告诉我的故事翻来覆去地思考，一遍又一遍。

"我们故事换故事，"我说，"我用一个故事，换你一个故事。"

出乎意料，谢青放下喷壶，点点头。

于是我将易月生告诉我的故事，重述了一遍。

二

白玉背着个药篓子，走在崎岖的山路上，突然被绊了一跤。

他想把绊人的东西移开，发现竟然是个人。

躺在地上的人一把抓住他的衣角，气若游丝："采药的，你今天要是救了我，不说家财万贯，我起码能保你后半生喜乐无忧……"

白玉伸手在那人袖中一摸，一分钱也无，顿时叹了口气。他犹豫半晌，从怀中摸出一只瓶子，倒了点山泉和白粉，拿手指一搅拌，捏起那人的下巴就灌了下去。

"这是？"

"砒霜。"白玉道，"让你死快一点。伤势这么重，荒郊野岭的，拖几天被狼叼走了，多可怜。"

结果那人一醒来，就翻身摸出刀抵着他的脖子："砒霜？！"

白玉的医馆漏风，他临窗数着可怜兮兮的几个小铜板，翻了个白眼："怎么可能买得起？那是我的祖传秘方，专治肠胃不调、内外瘀伤、失血过多……"

那人终于收了刀："你是个卖假药的？"

白玉大怒："胡说！我乃一代江湖神医！"

白玉姓白名玉，是个江湖郎中，平时给人看看病，偶尔上山采药，不小心捡回来个人。那人被山虎所伤，衣服破旧不堪，身上一文钱也无，想必不是达官贵人。他就随便给治了治，没想到竟然活下来了。

白玉说："我看你衣衫破烂，身无分文，想必是从河西逃难来的。"

那人神情复杂:"你说得对。"

"河西——穷啊!"白玉长叹一声,"既然你这么可怜,不如跟着我云游江湖,还能混口饭吃。"

白玉住清水县,每天从县城这一头云游到那一头,早上在家里的小破医馆坐诊,中午去包子铺买包子,下午去城西摆摊卖药,过着闲云野鹤一样的生活。自从他找了个打杂的,日子过得愈发顺风顺水。

"张……张什么来着?"白玉招手,"帮我按腿。"

"张松鹤。"那人淡淡地说道,走过来按住床上受伤啼哭的孩子,手劲不轻不重,刚刚好。孩子不过四五岁,是被马踏伤的。骑马的人把他扔在路边,家人穷苦请不起好大夫,只好抱着孩子往白玉这里送。

白玉使尽了浑身解数,然而这是从阎王爷手底下捞人,谈何容易。止血的药草一遍一遍往伤口上敷,洗下的血水一盆接一盆,孩子脸色渐渐发青。白玉汗如豆大,突然有一只手放在他肩头:"马蹄踏伤,五脏俱裂,不如算了。现在去找骑马之人,还能赔些银子。"

白玉摇头。

幼童已然昏迷不醒,张松鹤松手在旁站了会儿,便转身出门。

片刻后只见白玉推开医馆的门,立在门口,肃然道:"我需河边三月黑土一两,向阳的炭渣二钱,背阴的陈年老醋一杯做药引。"

然后他转向张松鹤:"我另需快刀手一名,手起刀落,能断孩子被踏伤的手臂。"

------ 三 ------

张松鹤身上一直有一把刀,只是从不轻易出鞘。

那孩子年纪太小,伤势过重,就是华佗再世也无力回天。他看着青年忙里忙外,终究闭了嘴,拿起刀站了起来。

东西不难找,家人很快便送来了。白玉拿了一只粗瓷大碗,一股脑放碗里,然后从怀里取出个瓶子,从里面倒了点粉末,掰开幼童的嘴,强灌了下去。

手甫一松开,他便厉声道:"快!"

第六章
连理枝

张松鹤手起刀落，便将那一小段碎骨斩于地上。

片刻屋内忽然响起幼儿啼哭，声声不绝。

"好了，"他擦干额前汗水，将孩童伤口仔细包好，"虽然少了一只手，但至少能活着。活着，比什么都好。"

家人千恩万谢，白玉脸上却并无喜色。他找了一处河堤坐下，看了半日的春水，杨柳在春风中像幅画。一队锦衣缇骑在下游饮马，为首的走过来，说白玉在河边洗手，脏了他们下游喝的水。清水的县吏都是青衣小帽，哪有这么大排场？张松鹤远远地看了眼腰牌，知道是锦衣卫办事，横行霸道惯了，正想上前，却见白玉和颜悦色地起身，拿出一只酒葫芦："草民贫贱，没什么能赔罪，只有一壶清酒，给大人清凉解郁。"

他先自己喝了一口，再把酒葫芦递上。那锦衣卫喝了一口，嫌酒不好，将葫芦掷在地上，骂骂咧咧地走了。张松鹤走过去，笑问："那可是锦衣卫，你知他们为何来清水？"

白玉望着绝尘而去的马队："不知。"

"民间传言，说有一味仙草，通体雪白，能治百病，朝廷派人来这里搜查。"

"世上何来包治百病之物？就算有，又怎么会在这里？"

张松鹤靠着柳树，抱起手臂："前阵子清水大疫，本来要死很多人的，却突然不治而愈。宫里太医说，能治这大疫的，非仙草不可。"

张松鹤说话间正远眺马队，自然没注意白玉的脸色。那一瞬青年脸色惨白，手微微有些抖，牙齿咬着嘴唇，几乎要咬出血来。若他此时回头，必定能察觉不对。正是此时，那队缇骑中，忽然有一人一头从马上栽下来！

马跑得极快，栽倒之人被拖行数米，凶多吉少。张松鹤心中一紧，却听白玉在旁悠悠开口："你之前说，何不拦住骑马之人，让他赔药费？倘若那人是锦衣卫，你敢拦吗？"

张松鹤一愣，白玉已经调头往回走了："没事，肯定是喝醉了。"

他是第二天才知道，昨日那行锦衣卫中，有一人好端端地从马上摔下来，摔断了一条腿。巧的是他刚刚纵马踩伤了不知哪家的幼童，一只手换一条腿，也算苍天有眼。

白玉的破医馆背后停了几匹骏马，两三个锦衣缇骑立在阴影里，张松鹤背着手沉吟片刻："坠马之事不查了，事情准备好了吗？"

"准备好了，"一人说，"明日即可开始。"

张松鹤点点头。

白玉诊病时，张松鹤就在旁边收收钱，偶尔也为人刮个骨、疗个伤。白大夫看病，唯"随便"二字，穷人少收点，有钱的多收点，反正手上也就那几味药，要医死人极难，如果不小心救活一个，两人便去西市打壶酒，坐在河边一人喝一碗。

有时候张松鹤觉得，这样竟然也不坏。没有权力倾轧，不用言行谨慎，如同春风拂面，涤尽心间繁杂浊气，空空茫茫好干净。他不是多愁善感之人，然先前救醒孩童之时，那猛然迸发的震耳啼哭，却像春雷一样打在心上，令人莫名喜悦。

张松鹤想，如果救不了所有人，他至少可以保这个人平安。

这并不是什么难事。

四

白玉突然忙了起来。

不知从哪一日开始，每日来诊病的人变多了。虽然正春行夏令，民多疾疫之时，头痛发热、高烧不止的人却太多了些。并不是人人都能请好大夫，于是穷人都往白玉漏雨的小医馆里挤，一时人满为患。

白玉蹲在熬药的砂锅前，眉毛都要打结了："我想这是疫病。"

"这就是疫病。"张松鹤站在他身后，"疫病是官府的事，你一个江湖郎中能顶什么用？不如趁邪气大盛之前，和我一起走。"

他循循善诱："去京城。我有一挚友在京城，可以找他借点钱，修个宅子。不是最大的，但是带个庭院，你若是想在门前种点药材什么的，很方便。我们再买点田地，虽不能良田百亩，至少可衣食无忧……"

张松鹤描绘时，白玉的眼睛蓦然瞪大，墨色瞳仁出奇明亮，似乎从来未想象过世间那般美好。然后他把眼睛闭上，胸膛起伏，过了好一会儿才说："我是悬壶济世之人，怎可一走了之？"

张松鹤叹道："要是有仙草便好了。"

白玉在案几上诊脉，突然身体一僵，片刻道："世间哪有什么仙草灵药，不过胡说而已。"

张松鹤笑笑不语。

这场时疫来得蹊跷，三日之内，已病倒百人。病人虽多，症状却慢，得病之人先是伤寒头痛，再口舌干燥，渐渐痛及全身。虽然初看不是致死之症，拖到半月，却渐渐凶险。

一月之后，便有人因时疫而亡。

两月之内，城内几乎已无四体健全之人。

张松鹤把白玉所有的衣物打了一个包，放在门口，问他："再待下去，三月以内清水城就无活人了，你还不走吗？"

他认真地看着青年的眼睛："你不走，我可要走了。再这样下去，病的人就是我了。"

白玉日日三更睡五更起，瘦得像道影子，闻言将手伸入怀里，掏出一只布袋。

张松鹤一愣，白玉道："这两年攒的钱，都给你做路费。"

他说："若是以后你想起来看我，这里真变成了一座死城，记得帮我修座坟，就埋在后面的山上。"

青年说话时面色并无异常，只不过因为累，声音很轻，像一根针，落在张松鹤心上，不知为何刺得有些痛。那一瞬间他甚至想算了，让一切都结束，最多就是复不了命，前程尽毁而已。

不能这样，张松鹤摸了摸鼻子，不能为了一座城，把自己的前途毁了。

那夜他并未走，而是去了城中一处水井旁。夜色下，井边转出两个锦衣卫："张大人。"

"有人来吗？"

一人恭敬道："没有。"

张松鹤退入夜色深处，盯着那口井，盯了一夜。天色泛明时，突然一声惊叫划破夜空。那叫声是相邻的一处井台传来的，又急又轻。张松鹤飞身而去，赶到时井沿上洒了一地的血，井绳落在地上，地上几只飞矢。张松鹤俯身看井，井底不知有什么物体，一时光芒大盛，然后青光隐去，井水收敛沉静，寂然无声。

他想，找到了，结束了。

"张大人的推论果然无错，是井。"一名锦衣卫在身后道，"偌大的一座城，疫病竟然不治而愈，就算有人有仙草，也不可能无声无息地做到药到病除——除非那人将灵药投入井中。井水岂不是人人都喝？人喝水，正如饮药。"

那是张松鹤的同僚，姓李，名习，字海之。朝廷要找一味仙草，而清水城又太大，如同沙中取金，海中捞珠，因此有人想了一个法子。既然仙草是在大疫中现世的，若要再见仙草，必然要再造一场大疫。奉命执行的，便是锦衣卫中两名千户使，张松鹤与李海之。

李海之在明，张松鹤在暗，两人同进同退，将染病之人送入城中，待到疫病盛行时，守株待兔。

"你说，看着身边的人一个一个病死，那人会见死不救？他上次救了，这次必定不会坐视不管。每口井边都有锦衣卫看着，只等他来。"李海之笑道，"就算他不救，我们封城而走，三月后再开城门，里面活下来的那个就是。"

"张大人果然名不虚传。"

句句是赞赏，然而张松鹤只觉得声声刺耳。

投药之人中了锦衣卫的箭，虽未射中要害，也流了不少血。为迎归仙草，他特意脱下布衣，配了绣春刀，换了皇上钦赐的飞鱼服，循血迹往深处走去。

血迹细密，天色朦胧，须分头查找。张松鹤转过一个小巷子，突然看见白玉。白玉左手握着右臂，白色衣衫上满是血，靠着墙，边走边骂："老子这么穷竟然也会遇到飞贼——哎，张松鹤你是死人吗，过来扶我一把！"

白玉喊到一半，突然发不出声，他怔怔地看着面前的人，半天才嘶哑地问道："张松鹤，你是何人？"

=== 五 ===

张松鹤站在原地没动。

有那么一刻，他想要是刚才自己没去看那口井，没有走这条巷子，该多好。还有，要是自己没有换回这身飞鱼服，面前青年眼神中的厌恶是不是会少一些。他看着白玉向自己走过来，脸色痛得发白，浑身是血，然而自己却一根手指都动不了。他张了张嘴，发不出声音，转了转脖子，移不开眼睛。

他想朝廷苦求多年仙草而不得，仙草主人必是世外高人，想必身轻如燕，武艺高

第六章 连理枝

强，可是面前的青年很瘦，像一根春日的翠竹，迎风易折。他手上的皮肤太过细腻，并没有常年拿刀的老茧。他的步履过于轻浮，伸手一推就会倒在地上。

七步，白玉离他只有七步，只要他拔刀——

"铮！"

寒光一闪，快得张松鹤自己都没有察觉，他的刀已经抵在青年的脖子上。

"把仙草给我。"

"我不知道你在说什么。"

张松鹤知道，如果你要一样东西，对方说没有，要么是他真的没有，要么是你要得不够诚恳。他手上加力，刀刃微挑，一缕鲜血顺着青年修长的脖颈流淌下来。青年被抵在墙头，眉头皱得很厉害，神情却不算惊慌失措，目光扫过那身锦衣华服，又落在腰牌上，反而渐渐镇定下来："锦衣卫千户使，御赐飞鱼服，原来张大人竟然身份如此高贵！"

他现在知道自己是谁了。

"既然你知道……"张松鹤把刀刃往前推了一分，青年俊秀挺拔的眉峰已皱如壑。白玉没喊一声痛，他却觉得自己的手在抖："后悔当初救我了？"

"不，恩师教过我悬壶济世，"白玉轻声道，"救人还是要救，只是不会再和你一起喝酒了。"

张松鹤莫名觉得心中一痛。他其实并不想听这个问题的答案，他只是在想如何让白玉开口说出仙草的秘密。只要白玉肯说，他就——放下绣春刀，天高任君走。

他意识到审讯还没开始，自己就打了退堂鼓。

"朝廷只想要仙草。"

"张大人恐怕要失望了，"白玉抬起手，推开张松鹤架在自己脖子上的刀，伸手擦净血迹，"仙草已经没有了。"

他弯腰，从怀里摸出那个小瓷瓶，递给他。白玉摸出瓷瓶的瞬间，张松鹤突然明白了，之前自己是怎么活下来的，那个锦衣卫又是怎么从马上摔下来的。

六

　　白玉被师父捡到时，不过两三岁，年少时的记忆如隔云烟。他只记得后来长大了，和恩师一同云游天下，救济世人。

　　师父总是穿一件紫色的宽大袍子，无风无雨的天气也戴一顶竹斗笠。他每天打听这世上哪里桃花正好、鳜鱼肥嫩，然后带着小徒弟往这些地方去，看看桃花，治治病人。

　　师父的药篓里永远只有一味药，看不清来路的树枝，通体白色，闻起来挺香。不管什么病，他都扯一片叶子，泡水让人喝下去。遇见求子的，这水就叫千金送子汤；遇见头痛的，就叫醒脑明目水……就这么下来，竟然也能药到病除，赚了不少钱。

　　师父爱怜地抚摸他头顶，问："我不懂医术，世人却说我是盖世神医，华佗再世，你知为何？"

　　小白玉道："因为师父运气好。"

　　"不，"男人笑了，"因为为师恰好有天界采来的琼枝仙草，包治百病。"

　　现在回想师父，白玉只记得桃花树下替人诊病的男人。男人坐在一片落英缤纷中，偶尔也看一两卷市上贩卖的书，眼底却没有桃花也没有书，就好像沧海桑田，偶然经历浮华。不过关于树叶的来历，白玉是没信过的。

　　"你大可不必如此袒护尊师，"张松鹤忍不住插嘴，"他就是个江湖骗子。"

　　白玉摇头："恩师为我已经仙去了。"

　　白玉以为这种跟着师父风餐露宿、浪迹天涯的日子会持续很久，直到有一天他登山采药，遇到猛虎。

　　猛虎自山崖而下，扑面而来，利爪离他就差一分一毫！师父原本在他身后喝酒，突然酒坛子一掷！飞掷的坛子正好卡在虎口之中，涎水差点滴在他脸上。白玉感到身后一股力掰住自己的肩膀，就看见平日里只会喝酒的师父欺身而上，一手顶着酒坛，一手将他往后推！

　　白玉从来不知道师父的力气那么大。酒瓶死死卡住虎口，师父臂上肌肉虬起，一拳往虎头上捣去！

　　"愣什么愣——走啊！"

　　正是冬日，百兽藏匿，猛虎想必在山上饿了良久，遇见人愈发凶猛，白玉来不及跑。猛虎一声长啸，一口便咬碎了那坛酒，再向他扑来！

第六章 连理枝

千钧一发之际，虎爪没有碰到他。

两人在山崖边上，一面临山，一面峭壁深渊。峭壁上长了一棵不大的枯树，师父就一转身生生掰断了半截树干，然后猛然往山上一拄！山土松软，那一拄用了十成力气，正拄在山石的穴窍上，几块泥土山石立刻往下掉！

师父又一拄！

白玉只觉得地下微震，虎啸阵阵，然后前面的山石纷纷簌簌坠下。猛虎还不及扑，便随着脚下崩落的土石一起堕入深渊！

一同堕入深谷的，还有白玉的师父。

"山就是清水县后面的那座山，山虎凶猛，远近闻名。"白玉苦笑，"叫了那么多年师父，直到最后，我都不知道他的名字。"

后来，白玉便在清水县住了下来。他总觉得有一天师父会洗干净衣服，从山上飘然而下，再带他云游四海。这一住，就是许多年。白玉的医术并不好，治病救人，靠的是恩师当初留下的仙草灵药。

后来江湖上渐渐有琼枝仙草的传闻，他便将树叶碾碎，装在瓶子里，爱惜着慢慢用。

"你救我时，喂了我一碗混了药的水。"张松鹤想起来了。

"你救被马踏伤的顽童时，用了一个偏方。那方子其实没用，黑泥、炭渣和醋都是障眼法，真正有用的是你从瓶子里倒出来的药粉。细想当初锦衣卫坠马之前，喝过你的酒。那酒内有毒药，你们同时喝，你可用仙药解毒，他却毒发坠马。"

张松鹤说时，青年靠墙站着，大义凛然："错是没错，只是最后一点仙草做的灵药，已经投入井中救人了。你们锦衣卫若是想要，恐怕再也没有了。"

天色渐渐亮了，不远处有脚步声。

想必是其他锦衣卫正在赶来。

张松鹤心跳密如鼓点，片刻后松了一口气："你随我回朝廷，如实禀报，事后自然会放你走。毒药之事，我不提，便没人知道。"

他发现自己其实并不在意故事真假，也不关心仙草秘密，处心积虑的，只不过是找一个理由，一个让白玉活下去的理由。都说锦衣卫是天子亲军，他也算半个天子眼前的红人，在刑部又有熟人，只要白玉配合，他一定能想到一个完美的方法，保他平安无事。

他答应过，保他一生喜乐无忧。

半响后张松鹤才道:"你要信我。"

正是朝阳初上,白玉靠墙站着,向他走了一步,忽然厉声道:"你们干什么?"

张松鹤将身折回去,耳畔传来利箭破空声!

一支利箭穿透青年的白色衣袍,白玉还没来得及再开口,就像一只折了羽翼的鸟,跌落地上。

"张大人大概不知道,仙草不过是个幌子,皇上要找的,是仙草的主人。"李海之站在身后,弓如满月,"找到此人,杀人灭口,这是密令。整个清水县的人都要陪他死,倒也不亏。"

七

张松鹤一时没有明白,只看见那支箭穿过白玉单薄的身体,一如射在自己身上,痛得不能自已。

"难道不是已有数名名医在城外等候,待仙草一查到,便开城门救人?"

"天真!"李海之调转箭头,摇头惋惜,"张大人,你还记得靖难之役否?此事关乎社稷,皇上连我一人知道都嫌多,何况一城的人?你若让开,我保你不蹚这浑水。"

张松鹤无法仔细思考,只知道白玉要死了。如果他不想办法,白玉就真的要死了。

仙草,琼枝仙草。就算用完了,瓶子里面也总还剩得些灰。

第一支箭射在肩胛骨上,张松鹤已经扑到了青年身边。

第二支箭正中背心,血喷涌而出。张松鹤拿起那灰色小瓶,接了点自己的血涮了涮,掰开青年的嘴,不管不顾往里灌。血沾在他的衣服上、手上、地上,分不清是自己的还是白玉的,触目惊心。

第三支箭射来时,张松鹤猛然回头,一把攥住了箭头!他双目通红,声若困兽:"你眼里有个屁社稷!如果他死了,你就陪葬。"

他小心翼翼地将怀中的青年放在地上,向持箭的男人走过去。

"现在很少有人记得明朝建文年间那场大火了。书上说当年明成祖朱棣借口清君侧,起兵攻下帝都应天。城破当日宫中大火,建文帝朱允炆与太子不知所终,成祖登

第六章
连理枝

基,史称靖难之役。那年之后,所有与建文帝相关的史书律法一律被烧掉焚毁。"我说,"至于宫中大火烧死了谁,有没有皇帝,众说纷纭。"

"对于新帝来说,这是好事。"谢青评价道,"毕竟不用亲手弑亲。"

朱棣真正感到棘手的,是建文帝的第二位皇子朱文圭,年方两岁。朱棣没忍心杀自己这位侄孙,于是在凤阳城设深宫高墙,将其养于其中。

"宫深墙高,"我惋惜道,"如果可以,他是想将朱文圭深囚一辈子,不见天日。"

谢青没有什么表情,依旧给花浇水:"不失为良策。"

但是有人将那位两岁的孩童,从深宫中带了出去。

那年凤阳城大疫,近十室九空,行宫内亦不例外。守宫的宫女太监只感到一阵清风拂面,宫门兀自开了,宽衣紫袍的男人从宫内出来。男人戴着一顶破旧的竹斗笠,没有人知道他是怎么进去的,只看见他出来。

男人怀中抱着一个两三岁的幼童,直到走到大门口才有人尖叫:"拦住他!他抱走了——他抱走了——"

每个宫人都在喊这件事,可是没有一个人敢叫出孩子的名字。因为既不能叫他二皇子,他早已不在皇位继承的序列上,也不能直呼其名,就算被贬为庶人,他的名字依旧不是所有人能唤的。

他姓朱,名文圭,旧帝的第二位皇子。

久病垂危的宫女太监站都站不住,如何拦人?男人已走到门口,突然叹息一声,折回来。他往井中扔了一片通体雪白的叶子,然后打了一桶水,放在地上:"这口井内之水,三月之内,皆可治病。"

男人说完转身离去,等大疫过去,此事密报京城,已是许久以后。

正是那年,朱棣恢复了锦衣卫。他于四海之内遍布鹰犬,找的并不是琼枝仙草,而是那个传说中能以草治病的神医。他后悔当年不该心慈手软,只想找到当年的两岁孩童,然后斩草除根。

"朱对白,圭为玉,"我说,"朱文圭就是白玉。"

八

"朱对白,圭为玉,他是谁你心里知道。此事你我知道已嫌多,皇上如何能容得下满城被他治过病,和他一同吃过饭、喝过酒的人?皇室血脉流落民间,必是天下大乱之起因。

"这城里每一个人,都不能活。"

张松鹤每走近一步,李海之就说一句话。

他迈出第一步时,伸手拔掉背上的箭头,迈出第二步时,猛然伸手,拔出绣春刀!

李海之厉声喊:"张大人,你这是要抗旨!你敢忤逆朝廷!你——来人!"

原本空寂的小巷头尾忽然脚步声簌簌,闪出数名华服佩刀的锦衣卫。

李海之摇头:"张大人,你看你,原本这次立功回去就该升官了,何必如此?"

"李海之,你应当记得,"张松鹤忽然有些五味杂陈,"你我同为千户使,你是因贵人赏识,我是因刀法过人。"

然后他提刀劈下!

挽弓的男人后退一步,敏捷得像一条吐着信子的蛇。刀光落在箭矢上,劈为两段。

张松鹤原本是武举出身,使得一手好刀,只是因为不常用,便有人以为他不善用。他的刀一旦出鞘就很快,能把春风斩为几段。初阳落在刀刃上,透红如血。那日他分不清自己绣春刀上刺目的究竟是晨光,还是人血。

人们一拥而上!

张松鹤只想到一个字:杀。

若是他杀赢了,白玉便能活下去。

白玉用仙草救的这满城百姓,都能活下去。

因此他只能赢,不能输。

最后所有人倒在地上,只有一把刀动了动。

那是一只手,抓住了自己的绣春刀。刀的主人,剩下且仅剩下一只手。

那是张松鹤的刀,他活了下来。

第六章 连理枝

九

男人行走于苍翠的山间小路上。山很高，仰起脖子也看不到顶；路很窄，每一步都要砍断藤蔓方能前行。男人只有一只左手，加之背着一只沉重的麻袋，一路冷汗淋漓，面色苍白。他终于翻过山脊，四面高峰中竟然有一小片平地。平地上有一座茅屋，种了几亩菜，门前晒着药材。

看见茅屋，男人脸上的疲惫一瞬褪去，仿佛刚刚从床上起来，精力充沛，还能再往上爬十米。他眼底明亮，神情快活，把麻袋摔在地上："白玉！白玉！"

青年从屋里走出来，捉着一只鸡："咦？你不是上月才来过吗？"

"哎，这山又不高，"张松鹤道，"经常爬爬，对身体好。"

朝中都说，皇帝眼中的红人、锦衣卫张松鹤张千户，数年前因为一桩案子失手，仕途算是彻底地葬送了。他带人找一株仙草，追到清水县，路遇山虎。张松鹤疏于警惕，山虎又凶猛难缠，因此虽最终斩杀猛虎，锦衣卫中也只有千户使张松鹤幸存了下来。他虽活着，却也丢了一条手臂。

"退下来做文官好。"白玉说，"有钱，清闲。"

"还有时间爬爬山。"他笑道，"上次你的药我拿去卖掉了，看我换了些什么回来？"

他打开麻袋，里面有小半袋米，春日的新茶，两张烤饼，纸和两只小碗。

"丝绸铺那位老爷子满八十，想起你以前给他看过病，非托我带一只寿碗来。

"这是赵氏纸行今年做的新纸，你不是总喜欢去看那家的姑娘吗？给你带了一刀纸，看上面纹样好看不？"

白玉烧了一盆水拔鸡毛，把所有东西都瞟了一眼："碗还成，纸的纹样是去年的款式。张大人，你不会被人骗了吧？"

"怎么可能！"张松鹤拍地而起，"我特地问了，今年就没出新的！"

白玉炖了一锅鸡汤，将门前晒的草药分门别类地装进张松鹤带来的空麻袋里面。两人一起把汤喝了，张松鹤起身要走。

"送你下山？"

张松鹤背上一僵，立刻拒绝道："别，万一被人看见，你小命就没了。山下挺好的，有什么想要的下次我带给你。"

白玉叫住他，声音很轻："张大人，多谢当年拔刀相救。不过你当真不知道，明明仙草早已没有了，为何朝廷的锦衣卫还是要杀我？"

"鬼知道。"张松鹤挥了挥手，"大概是你得罪了人吧，自己多反省下。"

— 十 —

人常说，锦衣卫飞扬跋扈，张千户却有些可怜。他在一次办事时失了右手，虽然活了下来，却再也用不了绣春刀。张大人后来被皇上封了个文职，管一些文书档案，清水差事没什么油水。幸而他也不是个生性奢侈之人，只是时常去一趟当年办案的县城，说是为死去的弟兄们扫墓。

他偶尔也与同僚喝酒，有一次喝醉了，有人问他："张大人，听说你平时的俸禄都用来买一些古董旧物。我正好有一些，不知大人喜欢何种？"

张松鹤端着杯子，低头看杯中水光盈盈，眼皮都未抬一下："你有南方诸县的东西吗？清水县的最好，听说那边的碗和纸都很出名。"

"清水的碗是烧得不错，但那是座小城现在已经没有了啊。那城也是古怪，先是着了大疫，后来不知怎么治好了，却又走了水，全城烧光。倒是听说上次李大人家收了一只清水产的寿碗，不知道后来被谁买去了。我琢磨这事蹊跷，好好一座城，怎么说烧就烧了呢？周围的村子都好好的，就那座城着了火。我倒是听说，其实是当今圣上想找一个人，据说可能在那城里，后来实在没找到，于是一怒之下就把整座城烧没了。"

张松鹤没接话，把玩着手中的杯子："你到底有没有东西？"

同僚就笑了："好好好，清水那边的碗虽然没有，我家却机缘巧合有一方墨，是那边产的，割爱倒是可以，就是价钱——"

张松鹤把杯子搁桌上，垂目道："买。"

他起身想走了，同僚还在絮絮叨叨："这墨啊，其实比清水有名气的多了去了。不知张大人买这些个东西，到底有何用？"

一瞬张松鹤有些恍惚。

他仰起头看天，天幕沉沉，夜色正浓："因为我答应过一个人，如果他救了我，

第六章 连理枝

我就保他后半生平安喜乐。"

"我保不了他的至亲至爱，保不了他的理想志向，就保他一个人，便已倾尽全力。"

他步行回家。他当初是武举入锦衣卫，家底并不殷实。父母早已故去，就留了几个仆役一盏灯，等他回去坐坐。张松鹤去了书房，他习武出身，书房里没有几本书，却在架子上整整齐齐地码着一捆捆晒干的药材。药材都按照品相、药用分门别类地收好，有些甚为珍稀，若是在药房里，应当能卖个好价钱。

张松鹤不能卖。

关于那个人，他一分风险也不能担。

他曾经问过白玉："有一人曾生于帝王之家，有万人不及之尊，却不幸流落民间，风餐露宿，甚至不能抛头露面。倘若这人是你，你当如何？"

白玉白了他一眼："关我何事？我现在过得挺好。"

那一瞬间张松鹤松了口气。

只要你平安喜乐，便万事皆好。

十一

这个故事易月生告诉我时，谢青已在旁边听过一遍。难得他听第二遍时，还神情专注，没有丝毫不耐烦，仿佛只要我想讲，他就愿意一直听下去："接着说。"

那是张松鹤死后的第二年。他临终前向朝廷请愿，想埋在清水县废墟旁的一座高山上。当送葬队抬着张大人的遗体爬上那座山时，发现山上已经有一座小小的墓。墓碑是石刻的，没有名字，墓后开着一树桃花。

人们就在那座墓旁不远的地方，修了一座气派的大墓，也在墓边种了一树桃花。

张松鹤终生未婚，并无后人，那墓也就风光一时，后来便无人问津了。

忽然有一天，一位紫衣宽袍的男人到了墓前。男人戴着一顶破破烂烂的竹斗笠，拿着一只酒瓶子，在墓前站了良久。

男人苦笑："早知如此不舍，一只老虎而已，当初我死也应该从断崖下爬上来。只是鸟养大了要飞，人养大了也早晚要放他走。"

正是春天，两株桃树不知怎么就长在了一起，屈体相就，花枝相连，如同一道跨越山间的虹。

有人扯了扯他的袖子:"师父,那是什么?"

脚边站着一个年幼的女童。女童穿着粉红罩衣,甚为可爱,只是一双绣花鞋上都是土。她原本应当在家读书,一路哭着摔摔跌跌非要跟来,结果吃尽了苦头。

"那是连理枝,也叫合生树。"男人和气地解释说,"若是两人情意相通,志趣相投,便会生此树,例如韩凭,例如焦仲卿。世人以为这是男女情爱之象征,其实并非如此。"

男人从清晨一直站到了傍晚。

女童也陪着他,从清晨一直站到傍晚,直到桃花飘落,厚积如雪。

男人一直在看的,不是那座没有名字的墓碑,而是两座墓碑之间,枝干相连的桃树。然后他拿出一把短刀,走到一棵树前,开始在树干上雕刻。男人一笔一画刻了很久,刻完以后,他走到另一棵树前,复又刻画。

他在一个树干上,雕了一个门把手。

然后在另一棵桃树的树干上,雕了另一个门把手。

这样两株枝叶相连的桃树,看上去就像一扇深藏于山谷之间的秘门。

他回到女童身边,蹲下身子,伸手抚摸她的头顶,问:"小桃红,你知道桃树下的坟里,埋的是谁吗?"

小桃红摇摇头。

"那是你的师兄,和他毕生挚友。他生在帝王世家,原本注定在高墙之中度过余生,是我将他带了出来。他如果不出来,就一辈子没人和他说话,甚至没有机会看一眼春天的桃花。你说我做得对不对?"

小桃红点头:"我师父做的都对。"

"你师兄他原本姓朱,这当朝天子是他父亲的亲叔叔。我将他带出宫廷时,就如同给他父亲的叔叔心头扎了一根刺。如果他一日不励精图治,天下人便有一日兴兵造反、另择明主的理由。而白玉既然是朱家的血统,也理应替朱家行走民间,体察民情,尽尽义务。"

男人又细细解释:"带他出来是当时种下的因,得到连理枝是现在我的果,因果相连,再公平不过。"

小桃红又点头。

第六章
连理枝

男人抿起嘴角,浅浅一笑,伸手摸了摸她头顶:"你要记住,我跟你说的话,都是对的。"

男人笑得很温柔,像三月春风,拂面而来都是暖意。他脱下紫色外衫,将女童严严实实地裹起来,怕她吹了日暮的冷风。然后他将她抱起来,放在山间一片干燥整齐的岩石上,方才转身,向桃树走去。

赤色的夕阳将桃树映得如同熊熊燃烧的烈火,两株桃树构成了一道拱门。男人立在穹窿下,抬起右手,像敲门一样,在风中凭空敲了数下。

细看之下,那只抬起来的右手上,有一条细碎银链,隐隐有光。

"开。"他说。

不知何处起了一阵猎猎大风,将桃花刮得漫天飞舞。男人在一片耀目的粉香薄雾当中缓步向前,仿佛穿过一扇看不见的门,走向远处。他每走一步,身影就淡淡一分,渐渐地,整个人完全融入落日的余晖中,成为一道清淡的影子,消失在转凉的晚风中。

男人走到一半时,突然想起什么,摘下斗笠,向女童的方向回头,问:"小桃红,你知道你师兄是怎么死的吗?"

"因为他没有用功读书。"男人嘱咐道,"切记不可学你师兄,乖乖地在这里背《女德》。背完十遍,自然会有人来接你。"

他消失时,女童才蓦然回过神来,跌跌撞撞地冲过去。男人仿佛凭空消失了一般,她急急忙忙四处找,只在地上捡到一串方才男人戴在手上的银色手链。

而那时,山谷里已没有那两棵桃树,甚至地上没有一片桃花花瓣。承载手链的那只骨节分明的右手,已经从这世上消失了。

十二

这个故事是很多年前,喝醉酒的小桃红讲给易月生听的,后来易月生转述给了我。初听时,它只是一位落魄皇子的生平往事,然而细思恐极。因为故事里,两个情谊相通的人,能以精魄入树,双树合生,化而为门。

有一位不知姓名的男人,曾经走进这扇门,走入世外虚无之中。

男人没有说门后的世界通向哪里,但我们可以猜测。当管理局还是缮史处时,曾有个传说，说某位前辈高人走上不归路，一直走到路的尽头，从神树上取下了三枚永生果实。

管理局技术科每十年都会开会论证一次，讨论凡人肉身怎样才能走上那条虚无之路，结果都是档案室的人鬼扯淡，根本没那件事。然而我想，母亲当年目睹的，应该正是她师父走上神路的过程。

走上那条路并不难，首先你需要一扇介于生与死之间的门。连理枝是一种媒介，用凡人的深情在尘世与神树之间，连成微濛一线。如果那一线足够深，便能打开一扇门。

这个秘密很可怕，因为一旦有人知道"门"是什么，就可以走上那条不归路。

那是巨大的诱惑，魔鬼开出的高价。

易月生说母亲花了很多时间，寻找当年那样的门，后来在北平找到了。但母亲当年没有踏入门内，而是将它锁上了，大概因为不确定穿过那扇门的人，是不是一定能平安回来，而这个世界对于她来说，还充满了留恋与诱惑。

易月生之所以想杀秋芸，是因为她曾无意中见过北平的"门"，然后将它写进了书里。她写了一个凄美的爱情故事，男女主角化而为树，枝生连理，甚至连树上的刻痕，都原封不动地写进去了。我读秋芸的书时，就隐隐猜到了门的意义。

"一号果实已经用尽，二号果实正在衰败，三号果实在哪里只有你知道。"谢青说，"现在谁能拿到新的果实，谁就拿到了人间的掌控权，因此易先生不允许任何人打开那扇门。如果协会拿到了果实，以后就没有管理局了。"

我看了他一眼。

"这就是为什么我当初想从你这里拿到三号果实。"谢青顿了顿，"放心，我没有拿到。"

"三号果实已经不在我这里了。"我想起某个总是嫌弃容器不好的蠢货，"它回家去了。"

谢青笑了笑。谢青很少笑，他笑起来是真的好看，像是刹那间云开雾散见日出。我们在外面站了很久，他将西装外套脱下来搭在我肩上，然后转过身放花洒，从背后看，他包裹在白衬衫里的腰挺直修长，颇为入画。

他说："我猜到了。"

我突然想，若是此时战争胜利，我们就顺势在这个院子里住下来，养养花种种树，也是不错的。

第六章
连理枝

其实这个故事如果仔细推敲，里面依旧迷雾重重。易月生继任NO.1以来，彻查过所有的档案，但是没有故事中男人的记录。故事里通体白色的琼枝仙草，很明显是神树树枝。而那个时代，可以随意动用神树树枝的人，在缮史处地位一定很高，难以企及。

还有一点，这件事发生在明朝初年，靖难之役后，甚至比王之明接任仓库管理员还早。自从我知道王之明是朱家血脉以后，无聊时就常拿着野史去找他，问上面写的宫闱秘史是不是真的。我曾问过他朱文圭，他说小时候听过，那位被废掉的皇子在宫中囚禁了五十余年，出来以后不辨牛马，其他就没有了。

如果白玉真的被带走了，想必这个秘密被朱家藏了几百年。后来明朝几次派郑和下西洋，又让朝中要员行走民间，究竟是体察民情彰显天威，还是别有缘由，确实耐人寻味。不过和故事一致的是，此后明朝确实有很长一段时间，天子励精图治，百姓安居乐业。

我和谢青细细地推敲了这个故事，问他："为什么易月生知道每一个细节，还是打不开那扇门呢？"

"因为他人品不好。"谢青道。

然后他便再没有说话。

于是我问他："我的故事讲完了，虽然你听过，但重新推敲一遍还是不同的。该你了。"

外面突然响起敲门声，谢青起身，我追过去："你可以告诉我，当初不归路上，你是怎么把我带回来的吗？只凭那位年轻的歌唱家，一定不够。"

谢青回头，平静地看了我一眼："你真的想听？"

一

1933年冬,上海。

穆俊浑身发抖,几乎拿不住杯子。人生二十载,他从来没有如此愤怒,如此失望,如此悲痛欲绝过,就如同奉上了自己最珍贵的东西,却被人扔进泥里。他最后试了一次,嗓音发干,尽最大努力让自己显得平静:"我们订婚三年,我等了你三年,如果你现在想走,我明天就能订到飞香港的机票。我们可以在那里完婚,山田一夫无法再纠缠你。"

他顿了顿,又加了一句:"以前种种,皆可既往不咎。"

"与你订婚的人叫费小竹,我是宫本小竹。"女人靠在柔软的沙发上,抬手倒了一杯茶,轻轻推过去。茶壶已经添过几次水了,饮之无味,送客的意味已经很明显。她微微一笑:"当年没有告诉你真名,不过是看你少年英俊,贪玩而已。你要是放不下,做我的情人未尝不可。"

第七章 祝东风

"费小竹!"

那种感觉,就像一只猎物被利箭刺穿胸膛,浑身鲜血淋漓,心中充满痛楚。猎人就在眼前,却无法撕咬反抗,只能低声咆哮。发狂的野兽尚恐伤及猎人,猎人却显然不在乎自己的猎物痛不痛。

茶盏"哐"的一声拍在桌上,摔得粉碎。穆俊站起来,不顾满身茶水,转身出门。他走得很快,没有回头,直到走入幽暗的弄堂内,才停下来。有人在身后问:"了结了?"

"了结了。"他低声道,"我留美这几年,天天都想着她,学业一完就赶了回来。没想到她把我们之间的婚约当成一张废纸,选了一个日本人。"

男人戴着黑色鸭舌帽,帽檐压住脸,围巾拉到下颌,像一个幽暗的影子。他的声音低沉柔和:"宫本小竹的父亲是一名日本高级军官,母亲姓费,是上海歌女。她从小跟着母亲住在上海,用母姓。你的未婚妻本来就是一个日本人,当然不会嫁给三等公民。我知道穆家是西南名门,但是'九一八事变'之后,日本人何曾把中国人当人看过?国都快亡了,还谈什么人格尊严?"

"我是黑鹰,从今天起就是你的上线。"他悄无声息地上前一步,将手放在穆俊肩上,"一名合格的地下工作者,首先要善于利用自己的人际关系,比方说宫本小姐。"

穆俊的肩触电一般猛然一颤,然后沉了下来。

月华如水,落入曲折巷陌,也照亮了霞飞路边一栋老旧的别墅。一位穿日本军装的男人拾级而上,按响了别墅的门铃。男人抱着一束玫瑰花,花上带着新鲜的夜露。

方才穆俊甩手离去时,费小竹本能地起身想追,撞翻了一把扶手椅才醒过神来。她没有叫用人来打扫,而是踩着一地碎瓷片和茶水出神。悠长的门铃声再响的时候,费小竹仿佛决定了什么,突然转身冲下楼。用人没拦住,她猛然推开门,抱住面前的男人:"不是这样的!"

布料下的男人肌肉紧实,身材挺拔,费小竹急切地辩解道:"不是这样的。你必须走,走得越远越好。你走得远,才能活下去……"

"宫本小姐,"抱花的男人低头,伸手抚摸她的头发,开口却是温柔的日语,"你在说什么?你哭了?"

费小竹退了一步,呆了半晌,方才换回笑容:"不,山田先生,只是有点想你了。"

二

费小竹与穆俊相见,是在上海沦陷以后,孤岛般的法租界。

费小竹参加了一个青年救国读书会,大家相约着一起读书看报,交友聚会,探讨当下救国策略。那日她独自去看了一场新上映的电影,散场时还在想着片子里一位叫禾草的、好看得有些过分的女演员,突然几个混混将她拦住,装作熟人找她要钱,还动手动脚。

费小竹在人群中进退不能,被逼到墙角。惊慌失措时,突然隔着众人肩膀挤过一名长手长脚的青年,他把混混推开,拉着她顺着人流往外走:"哎,你怎么被挤到这儿了,我们到处找你呢。待会儿一起去淮海路喝咖啡啊!"

青年个子很高,穿着蓝色的长衫,紧紧地护着她,在人群中像棵坚定的树。片刻以后,费小竹真的被拉进一家咖啡馆,他径自点了咖啡,在桌子对面坐下来:"真是的,怎么一个人来看电影,不是说好周末大家一起看的吗?"

费小竹愣了半天:"你是?"

"我们一个读书会的啊!"青年也愣住了,"我帮你拎过三次包,倒过四次水,你竟然不记得我是谁?"

他重重地叹息一声:"我叫穆俊,是读书会的会长,你的入会申请书就是我批的。"

"我叫费小竹,"费小竹小声道,"谢谢你。"

青年无可奈何地把手压在桌面上:"我知道你是费小竹,都跟你说你的入会申请是我批的了。"

费小竹道了歉。周末的时候,她和读书会的人一起,把那天的电影重新看了一遍,又看到了那日的混混。几个混混头上都包了纱布,似乎被人揍过一顿,看见她远远地往一旁躲。穆俊那天眼眶也是青紫青紫的,像是刚下战场。费小竹怀疑地拿眼神瞟他,但穆公子不承认与人打了架,坚称是在地上摔的。

三

穆俊走进宴会厅时,舞会已经开场了,人们在晦暗的舞池中旋转相拥,临窗坐着

第七章
祝东风

的小姐娇颜微愠:"穆先生,你来晚了。难道我不是宫本小姐,你就心不在焉吗?"

穆俊大步走过去,拉开椅子坐下来,侧过身招呼侍者,笑得谦和:"不,我与宫本小姐曾是故交,不过纵使她万般美艳,也不如你十分之一。"

他说话时看着对方的眼睛,语调柔和,像是陈述某个不容置疑的事实。平心而论,穆俊长得很好看。五官立体,身材修长,白衬衫配一条灰领带,就像一湖春水,你还没凝眸,便已然沉醉。

对面的日本小姐也看醉了,因此穆俊将红酒杯推向她时,并没有遭到拒绝。

片刻,日本女人便"不胜酒力",伏在桌上。穆俊脱下外衣搭在她衣着单薄的肩头,借机俯身,往腰上一摸——冰凉森冷,确实带着一串钥匙。他握紧钥匙,拉过一片暗红色帘幕挡住沉睡的女人,翻身跃出窗外。

穆俊猫着腰走在建筑物的阴影里,脸上温和的笑容渐渐收起,神情愈发冰凉。

人们说穆家的公子穆俊卖国投敌,见利忘义,从美国念书回来之后,直接去了日本人占领的上海。先是拿着与旧情人宫本家大小姐的情史,混了个涉外记者的职位,然后也不知道如何周旋讨好,竟然进了政府经济部供职。

这些话穆俊听过一万遍,他知道,但不在乎。

此刻有无数人冲锋陷阵,尸骨无存,有无数人家破人亡,衣不蔽体,而他能做的只是在舞会上陪漂亮小姐喝一杯酒,就算是毒酒,他也要饮完。他是一颗钉子,一颗深深扎入日本人心脏的长钉,毫无顾忌,寒光森然。

穆俊可以对全世界微笑,但是他只倾听一种声音——黑鹰说,如果你在黑暗中隐藏得足够深,就能看到光明。如果你想击退黑暗,就要接近黑暗。黑鹰说,你要绝对相信组织。

机要室和宴会厅就隔了一栋楼,穆俊顺着墙壁排水管上了二楼,用钥匙连开三道锁,眯起眼睛辨认柜子里面的文件。文件袋按照日语五十音图分类排序,呆板得有些好笑。他很快找到自己想要的,抽出来,目光扫过か行,突然微微一震!

日本人虽然喜欢将文件分门别类,但是か行从来不放东西。他将文件袋取出来,上面没进行任何标注,只写着"七号文件",签字的级别却很高。

穆俊将它一并取走,突然,背后顶上一样东西。

直觉告诉他,那是一把枪。

"把手举起来。"

四

读书会有一个很小的活动场地，是个学校的阅览室，费小竹常常去那里看书。穆俊也经常去，就坐在她对面，旁边就是烧水用的小炉子，他往她杯子里倒茶。他们渐渐就聊起来了，从流行的电影聊到时下出版物，从经济到政治，一直到救国的方针策略。

穆俊对资本的流动看得很透彻，他说只要世界的财富始终向着上层聚集，经济危机就不可避免。战争看上去是各种危机的综合体现，其实源自分配制度的不公平。有钱人比穷人远远占有更多的社会资源，因此在抢夺财富上有先天优势。长此以往，恶性循环，最终经济崩盘，战争爆发。

"我希望能有一个理想的国度，每个人都能公平地获得财富，"他对费小竹说，"不存在资本家和被剥削压榨的工人，每个人都一样。"

"会有这样的世界吗？"费小竹怀疑道，"至少资本家们不愿意这么做。"

"推翻一个旧的制度需要流血牺牲，"穆俊骨节分明的手指握住茶杯又松开，他的眼神明亮闪耀，"但是我还没想清楚。现在半壁江山失守，民不聊生，连国土都守不住，谈何制度？"

"你恨日本人吗？"费小竹问。

"恨。"

"那你愿意流血牺牲吗？"

穆俊突然抬头，看着她的脸，然后柔和地笑了："我愿意。"

费小竹很怀念那个阅览室，后来穆俊去美国留学，她就再也找不到能这样平心静气、推心置腹地与她探讨时局的朋友了。穆俊一直认为知识与技术才是救国的中坚力量，因此他去美国留学，在费小竹的意料之中。只是穆家家底殷实，她没想到穆俊回国后没有去重庆，也没有去延安，而是来了上海。

如果他不回来多好，费小竹想。

穆俊出国的前一天，约她逛街，说想选一本趁手的英文字典。书店旁边有个首饰铺子，围着一圈人，立着个大转盘在抽奖。老板看见他们，非说他们郎才女貌，要两人快来试试手气。费小竹就随手一拨指针，竟然转了个特等奖。她还没反应过来，就有迎宾小姐捧着两只对戒上来。老板特别为难，说："客人您看，我们这龙凤对戒只送有情人，不知二位……"

穆俊就转头看着她笑:"我此次赴美特别缺经费,不如你帮我应承下来,改日必定厚报。"

费小竹略一点头,转头向老板道:"我们已有婚约。"

穆俊立刻眼睛笑得跟桃花一样,他取了一只戒指,单膝跪地套在她的手指上:"一言九鼎,在场这么多眼睛看着,可不许食言。"

费小竹低头一看,戒指上竟然刻着穆俊的名字,她这才反应过来,这家首饰铺子是穆家的产业。穆俊往后跳一步躲开她的脚:"别踩,早上刚擦的皮鞋!等我回去一定好好让媒人来提亲!这这……这不是想给你一个惊喜吗?"

他伸手一把将费小竹揽在怀里:"乖,等我三年,我很快就会回来。"

—— 五 ——

那是一个夜间巡逻的日本宪兵,穆俊冷汗冒出来,慢慢把手举过头顶。

穆俊知道这个日本兵,叫本山大造。他是因伤从南京调过来的,据说百人斩时用力过猛骨折了,就改做了内勤。他没有立刻叫出声,说明别有企图,穆俊立刻就明白了,慢慢开口:"我裤子右口袋里有一只美国手表,希望你能放我走。"

日本兵听懂了。他的惯用手是右手,右手持枪,而表在穆俊右裤口袋里。因此本山把枪换到左手,右手探入他长裤口袋里,摸到了那块表。日本人摸表的瞬间,穆俊左手肘猛然后击!枪向斜后方飞出去,"哐当"一声落在地板上,穆俊袖内滑出一把微型手枪,结结实实堵在本山的胸膛上!

他的惯用手是左手,习惯在右边裤袋里放一块贵重的表,在左手袖子里藏一把枪。

"你原本死不了的,"穆俊压低声音,"可是你太贪。"

黑鹰依然在老地方等他。

穆俊把绑得结结实实嘴里塞了布条的人往他面前一推:"参加过百人斩的,你看着办吧。问问杀了多少人,一人一刀照着脸上砍。"

黑鹰收了材料,在鸭舌帽下低声笑了:"放心。"

穆俊转身疾走,黑鹰叫住他:"等等。"

黑鹰递给他一张报纸,穆俊的心跳缓了一拍。那是一张三流小报,因为总是写上海的家长里短，穆俊在美国时也让人定期寄过。报纸用很长的篇幅写了一个关于山田大佐与宫本小姐的花边新闻。据说那位姑娘在公园里晕倒，正好倒在山田大佐的怀里。两人一见钟情，山田发现姑娘竟然是在上海长大的日本同乡……报纸被日本人收买了，把这段感情说得缠绵悱恻。故事配了一张模糊的照片，费小竹站在别墅门口，抱住台阶上的年轻军人。明月高悬，日本人怀里还抱着一束玫瑰花。

"我在美国时看过了，"穆俊将报纸还回去，"这不是第一篇。"

"组织提醒你，从今天起，我们所有的书面往来，你都不要用自己的笔迹。"黑鹰惋惜地看着他，"你可以模仿宫本小姐的笔迹。你对她的笔迹最熟，最容易模仿。"

舞会还在继续，小提琴的声音缠绵旖旎，机要室的女秘书靠在桌上还未醒来。穆俊从后窗翻回宴会厅，一来一回不过二十分钟，掌心已经微微冒汗。他把手表调慢了十分钟，轻轻俯身过去，佯装唤醒不胜酒力的女伴，将钥匙原样放好。

"我醉了吗？"机要室的女秘书脸色微醺。

穆俊微笑："一刻钟而已，不碍事。小姐，不如跳个舞？"

一时投向舞池的灯光全灭了，只剩下正中央一束幽蓝的光。大厅里小提琴师拉起了舒伯特的《小夜曲》，所有人退向舞池的四周。穆俊一抬头，就看见了费小竹。她站在舞池中间，那抹水一样的蓝光就落在她肩头。费小竹穿着轻柔的缎面长裙，围了一条白狐坎肩，站在那里就像一株重雪之下的梅花。一名年轻的日本军官向她走来，单膝跪在地上，递上一束玫瑰。

"那位就是山田一夫，他在求婚，宫本小姐答应了。"机要秘书附在穆俊耳边，"这么年轻便是大佐，背景不可谓不深……"

四周一齐安静下来，山田一夫说了什么，费小竹又说了什么，穆俊一个字都没听见。他只是在想，原来她对别人也会露出这样纯真幸福的表情。那是她的惯用手段，自己不是唯一一个陷进去的。

隔着人群，费小竹突然向这边望了过来。穆俊嗓子有些发干，他几乎是自动地端起一杯红酒，向她走过去，开口道："我记得你不喜欢玫瑰，说是艳俗。"

山田的中文不怎么样，警惕地看着他，手按在腰间的枪上。

费小竹抱着花嫣然一笑："那要看是谁送的。"

穆俊张了张嘴，又闭上。

"我突然想起以前在一起时常常读的那首词，其中有几句特别喜欢，不知道宫本

第七章
祝东风

小姐还记得吗？'把酒祝东风，且共从容。垂杨紫陌洛城东。总是当时携手处，游遍芳丛。聚散苦匆匆，此恨无穷。今年花胜去年红。可惜明年花更好，知与谁同？'"他把酒杯高高举起来，觉得自己的声音又干又涩，"那祝你和山田先生新婚幸福，白头偕老。"

一瞬间费小竹的冷漠像是被撬开一丝裂纹的冰山，露出里面那个懵懂无知的少女。她推开身边的日本人，似乎惊慌失措地转身想逃，高跟鞋差点绊了一跤，才道："不记得了，都忘了。"

穆俊转身离开："还有，宫本小姐，我一直觉得，你的字很丑，不如另外换一种字体练练。"

一周以后，文件丢失事件闹得沸沸扬扬，日方震怒，机要室的女秘书被调回日本。但一切跟穆俊无关，他是经济部的人，事发当晚在舞池跳舞，从头到尾没离开过。调查的最终结果，是一位叫本山大造的日本兵被重庆方面收买，利用职务之便偷配了档案室的钥匙，带了机密文件出逃，后来在码头被缉拿队乱枪打死。

穆俊只负责拿情报，后续事宜由黑鹰安排。他拿走的是一份关于日军在南方的调兵计划书，很快就被传到了战区，让一位著名将军得以率领部队突围。穆俊一个人在军官俱乐部里喝酒，一位日本军官凑过来："共产党人简直太可恨了！穆先生，你怎么看？"

又有数千国人得以活下来，又有数千把枪可以保卫国土，穆俊吸了一口气，全身放松下来，整个身体靠在沙发上："一切都会好起来。"

"听说除了本山大造，我们内部还潜伏了一位间谍，"那位军官凑过来，"代号叫'浅水鱼'，你知道吗？"

"我讨厌吃鱼，"穆俊道，"什么破名字！"

六

后来穆俊又遇见过宫本小竹很多次。她穿着时下流行的轻柔面料，穿行于军官与富太太们的交际圈中，像一只美丽的蝴蝶。她与山田一夫订婚的事情已经在报纸上通告各界了，只是婚礼迟迟没有举行，说是要等到战后。

因为提醒笔迹，穆俊受了处分。黑鹰严厉警告他，任何同情与念旧都是致命的。他说："如果你实在放不下那份痴情，我们可以安排你永远见不到那位小姐，永远。"

从那之后，他再也没有跟费小竹说过一句话。

那时穆俊已经在政府内部升到了一个相当高的职位。他利用一切能利用的资源，周旋在"朋友"与"情人"之间，一步一步往上爬。他设立了秘密电台，营救被捕的抗战义士，把日军动向传到敌后。日本人开始调查"浅水鱼"，认为他是共产党潜伏在上海的最高级别特工，抓住他，就能捣毁整个情报网络。然而穆俊活下来了，并且活得很不错。

有一次他冒死传出了一份日军铁路沿线兵力部署图，后来根据这幅图，延安方面发动了一场针对铁路和交通枢纽的大型作战，炸了无数鬼子与碉堡。那段时间为了避嫌，他一直不敢联系黑鹰，直到三个月后，黑鹰主动联系他，给了他一只手表。

"小礼物，"他笑道，"你会喜欢的。"

那是只不太能分辨男女款式的表，跟费小竹手腕上戴的那只一模一样。黑鹰时常送他礼物，后来还送过费小竹同款的钢笔，开玩笑说是聊慰相思。穆俊没有拒绝。他早已不戴当年的订婚戒指了，但是收下了与她一模一样的手表和同品牌的钢笔。偶尔睹物思人，仿若旧梦，心中竟然涌起一丝酸涩。

他一直坚持到战争即将结束。日本人支持不了这么长的战线，颓势已然明显。延安发来的电报喜气洋洋，说鬼子投降的日子就要到了，让他准备撤离。

1945年4月，孤注一掷的日本人在湘西发起最后的会战。上海虹口有个军火库，日军打算通过铁路将里面的大部分军火装备送往前线。每一箱军火上前线，都让侵略者的气焰更嚣张，于是情报一拿到，穆俊就知道——必须提前炸掉！

"那是国民党的军队，他们逮捕了不知道多少共产党，你确定要为他们冒这个险？"黑鹰问他。

穆俊说："为了这个国家，我们应当冒险。"

他弄到了一张军火库的通行证，每天以视察工作为由，夹带一些黑火药，分散藏在仓库的角落。穆俊没有下线，因此凡事亲力亲为。他计划用蚊香做导火索，一盘蚊香可以稳定地燃烧二十分钟，等他全身而退，军火库爆炸四起时，谁最后还查得到一盘化成灰的蚊香呢？

穆俊先花了两天时间骂军火库里蚊子太多，然后大大方方地将蚊香拿了进来。

第七章 祝东风

七

只是他没想到，日本人会带军犬来查库！

犬吠声响起时，穆俊正在布置炸药，只好把东西往角落一放，起身向门口走去。刚走到门口，一队军犬就扑了上来，将他上上下下嗅了一遍。幸好整个仓库都是火药味，狗没闻出来。他刚要出大门，突然听见身后日本人生硬地呵斥："站住！这是什么？！"

仓库一角的麻袋被掀起来，两只军犬发狂似的咆哮，日本宪兵让开的半人宽地面上，赫然摆着一只装了黑火药粉的手表，画火药结构的本子与笔，以及一盘蚊香。

"其他东西不知道，可是这盘蚊香，是穆先生你今天带进来的那盘吧？"

立刻两杆长枪抵住他的背，穆俊的衬衫瞬间就被冷汗浸湿了。

他就知道自己死定了。

车没有开进极司菲尔路76号，而是直接进了政治保卫局。审讯他的是两个日本人，穆俊坚持了两天。两天里他一个字都没有说，一个名字也没吐出来，甚至当日本人用狼牙棒抵住他柔软的下颌，说要活活撕碎他时，穆俊连眼睛都没有睁开。跟着日本人走进这个特务审讯场所时，他就已经把自己当成了一个死人。第三天时，穆俊终于坚持不住，绷紧的神经一断线，就陷入深沉的黑暗中。

日本人反反复复只问一个问题："谁是'浅水鱼'？你是不是'浅水鱼'？"

他的两只手被高高地吊起来，头耷拉下去，整个人除了鼻子处有那么一丝轻浅的气，已经看不出是个活人。深夜，审讯的日本人回去休息了，有人站在他身后，附在他耳边："穆俊，穆俊。"

是黑鹰，黑鹰动用了某些底牌，来到了这里。

"你还有一条出路，告诉日本人宫本小竹是'浅水鱼'。只要你说出一个名字，日本人就会比对，文件上是她的笔迹，还有她常用牌子的钢笔和手表。你说你是为情所惑，一时迷途，你们之间的故事整个上海都知道，他们会信的。只要日本人有了新的目标，我就能将你弄出来。反正她欺骗过你，不是吗？"

穆俊每一寸肌肉都脱力了，过了半晌，只有睫毛动了动。他眼睛睁开，面前是血红的。黑鹰戴着一顶鸭舌帽，站在一片红色之中，半晌他才反应过来，应当是自己脸上的血糊了眼睛。

"从你让我换笔迹时,"他努力张开嘴,"就这样打算的吗?"

"每个情报人员都会有失手的时候,这是为你准备的退路。"

"不,"穆俊摇头,"费小竹不是'浅水鱼'。"

穆俊又坚持了一天。他能活下来已经是个奇迹,连眼角最细微的肌肉都已经无法控制,余光中模糊瞟到日本宪兵带进来了一个人。蓬松轻柔的秀发落在肩膀上,穿着一身浅绿竹纹的学生裙,擦肩而过时她回头看了他一眼,一瞬间穆俊觉得自己看到了当年的费小竹。一个日本军官跟在她后面,向政保局的人喊:"不是她!她不是间谍!你们搞错了,我要回去告诉父亲!"

撕心裂肺喊叫的是山田一夫。穆俊想附和、点头、赞同,说,对,不是她,跟她没有关系,她只是一个自己爱过的、贪慕虚荣的女人,可是嗓子发不出声音。他悲哀地发现,自己连动一动手指头都做不到。

等他再醒来,是在一艘船上。船从上海出港,往香港走,已经开出好远了。黑鹰坐在床头喝水,低头看他:"虽然军火库没有炸掉,但是雪峰山战役赢了,死了三万鬼子。这场战争马上就要结束了。"

穆俊感觉到胸口很重,压得透不过气来。

"组织上要对你的敌后工作进行嘉奖,先安排你在香港避一段时间。"

穆俊掀开被子,从轮船晃动的客床翻身起来,一把抓住黑鹰的领子,抵在墙角:"费小竹呢?"

鸭舌帽滚落在地上,墨镜被一脚踩碎,面前的男人鼻梁中了一拳,捂着鼻子蹲下来,鼻血从指缝间往下滴。那是个容貌温和、平淡无奇的男人,穆俊扯了几张纸递给他:"你不是黑鹰。"

男人抬起头,穆俊困惑地看着他:"我看过黑鹰的一部分档案。他执行过很多任务,却从来没有受过伤,身上一个疤痕都没有。这样的人,怎么可能这么轻易被我一拳击中?你是谁?黑鹰在哪里?"

那一拳穆俊用了十成力气,男人扶着床摇摇晃晃站起来,重新捡起只剩框架的眼镜戴在鼻梁上,摇摇头:"我只是一个传话的,黑鹰是我的上线。我传达的,都是黑鹰的指示,包括让你改变笔迹,给你手表与钢笔,以及让你交代费小竹同志是'浅水鱼'。其实你见过黑鹰,黑鹰一直很重视你。"

他称费小竹为同志,一瞬间穆俊觉得有些不可思议。他僵在原地,愣住了,然后

一点一点地抽丝剥茧,一个不可能的推论浮出水面:"黑鹰不是他,是她?"

"对。"男人拍拍他的肩膀,让他坐在床上,"敌后工作很危险,黑鹰从一开始就为你留了一条全身而退的路。如果她不去顶上'浅水鱼'的位置,转移注意力,日本人怎么能让小鱼小虾的你漏网而逃呢?

"费小竹一直是爱你的。她只是希望你能全身而退,在战争结束后重新遇到心爱的人,成家立业,迎接一个崭新的时代。"

===== 八 =====

穆俊走了之后,费小竹等了三个月,穆家的媒人才上门。想必穆俊回去也跟家里做了许多工作,毕竟穆家是西南大家,独子的婚事不能草率。既然媒人不远千里从重庆赶来了,说明穆少爷确实是真心实意的,一时她心中有些发酸。

她答应了。

珍珠港事件爆发后,上海租界被日本人接管,费小竹接到了延安联络员的密信。拿到密信的第二天,她就把自己的姓换成了宫本,在家门口的公园内,晕倒进一位日本高级军官的怀里。她很快与这位背景深厚的日本人发展成恋人关系——只有走进更核心的圈子,才有机会接触到更机密的情报。她想,她再也没有机会见到那个温柔英气的青年了,他们将在茫茫人海中失之交臂,互相成为彼此的一段回忆。

不久,上面给她派了一名叫"浅水鱼"的属下。直到打开文件袋,费小竹才知道那个人是穆俊。他不仅回来了,还加入了共产党,而且直接来了险象环生的上海。

那场外交部的舞会中,费小竹站在舞池中央,面对一个举着玫瑰花束的男人,笑得温柔缱绻。对于这场策划已久的求婚,她不能拒绝,因为穆俊刚刚从窗户外翻进来时,在窗棂上留下了半个脚印。这个细节很轻微,穆俊自己也没发现。她必须吸引所有的注意力,以便后勤部的地下党同志装作清洁工,悄无声息地拭去那个脚印。费小竹对山田一夫说"好"时,人们掌声雷动。穆俊端着酒杯走过来,祝她新婚幸福,白头偕老。

她却只想转身,落荒而逃。

她让联络人告诉穆俊:"要在上海生存下去,就要利用你的一切人际关系,包括宫本小竹。你没有退路,不能念旧,你要踩着过去的爱人,一步一步往上走。"

她将自己的同款钢笔与手表转交给穆俊。偶然见到他时,费小竹想到那件长袖衬衫掩盖的手腕上,是一款与自己一模一样的手表,心里莫名会有些安宁。就好像过去从未真正远去,依然有看不见的东西将他们连在一起。

她用自己,为穆俊铺了一条万不得已之时的后退之路。

她被捕时,山田一夫跟在后面鬼哭狼嚎,说自己的未婚妻不可能是共产党,说要与他在日本做高官的父亲以及宫本家联系。他拦着费小竹,让她开口,让她说自己是日本人,忠于天皇,忠于大日本帝国,与卑贱的中国人没有一点关系。费小竹听不下去了,问两边的日本宪兵,能不能让自己与山田先生说一句私房话?

她走过去,附在山田的耳边:"有句话,我一直没说。如果现在不说,以后就没有机会说了。"

年轻的军官蓦然瞪大眼睛。

"我一直特别讨厌你身上的味道,"费小竹轻声道,"浓重得令人作呕的血腥气。"

然后她转身,随着宪兵走进一扇深深的铁门。片刻后她才听到一声撕心裂肺的狂叫,以及子弹打在身后门板上的"砰砰"声。

费小竹闭上了眼睛,不再回想——我终将是留到最后的人,面对最深的黑暗,在此之前,只希望那个人能全身而退,安然离开。

"宫本小姐,或者说费小姐,"审问她的日本人已经撤去了,换了几个戴着白色面具的人坐在审讯桌前,"原来是你。我们很感兴趣,你在管理局究竟排名第几?"

"我们也很想知道,"另一个白色面具接话道,"你到底拿到了多少份七号文件?"

费小竹进门时被搜过身,什么武器都没有带,因此没有被绑起来。几个男人说话时,她抬起手,仿佛整理自己凌乱的鬓发。她头上没有戴任何首饰,脸色苍白,像个清纯懵懂的女学生。突然,费小竹五指并拢!

她虽然没有戴任何首饰,但是那头蓬松柔软的秀发中,藏了一根黑色的钢丝,深黑,坚韧,一侧磨得像刀剑开刃般锋利。费小竹取钢丝的一瞬间,自己稍微用力的手指便溢出了鲜血。

白色面具们愣了一秒,费小竹的钢丝已经绕过其中一人的脖颈,用力一扯!

鲜血飞溅,那人胸腔发出破风箱般的气喘音,气管已经被割断了。两个白鬼立刻拔枪,费小竹反身一拉,钢丝正好套在其中一人拿枪的手上,霎时血肉模糊。她像一

第七章 祝东风

只轻盈的鸟,或是灵活的鱼,凭借一根深黑色钢丝,在白色面具中穿梭来往。寡不敌众,被逼到墙角时,费小竹终于开口了:"我隶属管理局亚洲司部日本办事处,排名NO.90。你们要的资料早就送出去了。我的排名太靠后,没有什么作为人质的价值,不如就地解决。开枪别打脸。"

枪声破空而出,穿过迷惘空洞的眼神,然后是一具尸体"哐"的砸在地板上。

费小竹还活着。

窗户被人从外面踹开了,一个男人站在高高的窗台上,手持两把英国制式转轮手枪,左右交替开了三枪,然后收枪问外面的人,面无表情:"季小姐,NO.90说七号文件不在她手上了,我们还救她吗?"

"救。"

男人又开了一枪,正中最后一位白鬼的眉心,然后他从窗户跳下来,拉开了审讯室的门。

他开门时路过费小竹,突然开口说了一句:"NO.90排名并不低,我认识的人在你们管理局一直排名99,一样过得很开心。"

九

我进门时,正听见谢青对NO.90说:"我认识的人在你们管理局一直排名99,一样过得很开心。"

费小竹皱眉:"怎么会排名那么低?"

"因为她不务正业,整天跳舞看小说睡觉。"谢青说。

"那后来呢?"

"后来,"我一步踏进来,没好气地说,"她因公殉职了。"

初识费小竹,是在管理局的重庆档案室。我查秦宣的档案时发现,日本宫本家有一个女儿,在上海长大,跟母亲姓费。但是这个孩子二八年华时便因病去世了,档案里有记录。因此当我在报纸上看到宫本小竹的照片时,就认出了这是管理局的一名执行员。管理局用一名低位执行员取代了她的位置,打入黑暗内部。

我与谢青反复推敲揣测过易月生讲的故事。那只是一个对既发事实的转述,就连知道得最为完整的易月生，都没能打开"门"。很多人只听过只言片语，便由此产生了无数推测，例如开门需要特定的声音，或者斗笠男人右手上发光的链子是开门的"钥匙"，以及是不是在特定的时候，比方说暮色四合、阴阳相交的傍晚，才是走上那条路的最佳时刻？

毋庸置疑，这场殃及全球的战争背后是巨大的利益。日本人背后一直有着协会的影子。它像巨鸦一样，缓慢地、缓慢地将巨大羽翼覆满华夏大地，扫过五千年文明里深藏其中的每一个秘密。在二号果实将要枯竭、三号果实失踪的现在，永生之路就是一个足够大的筹码。我看过一些关于日本人进行惨无人道的人体实验的报道，猜测他们在研究——如何创造一扇"门"，如何打开它，穿过门的人会怎么样，门那边有什么，以及怎样才能安全地回来。那些死在实验中、哀痛绝伦的人们的号哭声，将会以战争之名，深深埋在历史的深处。

既然有实验，就会有绝密文件。所有的信息一旦形成文件，就有被窃取的机会。

易月生不会放弃这种机会，管理局高层更不会。

费小竹就是我们撒入黑暗中的一颗种子。她不是唯一的一颗，也不是最后的一颗。倘若档案上我没有因公牺牲，或许我也是其中的一颗。北平还没有收复，就算现在我站在"门"的面前，也不一定能打开那条路。于是我通过一份旧文档，找到了费小竹。如果我再来晚一步，这颗种子就泯灭在黑暗当中了。

"你来到这里，不仅仅是以地下党的身份抗日，你同时代表管理局，在收集一类文件，"我与她做了一个交易，"给我看七号文件，我保证穆先生今后的安全。"

费小竹退后一步："你知道穆俊？"

"来找你之前我查了很多东西，"我叹了一口气，翻出党章扔给她，"为了保证历史不被私人感情所影响，执行员不能拥有爱情——《历史管理局党章》第3章第3条。可是自从穆俊在上海电影院门口救了你之后，你就爱上了他。这一点连我都看出来了，你说管理局会不会知道？"

"你会被消除与他相关的一切记忆，今后他会怎么样，你将永远不知道。穆俊是亲手接触了七号文件的人，他为你背负了巨大的危险，你却再也没有能力保护他。"我拉过一个血迹斑斑的凳子坐了下来，弯腰将脚边一具白鬼的尸体搬开，"我不是黑洞协会的人，我也不算管理局的人。我需要知道七号文件的内容，但是我不会用它去做对这个世界不利的事情。"

第七章
祝东风

我说话时，费小竹默默地听着。

她的头发柔软而凌乱，脸色苍白得像晨曦中的一个影子，她垂着头，显得那么孤独与无助。回想过去，自己也曾这么孤独与无助过，我心里有些难过。我转头去看谢青，他已经走开了，抱着手臂站在门口，望都没有向这个方向望一眼。

片刻后，她问："你知道七号文件是什么吗？"

"かみのみじ，"我靠在椅背上，声音很轻，"神之路计划。か行排日语五十音图第七位，因此叫七号文件。这是黑洞协会研究的，与'开门'相关的资料。"

费小竹点点头。

然后她看着我，神情有些难过："我是很想和你做这个交易，但是所有与七号文件相关的资料都已经交上去了。用的特殊情报路径，你拿不到。"

她又沉默了一会儿："不过我知道，这些文件的原件被协会通过日本军方送往日本本土，防卫军第二总军的司令部所。"

她对我说了一个地址，我带着谢青离开了。

费小竹没有问我是谁，我想她大概猜到了一点，因为临走时她叫住我："小姐，我觉得你有点面熟，以前是不是演过电影？我和穆俊一起看过一部电影，名字不太记得了，里面有个我很喜欢的反派女二号，与你有些像。"

— 十 —

三个月以后，我又见了一次费小竹，她已经认不出我了。管理局的鹰眼们一定来过，穆俊、我和谢青，甚至七号文件，已经从她的记忆中清洗殆尽了。她在别的城市，一家人满为患的点心店喝早茶，以为自己在那里住了七年。我在她对面坐下来，点了几样菜，把一份报纸放在桌面上。

她突然问我借报纸，说想看一则新闻。

那是《大公报》的头版头条，我把它面朝上放在桌面上，标题很显眼。讲的是一场南方的抗日游击反击战，为了拔掉一个制高点上的鬼子碉堡，一个连的人打得只剩下一个班。最后一位叫穆俊的新人，咬着一把刀从陡峭的山崖后方爬上碉堡的后窗，抹了机枪手的脖子才艰难取胜。那个爬山崖的年轻人据说本来是搞情报工作的，刚刚从敌人后方归来，并没有选择隐居香港，而是坚持申请要到前线去。他进碉堡后划了一个鬼子的颈动脉，端起枪扫死了三个，身中数弹。后来战友埋葬他时，发现他中指上戴着一只订婚戒指，上面刻着"费小竹"三个字。

"费小竹这个名字有点眼熟，"NO.90对我说，"是他的未婚妻吗？"

"应该算是吧。"

"我只是想，"她把报纸还给我，"如果那个人，他最后去了香港，该多好啊。明明战争马上就要结束了，马上就要结束了……"

她伏在桌上，泣不成声。我递给她一张纸巾，她抬起头来，问我："小姐，你听过欧阳修的词吗，有几句我特别喜欢。'把酒祝东风，且共从容。垂杨紫陌洛城东。总是当时携手处，游遍芳丛。聚散苦匆匆，此恨无穷。今年花胜去年红。可惜明年花更好，知与谁同？'明明与我无关，不知道为什么，不知道为什么这个故事读起来这么令人伤心……"

虽然我与她的协议并未达成，我用了一些自己积攒的关系，去追踪这位姓穆的青年。但是我的人去得太晚了，只带回一张报纸。

"这世上再也没有费小竹，也没有那个叫穆俊的青年。"谢青在门口等我，"但是他们所期望的世界，终将会到来。去广岛的机票订好了。"

我们没来得及前往。

我用完早餐，走出点心店时正好是清晨七点，各大晨报新鲜上市，报童们挥舞着还有油墨香气的报纸沿街叫卖："日本被炸啦！广岛和长崎被炸弹炸啦！日本鬼子得报应啦！"

过了好几天，人们才知道炸广岛和长崎两座城市的炸弹是原子弹。1945年8月6日，美国人在日本广岛投掷原子弹，9日在长崎投掷原子弹。10亿度的高温将一切化为灰烬，强烈光波让活下来的人双目失明，建筑物被摧毁殆尽，处在爆心极点的人和物，像手拂过沙盘一样被轻易抹去。美国飞机开始在东京上空大量撒落关于接受《波茨坦公告》的传单，一周后日本宣布投降。

人们争先恐后地从店里、家里拥到街上，抢购当天的新闻报纸，我也买了一份。

我感受到了世界的喜悦与欢腾。人们走上大街小巷，敲锣打鼓，欢欣鼓舞，报纸上都是展望未来的好消息，人们去坟地祭拜战争中逝去的亲人，告诉他们恶人终于得到惩罚。还有很多消失在这场浩劫中的人们，他们没有坟墓，甚至已经没有可以前来祭拜的活下来的亲人，而他们的在天之灵也终将宽慰。

我站在街上，一面青天白日旗在一家饭店的门口冉冉升起。路过的报童塞给我一份报纸，没有要钱："姐姐，快看，我们赢啦！俺娘的仇终于报啦！"

报童赤着脚，衣不蔽体，在街上见人就塞报纸，声音都喊得嘶哑："娘，娘，你看日本人走啦，走啦！再也不会回来了！娘，你回来吧……"

人们都知道，他的母亲和很多被侮辱、被伤害的普通百姓一样，永远也回不来了。

"不知道以后的人们会不会记得，"谢青把报纸合起来，"他们的幸福，是数百万英烈用血砌成的。或许一百年以后，这段历史就会变得淡薄。那些没有经历苦难的人们，会为施虐者找出一千个令人同情的理由，却忘却其中的因果关系，忘却在这场战争中数以千万被侵略被侮辱而不断奋起反抗的先辈们。如果没有他们，这些人连出生的机会都没有。如果未来是这样的，你依然不会放弃你的计划吗？"

谢青是从极深的黑暗中走来的人，他看待事物总是首先看到消极之处。他很少去看远方的诱惑，而是先看清路上的每一把刀，然后一步一步，稳稳地踩在刀锋上，鲜血淋漓，笔直向前。

"不会的。"我说，"人们会记住的。比方说你和我，会永远记住。"

普天同庆之下，有一种让人不安的东西。

认识的一个叫周慎余的科学工作者，他临死之前拜托过我："季小姐，原子弹是个魔鬼。一旦它被放出来，人间可能会是地狱。"

"管理局还没开始研究呢，"当时我笑道，"研发部还在为怎么筹集经费吵架。"

可是原子弹切切实实地爆炸了。

广岛是一座战争之城，日本防卫军司令部所在地，日本人在那里研究用于战场上的神经毒气，那是黑暗和罪恶最为深重的地方。我认为要驱散黑暗，应该一层一层剥开它的外衣，让里面最深刻的罪恶展现出来，而不是用一种简单的手段，直接将它抹去。最重要的是，费小竹说，七号文件会先到达长崎，然后被转送到广岛的司令部所。

8月6日之后，关于七号文件的所有信息完全断绝了，就好像有人故意将它抹去了一般。我总觉得这种做法里有一些不太正常的地方，于是想打电话问问易月生。

我拨打的是易月生办公室的私人专线，接电话的人是那个曾经在重庆分部门口拦住我的小鹰眼。

"NO.99的朋友，怎么又是你？"他还记得我，"易先生失踪了，上面来了调查团。

你别打电话来了。"

我忽然想起离开管理局时,易月生在夕阳中叫住我,说:"大小姐,我曾经想过,如果你真的能醒过来,我就把你的人生还给你。你爱养桃花就养桃花,爱跳舞就跳舞,你的钱一直在账上,想用随时可以取。"

他又说:"偶尔也要回来看看我养的猫,它很想你。"

中国船

第八章・Chapter Eight

— 一 —

酒馆阴暗破烂,充斥着劣质香烟味、男人打牌时的咒骂声,以及门口阴沟里老鼠腐烂的气息。

康拉德在角落里喝酒。

他的酒瓶子又黑又污,当初戴小羊皮手套的娇贵双手,布满苦力劳作留下的裂口,像树皮一样干枯难看。他一口又一口地对着瓶口喝酒,竭尽全力不沉迷于过去。每一口酒精都在告诉他,德国战败了,第三帝国灭亡了。

元首也自杀了。

元首都死了,他的信仰与骄傲又算得了什么?

他现在一无所有,除了自己双手犯下的累累罪恶。

"康拉德·菲尔?"酒保端着油乎乎的盘子走过来,往他桌上扔了一枝花和一封信,"外面有人送给你的。"

第八章
中 国 船

康拉德把花拿起来，发现是一朵白玫瑰。信纸皱巴巴的，是一封葬礼邀请函：

我们诚挚地邀请您，参加康拉德·菲尔先生的葬礼。

爱您的朋友：雅克·文森塔尔

这是他自己的葬礼。

康拉德合上信纸的刹那，身后忽然有人喊："嗨！"

阴暗的小酒馆后窗上，中年男人屈腿坐着，一条腿耷拉下来，端着一柄猎枪。

这么多年不见，他还是带着那种玩世不恭的笑容，浅黄色头发垂落在肩上，耀眼夺目，像阳光刺入黑暗一样刺痛他的记忆。

男人将猎枪举起来，瞄准他的头——"啪！"

康拉德脑子一片空白，片刻后他跌跌撞撞地起身，冲出酒馆，沿着小道一路狂奔。

子弹擦着他的脸飞过，在酒精的作用下他止不住地想呕吐，可是只要一停下来，黄色头发的男人就像阴影一样追过来。

他还很年轻，还不到 30 岁，他还想活下去。卑鄙地，可悲地，戴着善良的假面具，活下去。

与其说他在逃命，不如说他在逃离一位来自地狱的魔鬼。

这是第几次了呢？

他离开德国，隐姓埋名，换了无数工作。他修理汽车、砌墙、搅拌水泥、帮人刷油漆，但是不管他逃到哪里，换了怎样的工作，黄色头发的男人总是如影随形。

康拉德知道他的称呼，雅克·文森塔尔，纳粹猎人。

二

康拉德 17 岁那年，参加了希特勒青年队，20 岁入党卫军。

进入党卫军第二年，他被派往 A 集中营。集中营的代号至今深深印刻在他记忆里，冰冷生锈的铁丝网和荒凉的红砖墙，墙上用黑漆刷着集中营的名字，第一个字母是大大的 A。

那天他穿着最笔挺的军装，带着对元首最诚挚的热爱，踏进那扇大门，刚进门就被脚下的东西绊了一跤。

接待他的人提醒道："嘿，小心点，别把鞋子弄脏了。"

康拉德低头，发现是一个倒在地上的犹太人。

他问："这个人病了？"

一个小胡子守卫哈哈大笑："他死了。"

不远处几位持枪的士兵围成一个圈抽烟，几个衣衫褴褛的犹太人被猎犬追得翻滚惨叫。

小胡子的手攀着康拉德的肩，指着那边说："你看，那些都是企图越狱又被抓回来的犹太人，一些看守在和他们玩游戏。如果他们输了，就会被猎犬撕碎；如果他们赢了，打死了其中一条猎犬，就会为司令的爱犬偿命。是不是很有意思？刚才你踢到的人，他已经输了。"

康拉德觉得胃部一阵痉挛。

两个犹太人冲破了看守围成的包围圈，向这边跑来，其中一个人"扑通"一声摔倒在地上。

那是一位年迈的老人，瘦骨嶙峋，像个地狱里逃出来的骷髅。他满身是血，一条腿已经被猎犬咬断了，拖着半条残肢扑在他面前，抱住他锃亮的高筒马靴："救救我，先生，救救我。"

康拉德记得元首的话，犹太人都是肮脏且罪恶的。

"我不想被狼狗咬死，如果我没死，也不会有人给我看病。他们会让我爬着去上工，看着我慢慢地死掉，扔到外面去喂狼……年轻人，你是个善良的人，救救我。"

小胡子在旁边哈哈大笑，踢了老人一脚，老人呻吟着滚向路边的尘土里。

康拉德走过去，在他身边蹲下来，问："你很痛苦吗？"

老人看着他，张开嘴，努力说了什么。康拉德听完，点点头，拔出配枪，一枪射穿了他的心脏。

身后传来小胡子的惊呼，康拉德把枪收回枪套里，转身往里走："元首说过，犹太人是无耻且罪恶的，不应该存在于这个世界上。"

那是他第一次看到黑暗。

在那之前，他以为集中营只是元首设立的，让犹太人和一些囚犯能够接受改造、

第八章
中国船

自食其力的地方。后来他才发现，这是一个地狱。

每个人都要无休无止地劳动，只有少得可怜的食物，一旦生病，就会被送去"医院"。严格地说，集中营没有"医院"，只有一个挂着医院名字，处决丧失劳动力囚犯的场所。

健康的人走进去，一具一具的尸体被抬出来，没有人敢生病，所有人宁愿病死在工地上，也惧怕找"医生"拿药。

除此之外，还有多少没有来由的死亡命令，连康拉德自己也不清楚。他只是一位集中营新来的守卫，负责执行命令。

康拉德告诉自己，他是在为元首承担黑暗。这种黑暗对于德国来说是必要的，因为犹太人是劣等种族，不适合生存在高尚的雅利安人的土地上。

集中营里有一个小教堂，光线晦暗。

康拉德每个礼拜会准时来祈祷。他一个人在小小的忏悔室里，跪在耶稣圣像面前，直到换班的时间到了才起身。

那天他依旧跪在忏悔室里，突然有人在身后说："你有没有想过，你的怀疑是正确的？"

康拉德全身僵住。

男人坐在忏悔室门口的地上，浅黄色头发，胡子拉碴，一只手用绷带吊了起来，蓝白条纹囚服泛白发旧，一看就在这里待了很久。

他望着康拉德，神情热切而诚恳："你每个星期都会准时来忏悔，因为你怀疑发生在这里的事情是否真的合理。你在猜想，犹太人真的要为德国的经济危机、人们失业、穷人吃不上面包负责吗？他们应该被关在这里，被皮鞭打死，被医生实验致死，饿死，或者工作到力竭而死，仅仅因为他们出生就是犹太人？你处决他们时，深深地怀疑自己是不是在犯罪，不是吗，年轻人？"

他站起来，向他靠近一步："你的怀疑是正确的！"

那一瞬间像一盆凉水从头淋下来，康拉德站在笔挺的制服里，全身发抖。

不可能，他不可能背叛自己的信仰。他和所有年轻人一样，坚定地站在元首身边。他那些隐秘的想法，不可能被一个素不相识的人窥知。康拉德试了几次，发不出声音。

"你刚刚入职时，杀过一个越狱的老人，那是我朋友。"

男人已经走到他面前，贴着他耳朵，胡子拉碴的下巴几乎搁在他一尘不染的肩章上:"他抱着你的腿向你求救,你蹲下来问了他一句话,然后杀了他。看守们很赞赏你的行为,可是我恰巧听到了你们的对话。老头子说的是,'我太痛苦了,请您杀了我。'你答应了他的请求。你知道他如果能多活两天,那两天对于越狱又被抓回来的人,比地狱更痛苦难熬。你相对于他们,还算有良心。"

男人还说了些什么,康拉德已经记不清楚了。他只清楚地记得,自己从腰间拔出枪,用枪托狠狠地砸在黄发囚犯的脸上,将他砸倒在地,然后用高筒皮靴踩住他的头:"闭嘴。"

"记住,你所信仰的,是别人想让你信仰的。你所看到的,是别人想让你看到的。"男人躺在地上,透过那双皮靴和裤管,死死地盯着他的眼睛,"我叫雅克·文森塔尔,记住我的话。"

康拉德松开脚,像踢什么脏东西一样,将他往旁边踢开:"囚犯不能使用忏悔室,滚开。"

雅克爬起来离开时,小胡子正好从他身后走过,问:"康拉德,刚才谁在那里?"

"没有人,"他扶着墙壁站稳,上下喘气,"我自己摔了一跤。"

三

康拉德调查了雅克·文森塔尔的档案。

他是 1941 年被送进集中营的,29 岁,原本是个建筑师。

照片上的他比现在年轻一点,黄头发,蓝眼睛,有四分之一的犹太血统,只看脸的话几乎可以冒充雅利安人。

康拉德报到那天,集中营正好发生一起越狱,雅克也是参与者。

所有没有被狼狗咬死的人第二天都被枪毙了,除了被打断一只手的雅克·文森塔尔。集中营在修建新的淋浴室和接待大厅,这是上面交代下来的重要任务,需要他的帮助。

从那一天开始,康拉德就特别关注这个黄头发的男人。

他每天待在建筑工地上,在湿热沉闷的空气里搬砖头、搅拌石灰,既要做体力活,也要负责图纸的施工细节。

第八章
中国船

他比康拉德年纪大上一些,大概是入狱时间久,总是带着一种时间所赋予的漫不经心。

他是这里唯一一个被允许不剪头发的人,因此看上去格外显眼。

熙熙攘攘的蓝白条纹囚服中,那个黄头发的男人抬头冲他挥挥手,露出牙齿笑一笑。

大楼还在打地基,集中营中间的空地上挖了一个深坑,守卫们端着枪在坑上监督,囚犯们在坑底工作。

那天康拉德轮值,他没有站稳,子弹上膛的枪就这么掉入坑底,落在正在工作的犹太人之间。

突然四周变得很安静,他听见小胡子在旁边抽了口冷气。

所有的囚犯都恨守卫,只要有人捡起这把枪,速度够快,守卫中间至少有一个人会死。

那一刹那没有人动,然后一个瘦骨嶙峋的青年将手伸了过去。

他的父母死于枪决,康拉德知道他想做什么。从这个角度看,他伸向枪的手在颤抖。

突然一只手越过他,将落在地上的冲锋枪捡了起来。

雅克·文森塔尔拿起枪,就像拿起工地上随意丢弃的一块砖头,他伸长手递上来:"喂,长官,你的枪掉了。"

"长官"两个字他说得特别轻佻。

康拉德弯腰去接,雅克没有立刻松手,将枪往自己的方向拉了拉,迫使他靠近自己:"你看,我们犹太人并不危险。"

康拉德把枪收回来,头也不回地走了。

在那之后不久,康拉德在自己的办公室睡午觉,仰躺在沙发上,阳光晒烫皮革的味道几乎洗刷掉了这里常年萦绕的血腥气。

他隐约听到抽屉开合的声音,文件资料沙沙作响,片刻后,他的大衣领口被掀了起来——康拉德一跃而起,一脚踢中入侵者的小腹!

雅克弯起腰后退两步,手捂住肚子止不住地咳嗽:"我有朋友病了,来借点药。"

康拉德退后一步:"你可以送他去医院。"

雅克盯着他的眼睛:"你真的这么认为?"

所有人都心照不宣,集中营里并没有"医院"。那只是一个通过毒药处决体弱劳动力的场所，从来没有治好过任何一个人。

但是元首说过，犹太人是罪恶的，德国光明的未来里不需要这些"劣等种族"。他们只是在忠实地执行元首的意志。

他没有动摇。

他从来不会动摇。

他怎么可能动摇？

其他守卫进门时，康拉德正把黄色头发的雅克按在地上，用皮鞭抽他，用脚踹他，用拳头揍他。

同事都在旁边看热闹，没有人把地上这位被施暴的、可怜的犹太人拉起来，甚至有人往他手里塞了一把军刀。

摸到军刀的刀身时，康拉德浑身一颤，一种巨大的恐惧从内心深处升起来，这一瞬他无法形容。

同事是在暗示他，他可以杀掉面前这个男人，而不用承担任何责任，甚至不用给出任何理由——仅仅因为这个人的祖先中有一位是犹太人。

康拉德突然站起来，一把拎起雅克，将他扔到门外："滚，滚回去！"

男人站起来，一瘸一拐地往宿舍走，远远地冲他扬了扬手中的东西，做了个口型："谢谢你的药。"

那是一包从他大衣口袋里掏出来的感冒药。

同事问："怎么了？"

康拉德脸色铁青，片刻后重新戴上小羊皮手套："没什么。"

这以后很长一段时间，他都没再见到雅克。

那一顿被揍得太严重了，雅克不得不窝在猪圈一样的宿舍角落里休息了一段时间。

如果不是因为工地需要他，他早就被"医院"处决了。

再往后，他见到雅克，是因为集中营查到了犹太人中间有一个秘密集会，雅克是他们的主使。这一次就算是工程和图纸也救不了他，他被单独关押起来，由小胡子专门审问。

小胡子说他碰到了个硬骨头，审问了两个星期，雅克一个字都没说。

到第三周时，雅克点了康拉德的名字。

"让他来审我，"他说，"除非让那个叫康拉德·菲尔的新人看守来审问，否则我一个字都不说。"

== 四 ==

战争结束后，康拉德逃离德国，先到了南美。

他在南美炽热的阳光中做汽车修理工人，每天榨干最后一滴汗水换来的钱，仅仅够买一顿不加啤酒的晚餐。

没有人认识他，没有人谴责他，没有人问他手上到底结束过多少条鲜活的生命。

他想这样的生活就够了，就算是累死在街头，也比当初集中营里的犹太人幸福一万倍。

有一天他坐在汽修厂铁皮棚子下，用一只缺了口的玻璃杯喝水，突然发现棚子外面站了一个男人。

黄色头发，依旧胡子拉碴，拿着一只一模一样的马克杯，微笑地看着自己。

男人远远地举起那只马克杯，隔空向他碰了一下，然后放在自己唇边："为了战争胜利。"

他没有喝，而是将杯子里的水倾倒在地上："为了终将受到惩罚的罪恶。"

雅克·文森塔尔，他果然活着，并且找到了自己。

倒在地上的水呈现出诡异的蓝色，康拉德意识到自己的杯子被下了毒，立刻跪在地上，手指抠进喉咙里，一阵干呕。

他呕得天昏地暗，意识一片空白，只记得面前有一双黑色高筒皮靴。

靴子的主人就站在他面前，冷冷地看他跪在地上不停呕吐，哀求让自己活下来。

就仿佛当初自己站在他面前一样。

康拉德落荒而逃。

他偷渡去了美国，换了一份又一份工作，搅拌水泥、砌墙、搬运东西，把所有当初集中营里囚犯们做的事情，都亲身尝试了一遍。

可是不管他藏在哪里，换多少份工作，雅克·文森塔尔总是能找到他。

他是个纳粹猎手，专门追杀那些逃脱战争惩罚的纳粹战犯，但是他从来不真正地杀死康拉德。

他在康拉德的水里下毒，离致死剂量差一点，看他在痛苦中翻滚哀求；他扣动扳机，子弹擦着康拉德的额角飞过去，留下一条灼热擦伤的痕迹，看他惊恐地落荒而逃。

他玩弄他的命运，就像一只猫玩弄一只老鼠，一个集中营的守卫玩弄犹太人，一位死神玩弄罪恶的灵魂。

"正义的审判会迟到，但是从来不会缺席。"他端着枪，居高临下地告诉康拉德，"菲尔先生，你什么时候来参加自己的葬礼？"

康拉德冲出小酒馆，一路狂奔。

他恶心、呕吐、头晕目眩，但是不敢停下来。他只能不停地往前跑，冲进外面炙热的阳光里，直到把雅克彻底摆脱掉，直到他自己精疲力竭，一根指头都动不了。

他一路逃到了码头，转过一面墙，眼前突然是蔚蓝色的大海。

波光粼粼的海面像童话故事一样美丽动人，港口安静地停泊着一艘有着木质龙骨和现代烟囱的东方商船。

五

康拉德走进审讯间时，被铐在椅子上的男人几乎没有了气息。

他的头垂下来，几乎靠在胸口上，肩膀无力地耷拉着。

金属门关上时，他才费力地把头抬起来，艰难地向他打了个招呼："你来了。"

康拉德站在他面前："你成立秘密社团，目的是什么？"

"你们为什么不审问其他人？只审问我？"

康拉德几乎不假思索："因为其他和你一起被逮捕的人，当天晚上就被枪决了。"

那一瞬间他打了个寒战，突然意识到这个问题是雅克故意问的。

他知道，他知道所有人都被杀死了，只剩下他一个，所以才肆无忌惮地提出交涉条件。

雅克问他："没有经过审问就杀人的守卫，和仅仅因为出身血统就被关在这里的我们，究竟谁更邪恶？"

康拉德无法回答，只能再问一遍："你的目的是什么？"

出乎意料，雅克马上就回答了："逃离这里。"

第八章
中国船

"康拉德，你真的觉得我们在修的是一栋接待大厅和新淋浴室吗？这样的工程党卫军不会有一丝一毫的兴趣，更不会要工程进展报告。"因为费力，他的嗓音嘶哑而断续，像一架老旧的破风琴，"我做了那么多年的建筑，非常清楚，淋浴室内部不可能不预留排水设施，图纸上也不可能没有通风的窗口。那是一栋毒气室，旁边设计的并不是淋浴用的锅炉，而是巨大的人体焚化炉。

"很快就会有更多的犹太人被送到这里来。这所集中营根本没有新修宿舍，所以住不下。我们会被分批关进毒气室，然后焚烧埋掉。死亡，是这里的最终结局。"

他望着康拉德，就像望着唯一的希望："可是我们这里还有妇女，还有孩子，还有青年——我必须救他们，我们不能不救他们。"

他们是孩子的母亲，母亲的孩子，是未来，是希望，是光明。

雅克成立了一个秘密社团，打算在施工过程中，假装铺设管道，偷偷挖出一条能够翻越围墙的通道。根据他的计算，这条通道尽头应该是一处树林，适合组织人偷渡转移。

"你疯了！"康拉德几乎要跳起来，"你为什么要告诉我？！"

"因为除了你，没有任何人能帮我们，求求你。"雅克艰难地笑了笑，"我在通道的入口处画了一个X。我很快就要死了，我希望你能继续做这件事。我把所有参与人的名字告诉你，你要保证他们都活着。马克·格莱文、薇薇安·斯蒂文……"

康拉德捂住了耳朵，他发狂一样拉开审讯室的门，冲到外面去，小胡子就在门外，拦住他："嘿，他开口了吗？"

"他是个疯子！"康拉德大声说，"他说的话一个字都不能相信！他是个疯子，把他的嘴堵起来！"

他冲出去时回头看了一眼。

雅克远远地被铐在椅子上，浑身是血，隔着攒动的人头与桌椅望着他，目光安静而失望。

康拉德觉得，他以前看自己时那种不为人知的欣赏已经消失不见，取而代之的是死灰般的平静。他看自己的目光，变得和看其他守卫一模一样。

他做了一个口型，康拉德认出来了："我曾以为你是不同的。"

所有人都以为雅克·文森塔尔会死在那里时，他越狱了。

集中营养了几匹马，看守偶尔会骑着它们去不远的镇上。

那天看马的士兵睡着了，马也不见了。

集中营的医生在当日轮值的士兵剩菜里，发现了大量掺杂镇静剂的感冒药。

没有人知道这些药是从哪里来的，只有康拉德想起，那个阳光温和的午后，黄色头发的男人拉开他的大衣领口，说有朋友生病了。

他那段时间正好感冒，有些昏昏欲睡，胸前的口袋里放着一些医生开的药物。

所有的猎犬都出动了，还有摩托车和马匹，士兵们以集中营为中心，向四周进行地毯式的搜索。

雅克出逃前伤势很重，因此司令官判断他逃得不远，并且下了命令，一旦抓到，立刻处死。

康拉德也参与了搜索。

他原本朝着东南方向，在那片荒地上寻找，突然之间又调转了路线，向着北方前进。他记得那里有一丛小树林，雅克在审讯室里曾经向他说起过。

他找到了那片小树林，离集中营只有三公里远，树木还算茂密。

康拉德示意同事在树林外等他，自己只身进入，突然身后有人用枪指着他："不许动。"

雅克站在一棵树下，用一把从士兵身上偷来的枪指着他："别动，不然我就开枪了。"

康拉德退后了一步："马上军用摩托车就来了，你躲不了多久。"

"我只是来看看，我所计算的地道与实际距离有没有偏差。"

雅克的状态看上去比在集中营时好了很多，他说话时声音洪亮，站立时身姿挺拔："一路我骑马过来，估算路程与方向。我的计算是正确的，如果当初我们能一直往下挖，没有中途被逮捕，就一定能到这里。这是最安全的中转点。"

他遗憾地看着康拉德，摇了摇头："康拉德，我原本以为你和其他纳粹不一样，看来我错了。既然你找到了这里——"

他扣动了扳机！

子弹穿过了康拉德的肩膀，他倒在身后一棵树上。雅克身边有一辆伪装过的、堆满蔬菜的农用汽车，他翻身上车。

汽车响着喇叭，卷起一阵尘土，向远方驶去。

康拉德用那条完好的右臂拿起枪，远远瞄准车上那个黄发的男人，食指内扣——

第八章
中国船

枪声不大,血花溅在车窗上,他知道自己击中了。

汽车打了个滑,又往前开,一直到视线尽头。

康拉德失血过多,在床上躺了一个月。等他能下地行走时,新建工程已经完工了。

雅克的推断是正确的。那是一个配套毒气室和焚化炉的处决装置,集中营开始大批屠杀犹太人。

死亡像黑鹰一样在这里降临,每个看守都很忙,再也没有人有余力关心一个逃跑的囚犯的去向。

再往后不久,战争就结束了,德国战败。

小胡子给了康拉德一张车票,说有个机构会秘密送他们出境,逃往南美,逃脱对战犯的惩罚。他说这些话时全身都在发抖,平日在集中营里不可一世的神情荡然无存。

康拉德到了南美后收到了另一位同事的来信,说小胡子在半路上就被人一枪击中心脏,死了。

杀他的人是一位纳粹猎人,当初在 A 集中营待过,手法特别专业。那位纳粹猎人的头发是稻草一样的浅黄色,五官长得很像雅利安人,据说其实只有四分之一的犹太血统。

小胡子的尸体被扔进了有食人鱼的河,片刻只剩下一副骨架。

"逃吧,"朋友对他说,"逃到地狱尽头。"

从此康拉德开始疯狂地逃跑。

他从喝酒的小酒馆一路逃到港口边,气喘吁吁,跪在地上,全身上下被冷汗浸得透湿。他听到了从身后传来的脚步声,一步一步,阴冷而沉重,仿佛来自地狱尽头。

康拉德不敢回头,他听见了子弹上膛的声音,然后身后的人用一种陌生的语言,对旁人说:"季小姐,你吃药的时间到了。"

═══ 六 ═══

战争胜利的时候,我给易月生挂了个电话,接电话的是一个新来的小鹰眼。

"易先生失踪了,上面来了调查团,"他对我说,"你别打电话来了。"

我加入历史管理局的时间并不算太长,没有在管理局干满一百年的执行员,甚至连新人都算不上，只能算作雏鸟。从我加入管理局的那一天起，易月生就一直稳坐亚洲司部的第一把交椅，如同磐石一般岿然不动。

我们最后一次见面时，他还站在战时重庆亚洲司部那栋临时宾馆外，在夕照里对我说："大小姐，你偶尔也要回来看看我养的猫，它很想你。"

我想过他身上的重重黑幕，也经历过他自导自演、特别无聊的"背叛"，但是从来没有想到过，有一天他会烟消云散。

小鹰眼说，那天易月生正在办公室里泡茶，今年新晒的桃花茶还敞开放在红木桌上，转头回来连人带猫都不见了，只剩下一个空空荡荡的办公室和刚泡好的茶，还有不停响铃但是没有人接的电话。

最开始人们都以为他出去办事了，直到负责跟踪他的鹰眼往总部打报告，说从那一刻起他就失去了易月生的行踪，整个管理局这才意识到，历史管理局亚洲司部现任部长易月生——失踪了。

我也是那时才知道，原来督察处的监视无处不在，就连易月生也不能避免。

不知道负责监视他的那名鹰眼，每天看着这只铁公鸡抱着猫，躲在办公室拨算盘扣督察处经费时，做何感想。

"既然总部派的是调查团，而不是搜救组，就意味着他们认为易先生是主动离开的，你不用太担心，"谢青对我说，"况且他还带了猫。"

"可是亚洲司部是我母亲在管理局待过的最后一个地方，"我说，"除非实在太危险，否则他不会离开。"

我深刻地记得，谢青愣了愣，用一种特别奇怪的眼神看着我。

我只好继续解释："家母是当初血洗缮史处的人，他继承了母亲的理想。理想这种东西，如果你百年如一日地坚持，就不可能轻易放弃。"

谢青显得有些失望，他去厨房煮咖啡了。

那时我们已经回到了德国皇帝号，我一个人躺在摇摇晃晃的圈椅上，闭起眼睛。

我想起当初在小楼上，顺着幽蓝色的悬梯扶手前行的易月生。子弹与枪炮在他头上交织成网，而他站在一撑斜伞之下，只是伸手拂了拂衣袖，如同拂走满身春雨。

这样的人，对于他来说，究竟有什么东西会是危险的？

可是就在不算太久之前，他亲手用一张讣告，将我送出了管理局。

之前他也做过类似的事情，那一次他为了逼我离开，甚至往我身上开了一枪。

第八章
中国船

　　老狐狸事后的解释是，那时的管理局对我来说不安全，我当然一个字都没信。可是随后，就发生了谢青背叛的事件。

　　这是他第二次主动让我离开这个旋涡。

　　原子弹落在广岛时，我隐隐感觉到了一些事情，我想易月生应当早于我察觉。他将我往外推时，自己却深陷于旋涡之中。如果我要将他带出来，必须亲自走入那个旋涡。

　　我漂洋过海，先去了日本，又去了美国，追寻那些逃脱战争罪责的人。

　　战争结束以后，国际法庭在纽伦堡进行了针对甲级战犯的审判。

　　那场审判很长，一项一项地宣读罪名，有些人竟然需要一个星期才能读完判决书。

　　当几千万起谋杀案赤裸裸地摆在一个人面前时，他们平日里的骄傲、不可一世、飞扬跋扈，都瞬间化为齑粉。那些曾经以为自己可以操纵一切的人，终于不得不正视自己手上刺目的鲜血，和内心不可见人的欲望。

　　然而有更多的人，选择了逃离。

　　他们或者以金钱，或者以情报，或者以对平民进行人体实验换取的知识财富，与各种机构交换自己的性命。

　　在那个庞大的、看不见的暗网之下，我能感受到协会在聚集一切尚能挽回的力量。

　　这些人逃亡到了美国、南美洲、梵蒂冈，以及一些地图上甚至看不清楚的小岛，隐姓埋名。当死在他们手中的亡魂还在地狱里游荡时，他们却已经开始娶妻生子，安度余生。

　　除此之外，我还感觉到了别的东西。

　　我在美国得克萨斯州一家小酒馆里，找到了康拉德·菲尔。

　　他是一个纳粹集中营的守卫，加入党卫军时还很年轻，现在年龄也不算大。

　　我见到他时，他胡子拉碴，皮肤干裂，手上都是重体力活留下的伤口，看上去和照片上那个骄傲并且自负的年轻人判若两人。

　　他醉醺醺地拿着破酒瓶，边喝边在一张皱巴巴的纸上写字。

　　我走近了一些，发现他在纸上写一段邀请函：

　　　　我们诚挚地邀请您，参加康拉德·菲尔先生的葬礼。
　　　　　　　　　　　　　　　　爱您的朋友：雅克·文森塔尔

那是他自己葬礼的邀请函。

他写完以后，拿起来满意地打量了一会儿，目光突然变得惊恐。

他猛然从腰间抽出一把德国制的手枪，用枪对着自己的额头，扣动了扳机。子弹擦着他的脸疾掠而过时，他变得万分恐惧，扔下了枪，向门外跌跌撞撞地跑去。

谢青追了上去，我问酒保这是怎么回事。

"那是个疯子，"酒保说，"他一直在自杀，每次都没有成功。"

"他拿枪对着自己的头开枪，但是没把自己打死，他又给自己的酒里下毒，然后跪在地上呕出来。"酒保将黑乎乎的啤酒杯放在吧台上，"他总是说有一个叫雅克·文森塔尔的人在追杀他，其实根本什么人都没有。"

雅克·文森塔尔，我听过这个名字。

来找康拉德之前，我去了德国代号为 A 的集中营。那里已经完全被焚毁了，但是有部分档案被保存在市政厅，因此可以查阅。

雅克·文森塔尔是一名犹太建筑师，29 岁时被送进集中营。档案上说，他死于一场越狱。他迷昏了看守马匹的士兵，偷了一匹马，从马厩的方向越过矮墙，逃向了一片树林。

当时整个集中营的士兵都接到了追捕任务，真正追捕到他的，是康拉德·菲尔。

康拉德在一片小树林里，找到了奄奄一息的雅克。

雅克靠在树干上，手里拿着一支偷来的枪。

看见康拉德时，他将枪举了起来，竭尽全力喊："别动！"

但是康拉德更快，他一枪射穿了雅克的心脏。

档案上说，雅克·文森塔尔中弹以后愣了愣，手慢慢垂了下去。康拉德身后，一条吐着信子的毒蛇缓慢地松开了缠绕在树枝上的身体，落了下来。蛇的头被子弹一枪击中，化为血沫。

如果雅克再晚一秒钟开枪，毒蛇就会一口咬中康拉德脆弱的脖颈，而驻地的医院形同虚设，根本没有解毒的血清。

"我有位朋友曾这样说——最初他们追杀共产主义者，你不是共产主义者，你不说话；接着他们追杀犹太人，你不是犹太人，你不说话；后来他们追杀天主教徒，你不是天主教徒，你不说话；最后，他们冲你而来。"

他靠着树干缓缓向后仰去，悲伤地冲面前的年轻纳粹笑了笑："康拉德·菲尔，我死了以后，再也没有人为你的良知说话了。"

我终于明白了，这个年轻的前纳粹不断逃离的，并不是一位追杀他的纳粹猎人。雅克·文森塔尔并没有活下来，他死在了那片离集中营不远的树林中。他逃离的，是一位不断从过去复苏而来、一次一次审判自己的幽灵。求生的本能让他一次一次逃跑，而良知却提醒着他当初犯下的罪恶。

想杀他的人，并不是雅克·文森塔尔，而是他自己的良知。

"你认为这世界上有无论如何也洗不清的罪恶吗？"我问谢青。

"有。"他说。

我们在被焚烧的集中营里，找到了一条地道。

地道很深，出口通向集中营三公里外的一片小树林。地道的前半部分是由很多不同的人一起合力挖掘的，因为铲印有大有小，参差不齐，而最后一段，却只有一个人的痕迹。

同样的铁铲痕迹，同样的高度，同样的压实地道土壤的用力方式——那是一个德国人，严谨、刻板，又极具耐心。他趁着所有看守睡觉时，一个人来到工地上，在做了标记的地点不停地挖掘着，挖掘着。

地道被无数人踩过，我推测有相当多的犹太人通过这个地道逃生了，附近镇子上一定有一个掩护犹太人中转的联络点。

我找到了那个联络点，出乎意料的是，负责人是个不满二十岁的德国姑娘，纯种雅利安血统。

她虽然很惊讶，但还是告诉了我："前来联络我的是一个纳粹军官，很年轻，名叫康拉德。他挖通了地道，并且为转移犹太人提供了保护。那个集中营里修了焚烧炉与毒气室，地道就在毒气室的地板下面。我们把假的骨灰放进旁边的焚烧炉里，很多人因此逃了出来。

"他是个长得好看并且很有良知的纳粹军官，只是不爱说话。"小姑娘补充道，"战争结束后他就失踪了。"

我们从那间老鼠横行、气味难闻的酒馆一路跟着康拉德，看着他跌跌撞撞地逃跑，发狂地喊着一个不存在的人，直到谢青提醒我："季小姐，吃药的时间到了。"

康拉德的身体忽然僵住，慢慢转过身来，死死地盯着谢青。

他的双眼不可置信地瞪大，似乎认出了我们，开始意识到跟在自己身后的人，并不是记忆中的那位犹太人。

我以为他会舒一口气或者放松下来，没想到他突然抬起手，就像谢青前面的空气中有什么正在消散的东西，他想拼命挽留。

他徒劳地努力着，然而手中除了咸腥的海风，什么都没有。

这个男人最终发出一声惨叫，从腰间抽出一柄匕首，跪在地上，对准自己的心脏，径自扎了下去！

"那个叫雅克的男人活着，才是他最想要的东西。"谢青对我说。

雅克·文森塔尔当年越狱成功，成为一个纳粹杀手，并且一直追杀自己，是康拉德所想到的一个最甜美的结局。

为此他放弃了理智，活在一个幻想的世界里，被所有人认为是疯子。

他真正惧怕的，并不是死亡，而是当年那个黄色头发的男人再一次烟消云散。

"你在黑暗中找到了一盏灯，我理解这种感受。"谢青一脚踢飞了他手中的旧军用匕首，一脚踩在他肩膀上，把这个颓废的德国人死死地压在地面上，"但是你的灯已经灭了，你最好接受这个现实。"

谢青的德语不好，只会一些简单的单词，康拉德并没有听得很明白。

我把他带回船上，强迫他吃了晚饭，又重新把那句话翻译了一遍。

年轻的纳粹听了一半，手里的刀叉"哐当"一声落在盘子里，然后捂着脸哭了起来。

"对，"他用德语痛苦地说，"我曾经有一盏灯，但是已经灭了。"

他问我："你们是谁？为什么找我？"

"我们去了你当初所在的集中营，见到了你和文森塔尔一起挖掘的地道。那座集中营里所有的纳粹士兵中，只有你真正地活下来了。我想找你问一件事情——是谁帮你逃离德国的？你用什么东西换来的自由？"

"有人拿走了集中营医院里所有的资料，然后安排我们离开德国。那个组织很奇怪，名字是个奇怪的德语单词，叫历史管理局。"

我心里咯噔一声。

"医院里有什么资料？"我问。

"一些医生们用囚犯做的实验。后来医生们都自杀了，只剩下我。"康拉德的声音几乎是颤抖的，"我负责押送犹太人进去，然后保管实验资料。"

我死死地抓住他的手："你还记得和你接触的历史管理局的人长什么样子吗？"

第八章 中国船

康拉德只清醒了片刻，然后又恐惧地蜷缩起身体，开始寻找那位空气中看不见的杀手。

谢青冲我摇了摇头，示意我放弃。

康拉德在船上住了一晚上，第二天早上我去餐厅用餐，看见甲板上围了很多水手。

高高的桅杆上站着一个人，对着初升的朝阳张开手臂。桅杆顶端特别细，最灵活的水手站在上面也会格外小心，而他却全身放松，如同站在自己家中的阳台上。

康拉德居高临下地望着我，忽然笑了，对我做了个告别的手势："小姐，谢谢你的晚餐，我要回家了，有位朋友在等我。我们约好了一同挖一条地道。

"哦，我突然想起来了。你昨天问我，送我走的人是谁，"他眼睛亮闪闪的，像是一轮初升的太阳，"我只记得他手上的无名指戴着一颗很大的蓝宝石戒指。"

然后康拉德带着一种幸福的表情，身体前倾，手臂张开，像一只羽翼被折断的鸟，笔直地落入海里。

七

那个夜晚我一直在做梦，辗转难眠。

我梦见了深水黑暗之中，自己即将要踏入的漩涡。梦见易月生站在漩涡的最深处，抱着他的猫，脸色白得如同死人。

他向我笑，说："大小姐，我的猫想你了，你来看看它。"

我的身体仿佛被那道目光定在地上一般，一步也迈不开。

谢青越过我，向前走去。他一路向漩涡深处走去，我大声喊他的名字，他没有回头，义无反顾。

我又大声喊易月生的名字，他依旧看着我微笑。那种微笑幸福而缥缈，目光穿过我，落在某种无形的东西上。

他说："大小姐，抱歉，你看我都把猫养瘦了。"

梦里的我呼吸困难，心跳如鼓，一身冷汗，然后有某种清脆而有节奏的声音在身后响起，"啪，啪，"像是棋子落在棋盘上。

我四下环顾，没有看到棋盘，也没有看到棋子，只有四下渐渐升起的浓雾。

雾气越来越重，果实的声音从四面八方传来："季萱，你让那个易月生，把他的猫带回去！"

"我见过强行闯门的，没见过带猫来闯的。"果实听上去气急败坏，"他的爱猫要把门板挠穿了！"

我想问它易月生是怎么回事，嗓子却不像是自己的，一个字都发不出来，只能听果实在那边絮絮叨叨。

它说它特别讨厌易月生的猫，问王之明的渡渡鸟有没有跟柳云烟的鹦鹉打架，然后理直气壮地教育我："当初在小楼时我跟你说过，别人都是不可信的，只有我们相亲相爱相濡以沫。哎，我走以后你怎么能信任那么多人呢？你赶快重新审查一下自己的挚友名单，该删除的删除了，留下小爷我一个人就够了！"

它很不情愿地补充："让你自查友人名录，是易月生让我转达的。他说如果我不传话，还要放猫挠门板。"

就在此时，一只手搭在我肩上。

那只手很轻，那人站得应该离我很近，我能感觉到他冰凉的气息落在我脖颈裸露的皮肤上。

他一开口，果实的声音就消失了，像是一根电话线被生生掐断。那种声音我听过一次，清冷而高傲，终生难忘。

"容器，我要带舍弟回去了。"他在我耳边说，"还记得我们的棋局吗？你再不落子，这一局棋人间就输了。"

刀断水

第九章・Chapter Nine

―― 一 ――

"跟你们说，易月生在管理局总部名声本来就不怎么好。"

"因为欠发工资吗？"有人小心翼翼地问，"其实也不是很严重，最后都发了。"

"因为站队，他以前跟一位擅自脱离组织的NO.3站一队，得罪了高层很多人。后来到亚洲司部，他又独断专行，拦了很多总部的文件，竟然还和那位死去的NO.3站一队。"女人笑道，看了一眼坐在易月生以前的办公桌前，玩着无名指上蓝宝石戒指的男人，"团长，你说他是不是傻？"

男人把戒指取下来："螳臂当车，自不量力。"

他拿起易月生的茶杯，里面已经泡了半杯桃花茶，独自一口一口地喝。

听众一片哗然，人们窃窃私语，交头接耳，女人却笑得很甜美："上面也是后来才知道，他死命护着的亚洲司部那位万年吊车尾的执行员，就是那位NO.3的女儿。从进入组织到最后，排名一直倒数第一，易月生竟然一次都没处罚过她，私心可窥

第九章
刀断水

一二。那女人叫什么？"

不知道谁开的口："季萱。"

"说起来，我们调查团到亚洲贵司部这么久了，现在这位季小姐在哪里？"她环顾四周，慢悠悠的，像柳叶落在水面上，"怎么忽然都不开口了？包庇也是重罪。"

人们都挤在易月生的办公室里，隔着肩头和手脚，我突然看见NO.7站起来，向门外走去。

"她死了三年了，在协会的小楼上。"柒起身时袖子带翻了桌上的茶杯，茶杯翻落在地，溅了女人一脸水，"从现在起，调查团新增一条规矩，副团长以后开会，只能说正事。"

女人的笑容依旧挂在脸上："NO.7，我说的哪一句不对？"

"兰嫣，"柒在门框前顿了一下，"你说的每一个字都对，只不过我不喜欢你的音色，不悦耳。"

我站在旁边听，忽然被人推了一把，是一位不太熟悉的执行员："那位是总部特别调查团副团长兰嫣。执行员之间开会，一个修破烂的挤进来干什么呢？"

"我是来送东西的。"我说。

我穿过人群，向靠窗的女人走过去："兰顾问长，你的钢笔。"

兰嫣伸手接笔，突然抬起头看我，春花桃树般的脸色变得无比苍白，如同寒冬悄然降临。她的神情很奇怪，既不是惊奇，也不是愤怒，仿佛缺失了一种情感。她一只手抓住桌角，死死地盯着我，声音有些颤抖："你是谁？"

"帮易先生修破烂的。"我说，"在亚洲司部，钟坏了表坏了厨房锅坏了都是我修。你的笔坏了，也送到我这里修了，这只钢笔是替换用的。"

听说兰嫣的笔坏了，我特地去找了一支锈迹斑斑、特别漏墨的旧钢笔，专程送到她手上。我想只是一支破钢笔，兰顾问长不至于小气如此，不料她突然开口："把你的口罩取下来。"

我一愣，她已经快步走过来，一把扯下我脸上的口罩，眉头蹙起来："你脸上的疤是怎么回事？"

口罩下的那张脸，疤痕密布，异常恐怖。

"修东西嘛，"我说，"化学药品用多了，偶尔会不小心溅到脸上。"

二

冰冷的海水浸入船舱里，巨轮急速倾翻。日本人的尖叫声、哭喊声不绝于耳，船长室空无一人，所有的船员都冲向救生艇的方向。只有一位东方女子站在船长办公桌前，死死地抓住尚能运作的无线电发报机，向陆地某个电台拍发信息。

"物品 0791 在船上，请求救援。"

"物品 0791 在船上，请求救援。"

"物品 0791 在船上，请求救援。"

电台那头永远是死一般的沉寂，东方女子沉默地站在发报机前，一遍一遍敲击键盘。玻璃承受不住水压骤然破裂，寒冷刺骨的海水从走廊涌入房间，她依旧站在原地，重复地发同一封电报："物品 0791 在船上，请求救援。"

船体几乎斜成九十度，海面形成一个巨大的漩涡，所有物品叮里哐当向下滑去，从花盆置物架到实木立柜和金属仪器，落入看不见的深海当中。女子原本抓着发报台，当金属发报台也往下滑落时，她便一起堕入黑暗。

直到发报台被卷入海水前的那一刹那，电台依旧是永恒的静默。

"可是兰顾问长，"有人对兰嫣说，"李蓉月还在船上。"

用了三百年的茶杯落在桌面上，发出一声清越的声响，拿茶杯的人问："哦，是吗？"

三

通往真相的路往往不是最近的那条。

易月生失踪的消息传来以后，我去了一趟欧洲，回来后借了一位朋友的身份，换上了她的脸和衣服，回到管理局。我的朋友是一位修理师，才调来重庆没两年，平时总戴着一副口罩，跟谁都不熟，跟谁都不说话。

人们都叫她"修破烂的"。

易月生将重庆的临时总部修成了对外营业的豪华酒店，赚外快不说，常驻执行员的代号直接对应门牌号，就连早已殉职的我都被强行分了个房间。我朋友却常年住地

第九章 刀断水

下一楼，窗户几乎高到了天花板，房间黑漆漆的，堆满了亟待维修的杂物。

在那些瓶瓶罐罐当中，有一支金步摇。

那是一支保养得极好的金步摇，黄金雕成凤凰，下有金光闪闪的垂珠，你甚至仿佛能看见它的前主人，在桃花树下蓦然回眸。

我在金步摇旁边，找到一支漏墨的旧钢笔，公报私仇地给兰顾问长送了过去。

不久帮易月生接电话的小鹰眼就来找我。我为他修了一只挺贵的手表，他是专程来道谢的："那天开会你给兰顾问长送了支什么破笔？她昨天调了你所有的档案，说是要审查你。"

调查团入驻了半年，对跟易月生有关的人物关系进行了彻查。出乎我意料的是，就连一个修破烂的，也被列入了彻查范围，还是兰嫣亲自审问。

管理局构架并不复杂，六位洲级部长（南极洲并无建制），一个十人执行小组，一百名执行员，最顶层是一个决策团，举手表决一切事务，最底层是庞大的后勤团队和负责内部监察的鹰眼们。兰嫣为决策团当了两百年顾问，现在是顾问长。就连我和她之间，地位都远隔重山，何况一个修破烂的。

那天我一进门，就看见兰顾问长坐在地下室正中央的椅子上，身后跟着一个拿笔记录的文秘帅哥。

她没有问易月生，却说："我有位熟人，有一支和这个一模一样的笔。她是学考古的，特别擅长文物修复。"

── 四 ──

李蓉月为什么喜欢师姐呢？

她也不知道。

20 世纪 30 年代初，中国考古在动乱年代兴起。那时她在大学学历史，正好传出周口店的龙骨山上北京猿人头盖骨出土的捷报。喜讯传到北平，教授举着秃头的毛笔戳每个冥顽不化的学生脑门："人类历史上最动人的发现！"

"知道为什么我们直立行走吗？进化论的关键空缺，在我们中国被填补了！"

教授不顾自己微薄的薪水，带着一堆全是拖累的学生，拖家带口地去挖掘现场帮忙。所有同门中，李蓉月觉得三师姐格外与众不同。

三师姐永远十指不沾阳春水。大家在烈日下挖掘时，她在看书；大家在彻夜修复文物时，她也在看书；大家聚在一起谈天说地讨论时局时，她依然在看书。

有人说三师姐之所以待遇与众不同，是因为身体有恙。蓉月却不信。

有一次他们去南方开挖一座小规模的古墓，半天都找不到方位。蓉月亲眼看见教授去问师姐，师姐随手往地下一指，教授下令照着挖，底下真有一座明代古墓。

蓉月去问师姐为什么知道，师姐想了想："我记得是埋在这里的。"

还有一次蓉月写论文，师姐在旁边看，突然开口："这个款式的青花瓷，明末就有了，并非清朝。"她一查，果然如此，可见师姐历史功底深厚，对明清两代吃穿用度了然于胸。

她想世间怎么会有如此有才学的女子，偏偏又长得跟水仙花似的，坐在树下捧一本书，白衣自带微风，简直是一个春天的梦。

蓉月没事就喜欢去找三师姐玩儿。教授培养她修复文物，她就顺手修了三师姐的钢笔、椅子和饭盒，还把教授那支秃头毛笔拿来，把师姐的茶杯刷得光亮如新。有段时间教授想扣她学分，苦于找不到笔，悻然作罢。

蓉月问："师姐博闻强识，平日都看什么书？"

师姐笑笑，递给她一本时下流行的言情小说《鸳鸯谱》。

不管蓉月说什么，师姐永远只是笑。她对猫也这么笑，对狗也这么笑，风轻云淡，百年不变。

同门有师兄劝她："三师姐从娘胎里就带了冷寒之症，是块焐不热的石头。天冷尚能加衣服，心冷就不好说了。就算你对她再好，在她眼里和小猫小狗也并无区别。"

那天师兄穿了一件崭新的西式外套，戴着一只金表，把蓉月拦在土坑边上："别管你师姐了。所谓聊天呢，就应该在合适的时间找合适的对象——比方说我，现在特别有空。"

师兄刚说完就摔了个狗吃屎。十指不沾阳春水的三师姐难得心情好，亲自下坑挖掘，十字镐第一下就镐在了师兄锃亮的新皮鞋上。

三师姐施施然把十字镐还回去，表示自己不适合挖掘工作："手滑了，抱歉。"

有一天，师姐突然问她："你为什么来考古呢？"

师姐很少问她问题，蓉月便想了很久："喜欢。"

第九章 刀断水

师姐问:"有多喜欢?"

蓉月还没回答,外面就传来一声炮响。

正是 1937 年夏天,七七卢沟桥事变。日本人的枪离周口店不远,炮弹几乎是擦着考古队的平房屋顶飞过去的。

文物!

所有人即刻冲进库房,扑到装着出土文物的木箱上。蓉月身下压着装有北京人头盖骨化石的木箱,炸弹晃下一堆砖石瓦木,没有砸伤国宝,却砸了她一身灰。

周围震颤稍微停息了,蓉月睁开眼睛,看见了师姐。所有人都在抢救文物,只有三师姐撑着一把伞,站在旁边。

三师姐把伞移到蓉月的头上,替她挡住屋顶簌簌落下的灰尘:"不过是些尘土封过的旧物,为何如此在意?"

一瞬,蓉月突然觉得心凉。

师姐有这么多年她所仰慕的一切东西,才华与学识,她却把它们踩在脚下。这种感觉,就如同把自己的理想一同踩在脚下一样。蓉月推开了自己头上的那把伞。

师姐把手收回来,摇摇头走了。半晌有人开口,是戴金表的师兄:"我早说过,她是个无情无义之人,你不听。"

从那以后,师姐再也没有和蓉月说过话。

=== 五 ===

后来抗日战争正式打响,考古所将北京人头盖骨化石转移到了北平。

当北平也岌岌可危时,蓉月留了下来,和同门师兄一起,将珍贵的北京人头盖骨化石秘密运往美国暂存。原定计划是先乘火车将化石运到秦皇岛,再从那里用邮轮送往美国本土。

列车摇晃,蓉月守着沉重的箱子,惴惴不安。

忽然有人喊:"日本人!日本人!"

疾驰的列车一顿,应当是车头被炸药炸起,强大的反作用力让列车在生锈的铁轨上发出刺耳的响声,滑行一段距离后停了下来。随后是枪声和炸弹的声音,负责押运化石的美国士兵在与日本人交火！

惊慌失措之中，师兄拉开车门往下跳："美国人和日本人打起来了！火车不安全！下车！"

隔壁车厢燃起熊熊烈火，车门被逃生的人堵住，片刻后又恢复畅通，因为后面的人踩着前面人的背脊，跳下了列车。

大火将近，车外是持枪的日本士兵，只有蓉月还留在原位："化石还在车上，北京人头盖骨化石！"

冲到门边的师兄竟然没有立刻走，回头拉她："日本人说了，只要交出北京人头盖骨化石，我们都不会死！你的命重要还是化石重要？"

蓉月目瞪口呆："是你泄的密？"

师兄隔着人群冲她吼道："人为财死，鸟为食亡！走不走？"

蓉月摇头。

师兄最后看了她一眼，跳下列车，高举双手走进日本人的包围中。

炸弹和子弹点燃了列车，熊熊烈火中日本兵开始登车搜索。搜到倒数第三节车厢时，只见一位中国女孩，护着两只严密包裹的木箱，怒目而视。

"0791号箱子，这里面是什么？"日本人问。

"我老师的毕生所得，"蓉月道，"都是书。"

日本人的中文不怎么好，愣了愣："什么书？"

"中华上下五千年，"蓉月道，"历史书。"

一个士兵反应过来了，端起步枪拿刺刀对上蓉月的眼睛："胡说！开箱！开箱检查！"

拿枪的士兵手上有一副玳瑁眼镜，镜片已经碎了，只是玳瑁还有一些价值。蓉月认出来了，那是教授的眼镜。

步枪的刺刀上挂着新鲜的血迹，血腥味就在她鼻尖下，刹那间她全身都在发抖。

钥匙，只要交出钥匙……师兄说过，日本人要的是化石，只要交出箱子的钥匙……

为什么没有拿出钥匙呢？

蓉月自己也不知道，她满脑子都是教授的话。

教授说："蓉月是个好名字，世道黑暗，明月高悬。天亮之前，一定要守好这片土地的历史。"

第九章
刀 断 水

教授说："风雨如晦，鸡鸣不已。"

教授说："不能让化石落在日本人手里。"

蓉月颤抖着，在日本人的枪管之下，拿出了木箱的钥匙，然后举起来——吞了下去！

叽里呱啦听不懂的日语，胸口一阵闷痛，面前的日本人突然发出一声惨叫！

蓉月回头，看到了三师姐。

所有人都从列车里下去了，大火将近，车厢滚烫火热，三师姐没有走，她坐在最后一排的位置上，看一本言情小说。此时她站起来，拿出一把枪，一枪正中日本士兵的眉心。

三师姐什么时候会用枪了？

蓉月胸口中了一刀，神情恍惚，无法思考。

师姐把书收起来，向这边走过来，脸色冷得像霜一样："她说箱子里是历史书，就是历史书。"

她说话时，车厢里还有两个活着的日本士兵，等话音刚落，只剩下两具尸体。血流得很快，蓉月神志有些不清醒，恍惚中她觉得自己并没有倒在地上，有人接住了她。枪托砸车厢隔门的声音，玻璃哗啦碎了，那人抱着她在烈火中奔跑。

蓉月想回头，想带上教授拼死保护的化石，抱住她的人却不断地在她耳边说："来不及了，以后一定会拿回来的。"

门锁被高温烤变形了，玻璃划得人满身是血，自始至终，那个人都没有松手，她不断在耳边承诺："我是历史管理局总部顾问长兰嫣。我保证，只要你活着，你想要的东西，一定会拿回来的。"

后来这句话落在蓉月心中，成为一种坚定的信念。

她醒来时是在重庆的一家医院，床头的报纸上写着"北京人头盖骨化石失踪"的新闻，满版的扼腕叹息。有人在床头问："你就是兰顾问长救回来的人？"

那是个戴着斗笠的青年，斗笠帽檐压得很低，看不清脸。青年穿着不知道哪个朝代的宽衣广袖，声音柔和好听，像云片糕化在水里一样："我们隶属于一个组织，鄙司的宗旨是将人类历史的马车控制在正确的道路上。你师姐和考古队在一起，是为了回收一些珍贵文物。这些文物我们不回收，可能会毁于战火。因为救你，她失败了。"

蓉月问："是北京人头盖骨化石吗？"

"不,是一支金步摇。"青年笑了笑,"你愿意帮她吗?她说只要你活着,你想要的东西,一定会拿回来的。"

六

兰嫣坐在我对面:"我有位熟人,有一支和这个一模一样的笔。她是学考古的,特别擅长文物修复。"

她说的时候一直盯着我的眼睛,我只好点头:"我也有这么一位熟人,她叫李蓉月。我恰巧知道一些她的故事,你要听吗?"

七

李蓉月帮师姐做了多少事情呢?

她不太记得了。

她只知道,只要她帮师姐做事,那件东西一定能够找回来。

师姐说过,只要活着,不断寻找,一定能够找回来。

1945年初春,阿波丸号。

这是一艘从新加坡出发,满载日本军官政要,驶向日本本土的货轮。

日本马上就要失去对东南亚的控制,错过了阿波丸号,这些人很快就会面临那些被自己侵略、剥削和侮辱的人们的谴责与唾骂。因为正义已经快要站起来了。

一同登船的,有一位年轻的女考古学家,据说是东大某位教授的女儿,自幼在海外长大,日文说得不是很熟练。

西式的衬衫短裙,眉眼灿烂如樱花,如此漂亮的女子竟然没有找个好人家结婚,而是去做学问,太太们闲谈之间唏嘘不已。

聊到学问,人们方才知道,这位小姐随身带了数件价值不菲的古物,要交给父亲所在的研究所,便有人说:"不知可否一观?"

小姐面露难色,微微低着头:"家父特地嘱咐,所托贵重,不可轻易示人。不过若是在船上办一次小型的展览会,应当并无不妥。"

归途漫漫,展会真的办起来了,便有人打听:"那位小姐要展出些什么?"

"别的不知道,听说有一支中国皇后用过的凤头金步摇。"

据说这支凤头金步摇是从故宫流出的旧物,随溥仪皇帝到了东北,被赏给一位宫女。若是举起对着烛光,凤影落在地上,金翅轻颤,竟是一飞冲天的姿态,犹如活物。

消息一出来,贵客当中,有一位的脸却"唰"地白了。

那是一位日本陆军指挥官,他带人气势汹汹地找到李蓉月:"你不可能有凤头金步摇。"

蓉月问:"为何?"

"因为这支金步摇在我手中。"军官怒道,"溥仪皇帝到东北时,我也在东北,偶然所得。"

"正巧家父也在东北,也是偶然所得。"蓉月想了想,"不如我们各自拿出来,当众对比辨别?"

于是军官取出了一只紫檀木匣子。

蓉月也取出了一只紫檀木匣子。

军官打开紫檀木匣子,金色衬布上一支金色凤头步摇,璀璨夺目。步摇不大,通体纯金,垂着细细的垂帘。军官托起步摇正对灯光,水晶吊灯的光线透过纯金,地板上赫然出现一只展翅待飞的凤凰!

蓉月也打开了匣子,递到军官面前——里面并没有步摇,而是一把枪!

她伸手拿枪,抬手正对军官胸口,扣动扳机!

人群才刚刚反应过来时,李蓉月已经拿起金步摇,一枪打碎宴会厅玻璃,翻身跳下船!

没有人能想到,这个柔弱得像樱花一样的女人,动作竟然如此矫健,几乎是以迅雷不及掩耳之势,便消失在人们的视线中!

正是夜晚,船外黑漆漆一片,偶尔有探照灯照射深黑恐怖的海水。很快有水手被派下去搜捕,女子却了无行踪。

八

李蓉月在等。

已经是深夜,海上雾气弥漫,不远处船员们搭着绳梯爬上爬下,在漆黑的海面上寻找落水者。

蓉月藏在救生艇之间的缝隙里,换上事先预备好的水手服,将帽檐按下去遮住脸,像小猫一样轻巧地跳上离她最近的绳梯。

当整个阿波丸号被日本士兵翻得底朝天时,她已经在温暖的船长办公室里,用一台无线电发报机,向一个电台发送邮轮的方位坐标。

"金步摇已回收。"

离阿波丸号不远处,隐藏着一艘战舰。片刻后战舰上放下一只小艇,在夜色中向阿波丸号悄悄靠拢,正好停在船长室的下方。

她只有十分钟的时间撤离。

蓉月正要走,顺眼瞥到办公桌的一角。那是一份中日对译的货运清单,写着船上运载的货物,有大量的黄金与橡胶。她随手一翻,突然全身僵硬,说不出话来。

片刻后蓉月回到办公桌前,开始重新敲击摩斯码:"我不能走,这不是一艘简单的货船,它偷偷运了——"

找了那么多年,去了那么多地方,她从来没想到,会在这里遇见它。

有一瞬间她敲字的手甚至在发抖:"0791号物品。"

"给我三天时间,"蓉月几乎有点语无伦次,"再给我三天的时间,我可以想办法将它们都带走——"

电台那头是机械的嘀嗒声,只有两个字:"否决。"

那一刻蓉月有些不可置信,她又重复发了一遍:"我想向兰顾问长请示,收回0791号物品。请务必向兰顾问长转达。"

"否决。"

"否决?"

不可能,一定是师姐太忙,没有看到。

接应的人已经顺着船体爬上来了,正在敲窗户。蓉月开窗,来人翻进来:"半个小时以后鱼雷会击沉这艘船,你再不走就来不及了。这是兰顾问长的意思。"

第九章
刀 断 水

李蓉月不敢相信。

这怎么可能？这艘船上有这么多人，而且0791号物品——

她骤然提高音量："北京人头盖骨化石还在船上啊！师姐她知道的，师姐说过，总有一天我们会把它找回来……"

"你告诉我师姐，我不走。她敢炸船，我就敢留下！"

时间宝贵，来人拿起那只装有金步摇的紫檀木匣子，翻窗离开了。蓉月反锁了船长室的门，再次回到电台前，开始发电报。

已经有水手意识到不对，开始砸门。

她不停地敲击键盘："李蓉月向兰顾问长请示，收回0791号物品。如果0791不回收，我不下船。"

她还在船上，师姐不可能下令炸船，毕竟那是她的师姐。她们一起吃饭，一起看书，她考古的那点小知识，有一半都是师姐教的。

她们一同逃离火海时，师姐承诺过，一定会找回北京人头盖骨化石。现在机会就在眼前，师姐怎么可能下令炸船？

脚下突然一声闷响，船身一震，砸门声停止了，有人在尖叫："鱼雷，鱼雷！"

船体开始急剧倾斜，震动当中门锁自动滑开了，所有没有固定的东西往下滑去，一直滑进门外深黑的走廊。蓉月死死地抓住发报机，开始最后的发报。

"物品0791在船上，请求救援。"

"物品0791在船上，请求救援。"

电台始终保持着沉默。堕入黑暗的瞬间，李蓉月终于心灰意冷。她突然想起当初师兄的话——天冷尚能加衣服，心冷就不好说了。就算你对你师姐再好，在她眼里和小猫小狗也并无区别。

一切不过是她自欺欺人，一厢情愿。师姐对她，从头到尾只有利用二字。

可是那时的师姐，一身白衣，真的好看得像一朵梦境里的水仙花，让人不知不觉就中了毒。

对啊，水仙原本就是有毒的。

九

"够了!"

我不太擅长讲故事,兰嫣也不是一个好听众。她的脸色越来越惨白,当我说到轮船沉入深黑海底时,她"噌"地站了起来。

"美国军舰到底为什么攻击这艘货轮,谁也不知道。"我说,"不过我猜想的故事是,货轮上有一样不足为外人道的东西。这个物品回收以后,所有的人都被灭口了,包括李蓉月。"

"闭嘴!"兰嫣跌跌撞撞地往门外走。

我叫住她:"不过我听说这个故事还有一个不怎么愉快的结尾。据说你的人最后拿走的那只紫檀木匣子,里面没有金步摇,而是装着一把枪。究竟是李蓉月故意给错了,还是运送途中被人有意调包,不得而知。你们来重庆,根本不是来找易先生的。所谓的'失踪',不过是一个幌子。你们在找一样东西,你们怀疑它在易先生手中,所以带走了他,然后把这里翻了个底朝天。"

我之所以接近兰嫣,是因为易月生。调查团入驻重庆的半年间,调查了易月生的一切人际关系,除了发现他在王之明的仓库里私设了一个小库房,里面装了半房间美国进口的猫粮和桃花茶以外,一无所获。如果他们并不是真正在找易月生,那么就意味着他们知道易月生在哪里。易月生很可能并非失踪——而是被带走了!

能单独带走 NO.1 的人,在管理局里确实凤毛麟角,然而如果带走 NO.1 的人和对手是一群人,结果不尽然。调查团的出现与易月生失踪的时间太过接近,我不得不怀疑。我借用朋友的身份,用尽办法,终于将兰嫣困在这个地下室。

床头有一个落满灰尘的矮柜,我将柜子打开,从里面取出那支金步摇:"兰顾问长,金步摇在这里,我想知道,易月生在哪里?"

兰嫣一瞬间拔枪!

她的枪收在袖子中,我的枪向来放在枕头下面。正好那天兰嫣穿的是窄袖,于是我就快了那么一秒。然而兰嫣的枪口并没有对准我,而是指向门口。

她的手有些抖,乌黑森冷的枪口直指门口站着的柒,背对着我开口:"蓉月,不管易月生跟你说过什么,算我求你,请闭嘴。"

第九章

刀 断 水

"兰顾问长,"柒举起手,"我以为你对密党是忠心可鉴的。"

十

兰嫣开枪了。

她的枪口直指柒的心脏,干脆果决地扣了扳机。

枪管微微冒着白烟,柒捂着胸口退了一步,一脸的不可置信。兰嫣一把拉起我往外跑,她是调查团副团长,一时没有人敢拦。

临时总部在江边,往后是一座山。入秋雾气有些大,我们在雾气中拾级而上,最后在树林深处停了下来。

兰嫣说了一个故事。

"我是个骗子。"浓雾之中,我只听得见她的声音,"我是管理局顾问处的顾问长,很早就加入了密党。密党在秘密寻找一支金步摇,而考古队对于古物一向消息灵通,于是我就出现在了你们身边。"

兰嫣得到了确切消息,说金步摇在一辆由美国人押运的列车上,跟北京人头盖骨化石一起转移。她原本应该趁着日本人拦火车时把东西带走,但是她留在了原地。

她想看看小尾巴对于自己的信念到底有多"喜欢"。她没有悲伤,向来端坐管理局总部群山之上,偶尔来一趟人间,不过是看一场只有欢声笑语的戏。可是当日本人的刺刀刺下时,理应看戏的她,却觉得胸口空空荡荡的。

不是欢喜,不是平静,就好像有什么东西被挖空了,而这个空渐渐被另一种东西填满。

这种感情叫愤怒。

当她意识到自己拔出枪时,三个日本士兵已经倒在枪下。她抱起浑身是血的小师妹,在烈火中狂奔。她不断地对小师妹说:"会找到的,你想要的东西,一定会再找回来的。

"救了你,我就来不及拿走金步摇了,只能让它落入日本人手中。

"我所在的组织有专门的善后小组,能够清除很多东西,包括记忆。于是我清除了自己的记忆。

"那份记忆太软弱,会成为我的弱点。"

那是一个圆桌会议,电话铃响个不停。

兰妈接起来,是一位效忠密党的鹰眼:"李蓉月坚决不下船。她说你敢炸船,她就敢留在船上。请问是否按照预定计划击沉阿波丸号?"

李蓉月,一个很好听的名字,总觉得特别耳熟,像是在别的地方听到过。

在哪里听过呢?

在哪里呢?

"夜雾要散了,兰顾问长,兰顾问长?"

兰妈很忙,脸夹着听筒在给文件签字:"所有见过目标物的人都不能活着,击沉阿波丸号。这是密党的意思。"

她手上的笔滑了一下,纸被划破,留下长长的一道痕迹。那是一支极旧极旧的钢笔,笔尖生锈,墨水不畅,似乎被人胡乱修过。她不缺好笔,可是不知为什么,她总是把它带在身上,拿起来就放不下。

第二天兰妈收到一份报纸。兰顾问长几百年里喜欢看小说,特别讨厌看报纸。

那天却有人给她送了一份中文时报,头版头条的新闻是阿波丸号沉没。这件事情她早已知道,然而曝光的角度不同,看到的东西也就随之不一样。譬如她收到的密报上,是不会有整船人如何哀哭,如何悲鸣,有多少母亲和孩子。战争中弱者的哭声,是很少传到上位者耳中的。

报纸里夹着一封从亚洲司部来的信。寄件人的名字她很熟悉,阴阳相济的毛笔字,易月生。信纸里夹着一些纯白色的粉末,粉末很轻,随着纸张打开而被吹起来,空气中有一种苦涩的、介于存在与不存在之间的香气。

那一瞬间,兰妈想起来了。

她恍惚记起有一个总是跟在自己身后的小尾巴,小尾巴的眼睛亮闪闪的,问:"师姐,师姐你看的什么书?"

小尾巴帮她修钢笔,挤在她身边:"师姐,师姐别在意他们胡说,我觉得你是个很温柔的人。"

她摇头,小尾巴斩钉截铁:"当然了,你看,你从来都不赶我走啊。"

她恍惚记起有人在问:"可是兰顾问长,李蓉月还在船上。"

一阵春风能吹醒整个冰封的湖面,一块石头在阳光下晒久了,多少也会有些温度。

第九章
刀断水

神树树叶碾磨的粉末渐渐沉淀下来,空气中恢复了夏日午后温暖的味道,兰嫣却脸色惨白,浑身颤抖。

她拿着那封易月生写的信,信纸上只有一句话:"兰顾问长,你的东西丢了。"

兰嫣冲到电话机面前,开始疯狂地拨号,接线的是昨天那位鹰眼:"阿波丸号是您下令击沉的,大约死了两千人,只有一位幸存者。"

兰嫣心中升起一丝微渺的希望。她甚至跪在地上,哭着喊着央求神灵,让这丝希望变为现实。

"是一个男人,并没有你说的女考古学家。"

电话听筒落在地上。如果她的秘书现在进门,会看见平时高高在上的兰顾问长跪在地板上,肩膀颤抖,痛哭不已。

你为什么要告诉我?

兰嫣一遍一遍地问自己,易月生那只老狐狸,你为什么要告诉我?

这么重要的东西丢了,为什么现在才告诉我?

━━ 十一 ━━

兰嫣的声音几乎有些颤抖:"所以我只知道有一个考古学家,一直在帮我寻找钥匙的线索。我从来不曾想过,那人是你。我还嘲笑过,她是个多么单纯善良的人呐,一直以为自己在拯救时间长河当中脆弱不堪的文化。

"而我是一个多么卑鄙无耻的人,"她几乎在哽咽,"我一直在利用她。"

我来不及问密党是什么,也来不及安慰她,因为逐渐消散的雾气中,我看见了跟跄追来的柒。他捂着胸口,弓起身体,脸色发白,然而仔细看去,他的十指之间并无血迹!

柒抬起头,对我们笑了笑,然后伸出捂住胸口的手。他西服上有一个明显的子弹灼伤痕迹,但并没有血流出来。柒的十指慢慢松开,掌中赫然是一把"掌心雷"!

掌心雷是一种比烟盒还小,可以放在胸前口袋里的微型手枪。子弹穿透衣服布料,打在了那把掌心雷上,柒实际上毫发无伤。

我明白之前兰嫣为什么直接开枪了。

柒是十人执行小组的NO.7，实打实的军火贩子，就算兰嫣在管理局内部曾经位高权重，也不过是个文职人员。或许战争中对付几个日本兵还可以，论实战，与柒天差地远。

我猛然把兰嫣往旁边一推，浓雾中我听见了错杂的脚步声，那是调查团从总部带来的鹰眼们。我推开她之后，以为兰嫣走了，然而烟雾散去时却发现，她就站在我身边，满身是血。

她紧紧贴着我站着，拦在我与数位鹰眼的枪口之间，身中数弹。

鹰眼们的枪口还冒着烟，我突然意识到，如果不是她，刚才我已经被打成筛子了。她晃了晃，我接住了她，她脸色苍白地看着我，说："对不起。"

那一刻我突然希望，那个蠢货果实还住在我身体里，或者至少让我再用一次果实的力量。然而我除了抱住她，并不能做别的。

我最多，只能跟她说一个故事。

故事发生在1945年初春，阿波丸号沉没后不久，正是海雾弥漫的时刻，救援船只尚未赶到，海面上漂浮着废弃物品与尸体。

一位年轻的考古学家奋力抱着一只漂浮的木箱，顺着洋流漂着。鱼雷击中轮船时引发了大火与爆炸，她浑身是伤，满脸血迹，指甲却死死扣在木箱上，仿佛那是她的命。

她已经远远地漂离了轮船沉没的坐标点，超出了搜救的范围。她的手渐渐松开，身体慢慢往下沉去。忽然，在苍茫大海上，一艘老式中国商船缓缓驶出。商船是木质龙骨，上有亭台楼阁，船头挂着一只红色的灯笼，像是黑暗中的一盏明灯。

一艘小船被放下来，顺着水流，停在她身边。

船上是一位脸色苍白的女子，穿着浅绿色旗袍，发髻上插着一朵白色的玫瑰花。

女子看了一眼木箱上的编号，伸手把落水者拉了起来："0791号物品，这不是北京人头盖骨化石吗？好像听王之明说过。"

她拉住女考古学家的手，将脸凑过去，趁着她还有一丝意识时，附耳道："我是历史管理局亚洲司部已故执行员，NO.99号季萱。你是死过一次的人，正巧我也是死过一次的人，也算有交情了。我们部长缺个修猫食盆的人，工资不高，你愿意来吗？"

"我叫季萱，贵司已殉职的NO.99号执行员。"我附在兰嫣的耳边，"当年承

第九章
刀断水

易部长的情,去海上接过一位叫李蓉月的女考古学家回来帮他修猫食盆。你来之前,李蓉月就走了。据说西部有个大墓要立项科考,她把身份借给我,考古去了。"

"她说,如果再见到师姐,就告诉她,别担心,"我转述道,"北京人头盖骨化石,她自己拿回来了。"

— 十二 —

火车轰隆隆行驶在轨道上,车窗紧闭。我所在的那节车厢是完全密封的,没有灯。我一个人坐在冰冷的木椅上,想起一句李白的诗。

抽刀断水水更流,举杯消愁愁更愁。

如果一个人被拿走悲伤,她真的会永远不再悲伤了吗?
那如果一个人被拿走爱情呢?
黑暗中,柒来找我:"李蓉月小姐。"
我问:"兰嫣怎么样了?密党会处罚她吗?"
柒点了根蜡烛,在我对面的位置上坐下来,烛光中看不太清他的表情:"她还好,没死,重度昏迷,可能会回总部的医院昏睡五百年。"
我想李蓉月这一生,应该再也见不到她的师姐了。
"我不知道你从哪里听到密党这个词的,请你忘掉它。"
凤头金步摇最后到了柒的手上,他拿起来对着烛光,光影之下轻微的震颤都显得惟妙惟肖,似乎确实有一只巨大的金凤,将羽翼投落在了这个小小的车厢里面。
柒说:"我需要把这支金步摇复原回原状。请管理局的技师出马不太方便,你能帮我吗?"
我细细观察,只觉得它除了做工精巧、略有陈旧之外,没看出别的端倪。凤凰金翅之上缀了四条纯金的垂帘,金步摇不新,垂帘却显得更为古旧,不知道为什么做这支金步摇的匠人,会在如此精美的艺术品上,添上这么旧的垂帘?
我忽然意识到,这并不是画蛇添足——那人在这支金步摇上藏了一样东西。藏东西的人很高明。她将一段金链分为四段，做成镶珠玉的垂帘，缀于步摇上，隐于发间。当某些隐秘的势力从古旧画片上察觉到端倪时，主人已经故去，这支金步摇已经流落到俗世之中。

这样的手链，我只想到一条——当初家母手中的"钥匙。"

如果这是家母当年用过的东西，想来密党查易月生也是不无道理。只是他们没想到，当你满世界找开"门"的"钥匙"时，"钥匙"其实就在眼前。想必那时家母还戴着它参加过游园与茶会，衬得她春光明媚，艳若桃李。

漫漫旅途别无消遣，柒也没有离开。他就坐在小桌对面，用一张细绒布擦拭无名指上的一枚蓝宝石戒指。

我记得那枚戒指，是一枚人造果实的遗物，里面应该还留了家母当年的笔迹。自从在地中海的小岛上柒拿到它以后，就一直戴在手上没有取下来过。

易月生说过，管理局内部从来不安全。我一直认为是黑洞协会对我们进行了渗透，完全没有想到会有秘密结社存在，更没想到柒会是其中的一员。

我一直以为他只是一个暴发户军火商，直到那位叫康拉德的年轻纳粹党，提到这枚蓝宝石戒指。

烛光中我试图透过他平静的脸，看透这些人的企图，但是徒劳无功。

我一时怀念起当初自由交谈的时光，于是指了指他无名指上的蓝宝石戒指，开玩笑道："你戴错了，无名指是婚戒。"柒愕然抬头，片刻反应过来，低下头重新拿起丝绒软布："我不可能结婚，这是故人的东西，戴在重要的手上易于保管。"

柒一直在车厢里坐到天明。其间我试图问他问题，但是他没有回答。

我想他只是在等一个答复。

直到天蒙蒙亮了，柒才站起来，披上一件镶金丝带钻石袖口的外套往外走。

我叫住他："通宵审问的感觉怎么样？"

他愣了愣："你管这叫审问？"

柒向我一步走过来，伸手抵住我的额头，手心里有一把掌心雷："小姐，我有无数种审问人的方法，陪聊肯定不算。我只是觉得你说话的方式，有点像我一位故去的朋友，所以陪你多坐了一会儿，不要得寸进尺。"

"那位朋友，"柒看着我，轻声道，"已经死了三年了。"

我不能理解这种突如其来的剑拔弩张，于是换了一个话题："我们要去哪里？"

第九章
刀断水

"战后的北平,"他说,"带你去见易月生。"

柒说话算话,我确实见到了易月生。

但是我没想到会见到这样的易月生。

他枯坐在两株枝叶交缠的树下,双目紧闭,面色惨白。支撑他身体的是一把老旧的木椅,椅子的木质像是要腐朽在时光中一样,似乎只要伸手一碰,就会灰飞烟灭。

柒把我往易月生面前一推,说:"小姐,你可以修复金步摇了。"

说完他蓦然僵住。

因为谢青站在他身后,双手拿枪,两把枪抵着他后腰,语气很是不满:"季小姐,你自己借的角色自己演完,我帮你修了兰嫣的钢笔、鹰眼的手表,别再传信让我帮你修金步摇,还专门送到北平来。"

守陈规

第十章 · Chapter Ten

= 一 =

  谢青站在柒身后，双手拿枪，两把枪抵着他后腰，语气很是不满："季小姐，你自己借的角色自己演完，我帮你修了兰嫣的钢笔、鹰眼的手表，别再传信让我帮你修金步摇，还专门送到北平来。"

  他开口的一瞬间，柒蓦然僵住。

  他的每一个动作都被放慢，像是电影里的慢镜头，在短暂的时间里无限延长。柒抬头看我，声音干涩，我想他明白了自己的困境。如果李的女儿没有死，并且回到了管理局，她肯定不会毫无准备，一无所知。柒没有对我说话，而是慢慢转过头，问谢青："你怎么把她救回来的？你付出了什么？"

  谢青没有说话。

  柒又问："你上了那条路？你开过门？你看到了什么？"

  谢青没有回答，恳切地看着我："季小姐，开枪吗？"

第十章
守陈规

那是个没有风的天气,而我身后树影微动,枝叶摇曳,应当有鹰眼暗布其中,当然不能开枪。杀了柒,谢青固然能全身而退,可能也能带我一同退,但是我们此行的目的,是救易月生。

我摇了摇头,谢青很失望。

我向易月生走去。

那是两棵交错相生的柏树,层林尽染的深秋中一抹苍翠。易月生坐在树下,双目微闭,像一尊干枯的雕像。我走过去,试图拉他,他就像长在身下的椅子上一般,毫无反应。我试图搬动椅子,椅子的四条腿像生根一般扎在地上,纹丝不动。那一瞬间我仿佛觉得,易月生坐在两棵树中间,似乎化作了第三棵树。

"没用的,"柒突然开口,"我们找到他时,他就这样了,当时还抱着他的猫。"

我怕来不及,就对谢青使了个眼色。谢青松开保险栓,对着椅子的四条腿"砰砰砰砰"就是四枪。陈年的木头顿时炸开,有血一样的东西从朽木之中飞溅出来。易月生跌倒在地,我去扶他,手还没有碰到易月生的胳膊,他就睁开了眼睛:"大小姐?"

他反手一把抓住我胳膊,痛得人心惊肉跳,他道:"大小姐,听说你死了?"

易月生的眼神涣散,他看着我,却又看不见我,目光好像穿过我,一直看到遥远的地方。他那声"大小姐",必然不是喊我,也不是喊他的猫。易月生掌心滚烫,犹如七月艳阳。

没有钥匙,却强行想开启一扇门,一定会付出代价。易月生的代价,就是沉浸在一场旧梦里,醒不过来。

二

说书先生长得很好看,溜尖下巴桃花眼,拿着一把雪白的扇子。茶馆里有人抽大烟,有人抽洋烟,乌烟瘴气中他端坐在正中央,讲故事讲得唾沫横飞。

"听说你们银泰楼,秘传一种凤凰朝日金步摇,对光而照,影子硕大铺地,如同凤凰展翅,十分吉祥。这个你会不会?"

"不会。"

刀光森冷,就落在老人脖子上。穿黑衣的人手中力气又加了一分:"再有一年那位贵人就大寿了，我们主子偏就看中了那样的步摇做寿礼，金子礼钱皆备好了。掌门师傅说句实在话，真不会？"

"规矩就是规矩，真不会。"

"那你徒弟呢？"

一丝细血顺着脖子流下来，老人突然怒了："徒弟？老夫什么时候有徒弟了？那个不学无术吃喝嫖赌掉钱眼里的白眼狼徒弟，早就逐出师门了！"

血当即就溅了出来，黑衣人两根手指一抹，把刀收回鞘中。他跨过地上的尸体走向门口，对身后的手下道："就是如此，这银楼至今才破烂不堪，烧了吧。"

钱富贵就是这时候回来的。十个手下，分列两排，皆举着火把，正要开烧。他一手抱着酒罐子，一手拿着把折扇："等等，别烧！什么金步摇？凤凰朝日金步摇？我会啊！"

黑衣人皱起眉头："你是谁？"

"我就是那个不学无术吃喝嫖赌的白眼狼徒弟啊。"钱富贵很诚恳，"我跟我师父不一样，不讲什么师门规矩、礼义廉耻，给钱就可以。"

他说话时，觉得脚踝不舒服，低头一看，便看见师父枯黄干瘦的手。老掌门心口中了一刀，满身是血，拼着最后一口气抓住他的脚踝，想说什么。钱富贵侧耳去听，一个字都没听清，只发觉师父死死地盯着自己的眼睛。

那是愤怒的目光，像是要把人折弯掉。从小到大，但凡他做错了事情，师父就是这么盯着他，一直盯到他认错。但是钱多好啊，有钱多好啊！赚师父死也赚不到的钱，多好啊！

钱富贵猝不及防地撞上去，舌头差点打结："当……当……当然钱要给得够多。"

— 三 —

这是一个连环套。

为了找到易月生，我借用了李蓉月的身份，从一开始，就做好了被柒带走的准备。因为对真相，每个人都有无数种猜测，而验证的唯一方法，只有身临其境。包括柒带我来的地方，也在推测之中。

第十章 守陈规

我枪法不怎么样，人品也不太值得称道，活到现在，除了谢青，就靠一点小聪明。

这世上连理枝很多，完整契合成门形的却很少，而躲过斧斤砍伐，又在诗词歌赋中流传的更少。存在于那位叫秋芸的女作家笔下，因而导致她被易月生封口的连理枝，只有一处——故宫御花园，钦安殿旁。

我原本计划早一点来北平，然而北平一直被日本人占领，直到抗战胜利。柒调度的是一列专列，以货车伪装，把我带到北平。他带我穿过曾经精美绝伦、现在荒芜失修的宫殿楼宇，没想到螳螂捕蝉，黄雀在后。

谢青有着和易月生过手的实力，还有枪。

人影晃动，子弹嗖嗖地从耳边飞过，我扶着易月生，谢青用枪抵着柒，在古旧宫殿朱红色的墙壁小巷中奔跑。虽然有柒做人质，但是密党的火力并没有减弱。可能他们觉得十人执行小组的NO.7不可能那么容易死，有人甚至还打算对我扔手雷。我听见柒骂了一声娘，从袖子里滑出两把刀，一手一个飞刀把正要拉引线的鹰眼解决了。

谢青用枪顶了顶柒的后背，他耸了耸肩，把袖子里剩下的四把刀交出来，咬牙切齿："季萱，当初你的追悼会上，我还献了花的！"

"哦，我死前也担心过你的安危。"我说。

深秋风冷，宫殿荒废破败。我们躲进一处偏殿，让易月生休息。我第一次看见如此虚弱不堪的易先生。他每一步都跌跌撞撞，完全靠拉着我的手，以及身体可怕的本能，才撑到现在。我想把他从那个梦里救出来，然而无能为力。

我只能听他在梦魇中辗转反侧的低语。

那是一个故事，从一位说书先生讲起。

四

钱富贵拿了定金，当天就去醉春楼，买了一位扫地抹桌的丫头。

丫头与描眉画眼的花魁截然不同，每日不过低头做事，不知怎么就入了钱富贵的眼。有人劝他："红香与绿玉都不错，公子为何买个扫地的？我们家老板娘说，扫地的不卖。"

"我没钱的时候，她为我倒过一杯免费的茶，很好喝。"钱富贵往桌上放了一只钱袋,"现在我有钱了,还想喝那杯茶。你再去问问老板娘。"

他把丫头带回银楼,楼门一关,专心打一支金步摇。人们都知道,银泰楼有位有骨气的手艺人师傅,立了四条规矩,不卖贪官,不掺假货,不喝花酒,不进青楼。奈何老师傅收了个没骨气的徒弟,不管是江洋大盗还是贪官污吏,给钱就做。师父尸骨未寒,他就跟仇人做起生意来。人们路过钱富贵的银楼,常常吐口水,钱富贵却无所谓。有钱有美酒,还有美人添香,他并不觉得哪里不好。

完工之日正是隆冬末尾,钱富贵对黑衣人说,如此贵重的物品,愿当面献宝。于是他从小城被带到大城,在一座更大城市的亭台楼阁之间,远远地看见了那位高官。那是个滴水成冰的冬天,钱富贵从檀木匣子里取出一支金凤凰,对着太阳举起来。朝阳之下,步摇的每一处都精雕细琢,凤首高昂,凤尾华美,最让人侧目的是水晶凤目,强光之下,熠熠生辉。就连黑衣人那常年没有表情的脸,一刹那竟然也恍然若梦。

步摇的影子落在地上,宛如一只展翅的凤凰,翩然欲飞。高官坐在高堂上,他跪在地上,只觉得堂上的人点了点头,他就被带出去了。

"寿礼做得好,大人很喜欢。"黑衣人拍手,"有赏。"

钱富贵笑得眼睛都眯起来了:"下个月日子冲凤凰,大人今日看了就收起来,寿宴之前切莫再打开。"

六个手下抬来一只巨大的箱子,放在地上。钱富贵屁颠屁颠伸头去看,愕然发现——竟然是空的!

黑衣人手如鹰爪,往他身上一推,钱富贵吭都没有吭一声,就跌进箱子里。黑衣人轻拍木面,叹息:"那位寿星万人之上,你既然能为我主子做,也能为别人做。大人的意思是,寿礼收下了,赏口棺材埋了吧。"

十日之后,钱富贵的尸体从河上顺流而下,官府说是不慎溺水。据说沿河找他的,只有那位他在醉春楼花了一袋金子买下来的扫地丫头。

扫地丫头最终找到了钱富贵,抱着那具被水泡胀的尸体,跳入湍流当中,成为当地人茶余饭后津津乐道的谈资。

第十章 守陈规

五

柒的手被反绑起来，站在偏殿的窗户前，望着外面，问我："季萱，你真的以为你能全身而退？"

"实在不行我们可以丢下你。"我安慰他。

他摇头不已："你很聪明，来之前，就计划了一条离开的路。这条路僻静，知道的人少，途经一处偏殿，两道窄巷。但是你错估了一件事。"

我找到了凉水，为易月生敷额头。我的确预想了退路，但是没有预想到易月生的状态。我们要全身而退，必须要他醒过来。于是我问柒："你之前说，密党见到易先生时，他就是现在的样子。难道不是你们把他带来，强迫他打开那扇门的吗？"

"季萱，你真的知道得太多了。"柒的神情有些复杂，他看着我，特别无辜，"我们确实是想过杀易先生，但是他长期盘踞亚洲司部，就算把整个亚洲推入战争，他的影响力也分毫没有减少。这次我们派了很多人，抱着同归于尽的想法，然而还没有到，易先生就先跑了。你在找他时，我也在找他。密党比你先找到，找到时他就已经坐在那两棵树之下，看不懂是死是活。本来我们可以就这么杀了他，可是上面觉得，这是一个绝好的实验机会，说不定门就可以打开了。"

"开了有什么好处？"

"取果实啊。"柒笑了，"说你聪明，你是不是傻？管理局的二号果实马上就要消耗殆尽了，三号果实不知所终，现在谁掌握了新的永生，谁就掌握了世界的未来，这不是显而易见吗？"

这场席卷世界、旷日持久的战争中，我一直感到有未知的阴影。有人曾说，黑暗和光明相存相依，我原本以为这些阴影都来自协会，现在才发现，并非完全如此。烈日下必有阴影，黑夜中亦明月高悬。如果柒是管理局的阴影，我突然渴望谢青是那轮明月。

"明月"在擦枪，问柒："你刚才说季小姐考虑漏了一个地方，是什么？"

柒漫不经心："她考虑漏了实力对比。如果只是我和兰嫣的力量，你们确实可以全身而退。但是开门这么重要的场合，怎么可能就我一个人来？密党倾巢出动，这些宫殿间遍布鹰眼，比你们想象的多，很快他们就要找过来了。你们只考虑螳螂捕蝉黄雀在后，却没考虑瓮中捉鳖？"

他上上下下把漏风漏雨的偏殿打量一番："比方说这就是瓮。"然后他跳过我，对谢青扬扬下巴，骂得深藏不露，"你就是鳖。"

柒的话声刚落，我就听见了脚步声，整整齐齐，特别轻浅。脚步声越来越近，把这座殿堂密密围住。

六

"民谣是什么时候传出来的呢？"说书先生有点记不清了，"啊，你听过？你也听过？都传这么广了？"

从江南一直传到北平，又从北平一直传到宫里，连小太监和宫女都会唱了。

凤凰朝日，有眼无珠，皇天后土，罄竹难书。

正是光绪二十年，慈禧太后六十大寿关口，大街小巷张灯结彩，预备着寿宴那日五里一彩楼，十里一戏台，一路热闹到圆明园。但凡有门路的要员，都拼了命地捞钱，挖空心思地献礼，仿佛只要讨得了老佛爷的欢心，换得金銮宝座上的人多看一眼，平步青云便指日可待。有人举全省之力铸寿钱，有人忙着刻集三千寿字于一屏的屏风，有一位地方要员进京朝见，带了一支凤头金步摇。金银珠宝虽然落了下乘，但那支金步摇对日举起，据说会有凤影翱翔，经久不息。

精巧的屏风送多了，这么吉祥特殊的首饰却是第一次见。寿礼装在紫檀木的匣子里，慈禧兴致正好，便拿了起来。朝阳初升，金光落地，却不见凤影盘旋。

一位不懂事的宫女低呼："看这凤凰的眼！"

步摇是极尽精美，然而簪上那只金凤，眼窝空虚，并无眼珠，便有太监喝道："大胆，你这是暗讽太后有眼无珠？！"

高官面色惨白，汗如雨下："我明明见过，我明明见过……是有眼的，有影子……"

原本不过一场闹剧，但那时正逢七月，日本出兵朝鲜，中日甲午战争开战。那场战争中东洋小国船坚炮利，北洋水师装备陈旧，结果不言而喻。有人问，军费到哪里去了？有人答，军费办寿礼去啦。众说纷纭，只是那段顺口溜，传唱得更广了。突然

第十章 守陈规

有一天,这位高官不知犯了什么错,被朝廷一查再查,查出贪污腐败、牵涉的命案,秋后便问了斩。

铁打的江山流水的官,与银泰楼相隔千里的一个江南茶馆里,白净好看的说书先生这么跟听众说:"刀,可以杀人,可是有些人,位高权重,刀杀不了。这时呢,有一样东西用起来就比刀还顺手。"

听客们纷纷凑过来,说书先生压低声音:"流言啊!唉,你们不知道杀人诛心吗?"

—— 七 ——

钱富贵问扫地丫头:"你叫什么名字?"

姑娘不施粉黛,笑得却分外好看:"小桃红。"

钱富贵又问:"我买了你,那你整个人都是我的了?"

小桃红微微一笑:"是。"

"那你的衣裳鞋子,也算我的了吗?"

"是。"

钱富贵说:"其实我只想要你头上的金步摇。"

钱富贵是被捡来的。他十岁那年逃荒,半路被一个做首饰的师傅捡走。师傅在一座小城里开银楼,师门就四条规矩:不卖贪官,不掺假货,不进青楼,不喝花酒。

他问师父:"为何不卖贪官?"

师父道:"为正心。所谓心术端正,心不正,术不正,还做什么手艺活儿?"

钱富贵又问:"为何不进青楼?"

师父道:"没有钱。"

钱富贵又问:"那酒呢?"

师父道:"也没有钱。"

钱富贵用买书的钱去风月楼买酒,气得老头子拿扫把把他赶出门。他厚着脸皮回来,走到门口,猛然发现破旧老楼里站着数位黑衣人。

师父指着来人的鼻子骂:"你以为我不知道你主子是什么样的人?当年大旱,救灾粮款到哪里去了?我徒儿全家饿死,要不是遇到我——大官就了不起了?让我为他做寿礼,笑话!他不要脸我还要!"

刀光森然,快得如风如雪,真是人命如草芥。

那一刻他全身发抖。他抱起一个空酒罐,装作大醉刚醒,笑嘻嘻地走进去:"金步摇?我会做啊,找我做啊!给我钱我就做!"

事后回想,那些笑容里全是恨意。黑衣人是一把刀,钱富贵要找到那个拿刀的人,为师父报仇。

钱富贵还未习得凤凰朝日金步摇的关窍。他恨自己愚钝,把自己关在银楼里,读师父读过的书,一件一件揣摩师父的样品,一坐便是一天。有时他在噩梦中,常常看见师父望着自己的眼睛,惊醒时冷汗淋漓。

有一天夜里,他拿着一只琉璃珠坐在油灯下,忽然在灯光中又见到了那双眼睛。光影透过珠子落在桌上,钱富贵恍然大悟。所谓机关窍门,不过一个"巧"字!

八

"银泰楼金步摇的秘密藏在凤凰眼睛里。凤眼使用打磨得极为精细的水晶,两端凸出,微雕凤凰翱翔之图于其上。日光穿凤眼,放而大之,地上便有凤影。"说书先生道,"老师父临死前死死地望着钱富贵的眼睛,是知道徒弟无能,断不能做出凤凰朝日金步摇,想救徒儿一命。救不救得了,端看他悟性。"

他虽做不出师父那样巧夺天工的金器,却看中了一支。论手艺,钱富贵并不出众,论眼色,却舍他其谁。那支金步摇很旧,暗淡无光,插在醉春楼一位扫地丫头头上,于是他把那个丫头买了回来。

钱富贵用古凤做底,精修了凤首,细雕了凤尾,拿水晶雕了凤眼,一粒一粒磨亮了凤嘴里衔的金珠。他花了一月,磨尖步摇的金钗,往上涂毒药。小桃红问他:"这是干什么?"

"献宝时拼了这条小命,在那狗官身上扎一刀是一刀,为师父报仇。"

小桃红当时就笑了:"还没等你冲上去,就被卸成八大块了。"

钱富贵伤心道:"早知道就不把你从老板娘那儿买回来了。"

油灯很暗,小桃红坐在灯下。她没有开口,甚至没有改变坐在椅子上的姿势,只

第十章
守陈规

是一个眼神，忽然整个人就变了。那一刻钱富贵突然意识到，坐在他对面的不再是个扫地丫头，而是某种凌驾于他、凌驾于那位高官、凌驾于师父之上的势力。

"杀人这种事情做多了，就没意思了。"小桃红开口，"你知道诛心吗？大实话最诛心，你觉得有眼无珠这句骂得怎么样？"

"这可就说不通了，"听众们不乐意，"明明说好钱公子交上去的凤凰有眼睛，怎么好端端地到太后手中，就变成有眼无珠？"

说书先生喝了一口茶，笑得千树万树桃花开："谁说他用真水晶了？那时天寒地冻的，又是冬天，他雕凤眼用的是一小粒冰，还特地嘱咐过，开春以后不可轻易开宝匣。开春？等夏天那位大人拿着这金步摇去溜须拍马时，那眼珠早就化成水，水都干喽！"

说书人把茶放下，依次收了听众的赏钱："那位钱公子是银泰楼最糟糕的徒弟，师父的手艺没学多少，就学会逛茶楼喝酒了。你说茶楼酒楼里，什么最多？"

有人聪慧："流言？"

说书人哈哈大笑："他别的不会，蜚短流长倒是有一手。他临死之前编的'凤凰朝日，有眼无珠，皇天后土，罄竹难书'，位居庙堂之高者，谁不犯点错？这话最后传到了宫里，再配上一只没有眼睛的金凤凰，容不得那位太后不细想。师门有规矩，不卖贪官，那就不卖贪官啊，但人言是把刀，借刀杀人而已。"

听众摇头："可惜了殉情的小桃红。"

说书人摇头："可惜了殉情的小桃红。"

易月生在梦里摇头："可惜了殉情的小桃红。"

—— 九 ——

最近一声脚步停歇的时候，我明白我们彻底被包围了。

人，密密麻麻都是人。让人不禁胆寒的是，所有鹰眼都穿着制服，肩章上是 H.A. 的黄铜标牌。我想如果易月生清醒，可能连他也想不到，亚洲司部已经被密党腐蚀得如此之深。不过也许正是因为知道，他才会在最后一刻，孑然一身地选择去开那扇门。我相信易先生开门，并不是为了果实，但究竟是什么把老狐狸逼到这份儿上，让人不寒而栗。

我想起很多年前，易月生设了一个局让我离开管理局，说内部有叛徒，离开才是最安全的。当时我不信，现在再来一次，我应当跑得比谁都快。因为站在鹰眼最前面的人，是三位十人执行小组的成员。

我认识当中的金发女子爱丽丝，我们在协会的小楼上见过，她在管理局排名NO.5。我还看见两位眼熟的人，但是没有见到当初为易月生撑伞的雨伞男。他不在，也许腐蚀并不比预想中好。

谢青走过来，挡在我前面，说："人太多了，就算我能带你冲破包围，也不可能冲破整个宫殿。外围一定有人留守，只能把易先生留在这里了。"

其实还有一条路。

"原路返回，"我说，"还有一个地方可以逃。"

谢青扬起眉毛。

"神树。"我说，"带易先生回树下，我去开门。"

谢青有数秒钟没说话。他看了我一眼，又看了一眼外面的人，最终递给我一只小盒子："我说过，你赢了，刀山火海都陪你走。"

十

茶馆有个后院，一张青石板桌子，两条石凳，坐着一位粉色短褂白长裙的姑娘。小桃红坐在盛夏枝繁叶茂的桃树下，端了杯酒，问说书先生："怎么样？听的人多吗？"

"听者甚众，就是不太喜欢给钱。"钱富贵坐下来，推开酒壶，"师门有规矩，不喝酒，不喝酒。"

"你以前不讲那么多规矩。"

"有时候人就绷着一口气，那口气叫骨气。师父死了，这口气我只能自己绷着。"

小桃红又问："我死透了吗？"

钱富贵点头："挺透的，大江南北，所有人都知道你为我殉情死了。我是为了给师父报仇，你呢？"

"躲债。"小桃红长叹一口气，"你借刀杀人，除非你死了，否则那位大官的余

第十章
守陈规

党绝不会放过你。我有一个特别叽叽歪歪的助理,除非有一天我死了,否则他也绝不会放过我。我们就是一根稻草上的蚂蚱,编在同一个故事里,岂不很好?况且你也没真被埋,当天晚上我就把你挖了出来。"

说书先生的故事是真的,每一个细节都经得起乡邻街坊的考证,只不过爱讲一半留一半。

小桃红靠着桃树,把那壶酒喝完,又靠着树干睡了过去。下午起了风,桃叶落下来,落满一肩。日暮的时候,有人为她披了件衣裳,小桃红睡得迷迷糊糊,隐约听见人问:"听说你死了?还是殉情?"

"很多茶楼都在讲这个故事,绘声绘色,差点就成书立传了。"问她的人帮她把衣裳盖好,挡了渐冷的风,"欠债还钱,天经地义。我第一次遇见欠了账却费尽心机装死的。"

小桃红醒了,眼睛骤然睁大,反手摸枪,但是身下的枪已经不见了。她背后是一株百年桃树,面前蹲着一位青衫软帽的青年。青年拿着一个账本,对着她的脸念:"某年某月某日,你让我帮忙杀一个人,忘了?"

"忘了。"

"你让我帮你藏一样东西,藏在一个叫荷叶的姑娘的当铺里,你忘了?你说共举大事之后,你把最重要的东西给我。现在缮史处也内部清洗了,十人执行小组也按照你的意愿重新洗牌了,我的报酬呢?"

小桃红跳起来:"易月生,你不要欺人太甚!"

── 十一 ──

谢青见到我时说的第一句话是,"我帮你修了兰嬷的钢笔、鹰眼的手表,别再传信让我帮你修金步摇,还专门送到北平来"。

在把李蓉月修的金步摇给兰嬷看之前,我已经将它送出去过一次,因此金步摇上凤凰衔的那四段垂帘是假的。真的部分谢青已经交到李小姐手中,复原成了一条手链,专程送了过来。

包围我们的人,人是流动的。所有不断变化的东西都有弱点,因为当所有的人都聚集在一个点时，另一个点一定会出现空缺。

谢青双手持枪，从正门冲出去，我扶起易月生，从窗户向反方向退去。我看见谢青从人群中回头看我，他踢飞了两个鹰眼，回头枪口对准我的方向，做了一个口型。我知道他是对准我身后的柒，怕有万一，但是他的表情不太对。谢青喊了句什么，几乎是和爆炸声同时响起！我回头，正看见火光与血雾，柒的左手就少了一部分！我曾经听说技术部研究过一种变态的微型炸弹，植入手臂上，通过特定方式起爆，起爆当量经过精细设计，恰巧炸断一只手。这样如果有执行员在双手被反绑的绝境中，可以自断一只手臂，换取另一只手的自由。柒的双手是被反绑在一起的，但是我没想到他会有这种东西，更没想到他会用！

那一瞬他在我背后，我毫无防备。

柒一手劈下，我虎口发麻，枪飞了出去。他单手接住，用了一个快得我看不清的动作，接住那支左轮，枪管对着我。他的脸痛得扭曲起来，但是每一个字都说得清清楚楚："季萱，看在你的脸长得像李的份儿上，我不想杀你。把易月生和'钥匙'留下，就放你走。"

谢青出现的瞬间，柒就明白了自己手里的东西货不对板。他意识到谢青给我的，是真正的"钥匙"。

那个当头我想得很清楚。我永远记得当初被困在小楼之中，面前的墙壁轰然坍塌，易月生风尘仆仆地出现在我面前。我也记得很小的时候，自己在桃林中迷路，他将我抱回家，告诉我别害怕。我可以把"钥匙"给柒，但不能让他带走易月生。

我把盒子向最远的方向扔出去，拼命去抓易月生，喊他的名字，希望他能醒过来。

柒的手臂在流血，他选择了先拿"钥匙"。

我把所有可能唤醒他的话都喊了一遍，但易月生只是站在原地，毫无反应。

柒正在向这边折返回来，我听见自己绝望到可笑的声音："易月生，你的猫呢？"

——— 十二 ———

青年当时的表情难以描述。他反复咀嚼着"欺人太甚"四个字，拔枪把小桃红身后的桃树崩了。子弹穿过树干留下一个洞，升起青烟阵阵。

第十章
守陈规

那时青年有枪，小桃红没枪，他一枪抵上小桃红的肩，把人钉在树上："我想知道为什么。"

"我想知道，当初我们一同杀的人，是谁？为什么他死之后，你会立刻清洗缮史处？你对钟不二说，清洗缮史处，是洗尽淤积其中的千年黑暗，是救天下苍生，这不假。可是那场鏖战之后，所有记得他的人，与他有关的物，都消失了。"青年问，"这是巧合吗？"

他盯着面前的人摇头："大小姐，你看看你都做了什么？洗掉与他相关的人与事，我没意见，毕竟我相信你做事一定有理由。但是一声不吭就离开缮史处，编造这么粗制滥造的故事，试图连自己都清洗掉，这是什么意思？是啊，从此之后世间再也没有小桃红，是不是下一步就是清洗我的记忆，连我都记不得你？"

青年每一声质问，都像石头投在坚硬的地面上，掷地有声，但是小桃红没有说话。

"你到底看到了什么不惜清洗一切也要保存下去的秘密？"

小桃红想开口，却发现青年眼角是湿润的。他不是会哭的人，她从未见过他哭，只是那一刹那，水光山色中他的眼睛有些迷蒙。小桃红有那么一瞬间想开口，但话到嘴边又咽了下去，于是手摸到枪管，移到自己心口的位置。

她感觉到枪管在颤抖，大概是拿枪的手在颤抖。

"什么意思？"青年问。

或许不能这么逼他，小桃红想，这太自私了。

因为迟迟没动静，她最终推开了那把枪。小桃红披上那件衣裳往茶馆内走，消失在门口的刹那，她突然转过身来，说："我让钱富贵帮忙做的事情，并不仅仅是抹杀小桃红这个人的存在。我是想要藏一样东西，这件东西与其藏在民间，不如藏在深宫里。那是一支金步摇，我已经让钱富贵当寿礼送上去了。"

"现在我身无分文，"她气愤道，"你进了管理局十人执行小组，又兼理亚洲司部，薪俸想必不菲，竟然好意思来翻我旧账？我好像是答应过把最重要的东西给你，但我现在身上值钱的只有它了。"

那只金怀表隔空抛过来，落在掌中沉甸甸的。表盖里面没有表盘和指针，只有一张小桃红的肖像画。

"你会永远活着，但是我早晚会死去。"她说，"留作纪念吧，千万别丢了。"

朱红色的大门"吱呀呀"地合上，天色渐渐晚了，青年站在门外，孑然一身，颓然而立。

一个债主，在一个连死都不怕的欠债人身上，还能讨到什么旧账呢？

他一直站在那里，一直站在那里，那个片段成为一个无限循环的梦境。梦境的尽头，小院之外，很远的地方，渐渐传来声音，有人在喊什么。青年最开始一直望着那扇关闭的、一枪就能打断铁锁的木门，后来开始倾听远方的声音。

有人在喊他。喊他的声音很熟悉，像是在哪里听过，不知为什么心里有些焦躁。

青年听清楚了一句话："易月生，你的猫呢？"

对，我的猫呢？夫人走之前，嘱咐我好好养，说日后半夜会回来探望的猫呢？

那个骗子，她死之后，一次都没有托梦回来过。

十三

柒的枪要抵住易月生胸口时，他忽然动了。

易月生身体怪异地往后仰，堪堪避开迎面而来的子弹。他伸手搂住我的腰，我还没反应过来，人就已经翻到了窗外。

落地的瞬间，我喊："谢青还在后面！"

"不用管他，死不了，"易月生说，"我的猫呢？"

后面的场景在记忆中支离破碎。或许因为易月生是可以在千军万马中闲庭信步而青衫不沾血的人，或许他对亚洲司部的余威尚在，我们最终冲出了包围。谢青在约定的地点等我，胳膊被子弹擦伤了，我想可能是在回头瞄准柒时受的伤。我说"钥匙"丢了时，他只是"哦"了一声，递给我一件厚重的外套。

我们通过易月生的渠道拿到了三张安全的火车票，装作战后返乡寻亲的人，向苏州而去。父亲的祖宅已经在大火中烧毁了，但是易月生在那边还有一些自己的资产。我们坐的是卧铺包厢，旅途无聊，我问易月生到底发生了什么。

"我答应过你母亲，为她看着这片土地，但是渐渐做不到了。"他说，"密党的势力膨胀得太厉害，而真正的管理局在火灾事件以后又很脆弱，我别无选择。"

"你想强行闯门，去拿果实？"

易月生摇头，但是他没有再解释。相反，他告诉了我，神树让他深陷其中的梦境。

第十章
守陈规

"现在的管理局,是令堂和挚友们浴血奋战,于废墟上重建的。她想将黑暗驱逐于光明之外,被驱走的黑暗就是现在的黑洞协会。"他靠着摇晃起伏的车厢壁,显得十分疲惫,"可是我不信她的话。在做这件事之前,她杀过一个人。我不知道那个人是谁,也没有任何人知道他是谁,因为血洗缮史处之后,所有与他相关的东西,都变成了传说,有各式各样无聊的版本。啊,你可能听过一些,看上去挺靠谱,仔细一想有些时间线却对不上。当然对不上,因为都是令堂自己编的。

"她做了很多事情,试图抹杀那个人的存在。后来她发现,如果要完全抹掉这个人,首先必须抹掉的是她自己。有一天我发现,她离开了管理局。再后来,就传来她浪迹江湖、与人殉情的故事,仔细一查竟然环环相扣有据可考。听到那个传闻时,我全身冰凉,很害怕。我涉世未深,怕她真的死了。因为她说过,我会永远活着,但是她不会。"他说。

"这么说,你可能觉得我软弱无能。"易月生寂然,"我在你家当了那么多年的管账的,不过就是守着夫人,尽一个助理的本分,看着她不死而已。"

易月生的故事特别长。他所说的母亲,和我记忆中的母亲截然不同。我想那些带着谴责与抹黑的用词,在家母在世时,他是断然不敢说出来的。

最后他说起金步摇的事情,行驶的列车窗口突然飞进一只鸽子。

我眼睁睁地看见易月生从鸽子的腿上解下一张纸条,看了片刻,转过头,神情有些古怪。"'钥匙'被柒拿走时,我原本以为我们输了。密党有夫人的声音,又有'钥匙',他们可以开启神路,我以为管理局会再一次被黑暗所淹没,"他说,"但是我错了。金步摇上的东西并不是'钥匙',密党开门失败了。"

我有一个猜想。我不知道那个猜想是否正确,只是脱口而出:"还有一样东西。"

"我记得你有一块怀表,"我看着他,"里面装了家母肖像的那只,表链也是纯金的。你在梦里说过,母亲让你好好保管。表还在吗?"

那一瞬间易月生猝不及防,他整个人愣在原地,像是一尊木像。然后他将手伸进怀里,想把怀表拿出来,试了好几次,竟然没有成功。他隔着长衫,抓住那块表,然后转过身去,面向墙壁。我看不到易月生面对墙壁的表情,但是当他终于不再颤抖,将表拿出来时,我发现他肩头的布料是湿润的,有一小片水渍。

"当然在。她说过,留作纪念,千万别丢了。当年她定的规矩,我每一样都守到了现在。"

― 一 ―

1935年,巴黎杜丽花园。

巴黎每年春秋都有时装推介会,这一年秋季推介会的会场设在杜丽花园。

会场内是一位著名法国设计师的专场展览,名流汇聚,记者云集。来晚了的看客只能站在人群外面,踮起脚尖,远远眺望会场T台上身着奇装异服的模特们。

摩肩接踵的人群中,有一位东方青年。

青年是典型的东方面孔,皮肤白皙,眉目清秀,略冷的天气里只穿了一袭长衫,戴了顶西式帽子。他没有入席,就站在大厅门口,远远眺望会场,尔后撑起一把黑伞,转身走入雨幕中。

青年转身时,贵宾席上一位金发碧眼的嘉宾突然站了起来,挤过记者的镜头与围观人群,追了出去。

他一路追到青年面前:"程?你是东方的程,丝绸面料供货商?"

第十一章
朝露苦

　　程忘秋不会法语，英语也不是很好，幸好随身带了翻译："我是苏州程家的人，代表家父来参会，今天的展览确实用的是我家的丝绸，叫霞光绸。"

　　程忘秋出身苏州程家，世代开绸庄，每年都有些海外的生意。那年是他第一次代表家族来巴黎，然而待不惯热闹人群，只在开场时应酬了片刻就离开了，没想到被人认出来。

　　男人冲上来和他握手："我叫凯文·怀特，美国人，你的丝绸真是太美了！我们可以一起做一笔生意吗？"

　　美国佬说话算话，第二天就来了程忘秋下榻的宾馆谈生意。

　　程忘秋让人把带来的面料一一展开，一张是新出的秋水绸，色调婉约清冷，抚在手里冰凉丝滑；一张是当家的霞光绸，暗埋金线，粉香堆叠，宛如落日熔金。

　　美国佬看着愣了半天："这是怎么做出来的？"

　　程忘秋便把织户绣娘那些东西仔细讲了一遍。

　　此后这个美国佬常常来找他，要么是约他喝咖啡，要么是带他去博物馆参观。程忘秋对西方社会十分好奇，凯文·怀特又对东方文化一无所知，一个谈实业救国，一个说远东贸易，连比带画，竟然聊得十分投机。

　　凯文问他："程先生，你说你家的绸缎是手工染色绣花的，如果用欧式的机器大规模生产，会不会更便宜一些？"

　　程忘秋便笑了："哪有那么简单，一来工艺复杂，二来资费靡巨。"

　　他不过随意应酬几句，美国人倒是挺认真的，碧绿的眼睛盯着他，就像盯着博物馆墙上的油画："当年蒸汽机发明的时候，也有人这么说，可是你看现在欧洲的纺织业，哪个工厂不用电力织机？怀特家族在美国一直投资实业，我可以给你钱。"

　　程忘秋随口问道："那你想要什么回报？"

　　"不不不，帮助朋友不需要什么回报，"凯文·怀特说，"我想买霞光绸的生产工艺。"

二

　　易月生隔着衣衫，握住那枚怀表，半晌没有说话，尔后长长地叹了口气。

"大小姐，真相必须经过验证，在没有被验证之前，它只是一条金表链而已。我已经是一个老人了，走过了太漫长的时光。"他把手按在胸口，看着我，"这里跟纸糊的一样，经不起再一次的希望和绝望。就让它这样吧。"

"万一我的猜测是正确的呢？"我问。

"我们已经输了。"他说，"亚洲司部是密党最难啃的一块骨头，现在他们也已经啃下来了。我们走吧。"

易月生说这些时，神情疲惫，像是一株冬天苍老的枯树，然而双眼却炯炯有神，仿佛星辰闪耀。

我理解他的意思。长久以来，管理局内部一直存在着某种黑暗。我原本以为这种黑暗来自协会的渗透，没想到会存在一个隐形的密党。等回过神来，昔日的组织已被蚕食殆尽。

我们到了苏州，易月生直接去了观前街。他背着手，穿过战后渐渐浓重的烟火气，在新开张的茶楼和酒肆之间一拐弯，进了一家绸庄。

一位年轻的小伙计在整理新进的布料，看见我们，把东西一丢："易、易、易老板？"

我讶然，问："我以为你的私产至少是银行金库什么的。"

易月生笑了："当然也有，狡兔三窟。"

绸庄看上去挺普通的，内堂却十分大，陈设说不上奢侈，看得出都是上了年岁的好东西。店员行事特别有眼色，不该问的话一句不问。易月生径直进了后堂，拿钥匙开了一个壁柜，从里面拿出一罐桃花茶，立刻有人接过去泡好端上来。

"当年令尊去世前，我收购了苏州城内几家过得去的丝绸铺，想给夫人留条后路。当然，她最终没有用。"易月生揭开茶碗盖，"这么多年风风雨雨过去了，留下的就这一家。我们先在这里避避风头。"

他一避，就避到了冬天。

易月生每天大门不出二门不迈，就泡一杯茶，坐在院子里的藤椅上，对着冬日苍翠依旧的翠竹，看看账本，看看报纸，再把掌柜和伙计们拉来训训话。

易月生在我心中，就是一块屹立于沧海之上的礁石，不管如何大浪滔天，他自岿然不动。可是那段时间，他看起来就像个普通的奸商，毫无斗志，甘于享乐，还特别喜欢指使我帮他泡茶。

第十一章
朝露苦

他端着茶杯问我："你是什么时候发现密党存在的？"

"我去调查了一个叫费小竹的执行员。她外界身份是中共地下党员，拼死从协会手中拿到了一份文件。那份文件是关于果实和门的，原件被白鬼们转移到了日本广岛——不久之后广岛毁于原子弹。曾经有位研究员警告过我，说原子弹是魔鬼的发明，他能够阻止德国研究这个东西，希望我能阻止管理局。那时我跟他说，管理局根本没有打算研究原子弹，连经费都没有拨下来。"

"是有这么回事，"易月生颔首，"经费上我投了反对票。"

"可是那之后不久，原子弹就爆炸了。诚然它可以快速结束这场战争，但是从这点我知道，管理局内部一定有别的力量，很久之前便推进了它的研发。于是我去了欧洲，追查七号文件的来源。"

"你查到了什么？"

"协会在德国进行的一些人体实验，与果实有关，测试普通人的生理极限，能否活着通过那扇门。测试结果我不知道，但是我和谢青找到了一位参与了资料转移的纳粹守卫。出乎我意料，他告诉我的实验负责人，并不是协会的人，而是一位我的熟人。"

我指的是柒，易月生鼓励地看着我。

"本来我不是特别担心你失踪，"我说，"这时我才确定，管理局内部有一股独立的势力，而你可能真的遇到了危险。于是我借了李蓉月的身份，回了亚洲司部，想办法救你。"

他笑了起来："大小姐，你应该再多担心我一点。"

我问他，失踪之时到底发生了什么，易月生却轻描淡写。

"我察觉到密党比你早得多，因此才提早把你送出管理局。后来局势不好，我只能单独离开，去做一点补救措施，"他笑着叹息，"可惜没有成功。"

那时易月生已经察觉到他身边被安插了眼线，便找了个风和日丽的下午，金蝉脱壳。

他离开的方式说起来很简单。

易月生身边一直有个心腹小鹰眼人前人后地帮他跑事情、接电话，那天他给小鹰眼喝了杯安眠茶，扔到床底下，然后换上他的脸，开始四下嚷嚷，说易先生不见了。

"那天我打电话过来，接电话的人是你？"我有点不可置信，"我竟然没有听出来。"

"大小姐,人活得久了,总能多学会一些技能。不是每一样都得让人知道,关键时候能用就可以了。"他哈哈大笑,食指和拇指用一种奇怪的方式捏了下喉结,骤然换了一种声线,"你看,我还可以学你的声音。"

那声音与我起码有七成像。

在所有人都在找易月生时,他大模大样地从亚洲司部的正门出去了,还拿了个麻布口袋装走了自己的猫。易月生往南方绕了一圈,最后去了北平。

他找到了连理枝,试图砍断它。

"我试了很久,实在砍不动。"他摇头,"后来累了,就在一把椅子上坐下来,结果一睡不起。"

很多事情猜测时扑朔迷离,解开谜团后却很简单。我又问:"你跟我说过,你和母亲一起杀过一个人,他是谁?"

易月生却不再说了。

"大小姐,你是不是最近特别闲,无事可做?"他装作很诧异的样子,"可是你看人家谢助理,早就找到了要做的事情,已经做了好几天了。"

我的房间正对喝茶的天井,透过两株苍翠的绿竹和雕花窗户,我看见谢青在房间里整理我的衣物。他把我以前跳舞用的高跟鞋一双一双整理出来,装进一只大口袋里,准备拿出去扔掉。

"苏州刚刚光复,不少酒吧舞厅都重新开张了。大小姐,你大可读一读报纸,跳一跳舞,看一看人情世故。"易月生把茶杯递给我,"顺便你帮我加点热水。"

于是我买了一张报纸,去了一家新开张的舞厅,刚刚坐下来,就有个老外来问我:"小姐,你认识杜康吗?"

── 三 ──

美国佬再来,程忘秋就称病谢客了。

他本来以为不过是桩小生意,又交个朋友,并无戒心,没想到对方竟然开口要买工艺。然而凯文·怀特对东方婉约的礼仪毫无了解,扒着门框问他的小翻译:"什么,程先生病了?病得很重不能见我?我带了医生来。"

第十一章
朝露苦

程忘秋英语不好,裹了围巾躺在床上装病,不慎被美国佬生灌下了三片阿司匹林:"霞光绸是家里秘传,历来不外卖。"

"那要不然这样,我们一起做生意。"凯文真诚地望着他,"我买你一半的股份。你出霞光绸的技术,我出钱,我们可以买进最好的机器,用最好的染料。我投资赚钱,你实业救国。"

程忘秋摇头。

这么一折腾,他真感冒了,在宾馆里昏昏沉沉躺了一个礼拜,醒来时正听见用人们聊天。他的贴身丫头翠云咯咯笑,说美国佬这几天去茶叶店买了半斤茶叶,还认真学了泡茶技法。又有人说他去看了中国画展,买了把扇子。

小翻译道:"我昨天看见美国佬了,据说被人介绍到独眼龙家去买丝绸,这下可有的看了。"

程忘秋一个鲤鱼打挺从床上坐起来:"他去了独眼龙那里?怎不早说?"

独眼龙只有一只眼睛,姓周,长期做海外丝绸生意。和苏州程家不同,周独眼做的是死人生意。

他特别喜欢低价跟新手签订单,却并不发货,只是摸清对方的行程细节,在回程路上,月黑风高,杀人劫财。因为事发常常在海上,死无对证,未曾露出什么把柄。美国佬一看就是个二愣子,贸然闯进去,凶多吉少。

程家一向谨慎,不沾黑道,但是程忘秋知道周独眼的住处在哪里。

他推门进去时,旅欧的京剧团正唱得起劲,场面一派歌舞升平。

门甫一推开,吹拉弹唱声一顿,坐在贵宾席位上的独眼男人便冷飕飕地看过来:"这不是程家的少当家吗?我和洋人先生谈生意,程少莫管闲事。"

美国佬酒喝多了,醉醺醺的,仰起头看他:"程先生,你拒绝了我,可是有人愿意接受我的条件。"

小翻译附在程忘秋耳边:"那个美国佬被姓周的灌了迷魂药,说我们姓程的人性格高傲,看不起西方人。什么谈生意,什么假装生病,统统都是骗人的。看见他找到了更合适的买家,现在就来反悔,没有信誉。"

程忘秋皱起眉头:"问他周独眼开的什么条件,我也可以。"

翻译说周独眼答应参股,卖他一半的股份。

程忘秋道:"告诉他我也可以给他一半股份。"

独眼龙看着他，突然哈哈大笑起来："可是我有诚意，今日便可签订协议，程少请章，至少要等回国后吧？"

独眼龙原本就是打算做死人买卖的，一纸合约说签就签，程忘秋此行却并没有带公印。

"我虽要回国才能请章，但亦有诚意。"他说，"我有一胞妹，可以许配与你。在我的国家，联姻是一件很重要的事情，以后你在东方做丝绸生意，程家都会给予你全力支持。"

凯文·怀特原本在喝酒，听到这句话，倒是颇有兴趣地抬起头。

周独眼皱起眉头："我记得程家只有一位公子。"

程忘秋笑了笑："胞妹养在深闺人未识，今日也随我一同来了。我去请她。"

程忘秋一出门，小翻译就急了："可是少当家，您并没有胞妹啊！"

程忘秋来时租了一辆黑色 Nash。他钻进车里，放下帘子："把翠云的旗袍借来我穿，远远看一眼就够了。老外懂个屁，先把人哄出来再说。"

他把小翻译抵在车窗玻璃上："这件事你敢说出去，你就死定了。"

—— 四 ——

问我话的，是个金发碧眼的西洋人，穿了一件破破烂烂的西装，大约曾经是新潮款式，现在只能勉强看出材质。

他拿了个啤酒瓶在我对面坐下来，中文还挺不错的："小姐，你认识杜康先生吗？"

我摇头，老外很困惑："我的中国朋友曾经告诉我，这位大师特别厉害，可以化解世间一切忧愁。我现在就特别忧愁，想见见他。"

我总觉得有点耳熟："何以解忧，唯有杜康？"

老外拍桌子："对，就是这么说的！"

那是曹操的《短歌行》，我一句一句背给他听：

　　对酒当歌，人生几何？
　　譬如朝露，去日苦多。

第十一章
朝露苦

慨当以慷，忧思难忘。

何以解忧？唯有杜康。

"杜康啊，"我笑着拿起他放在桌上的玻璃酒瓶，晃了晃，"你已经见到了。中国有句古话叫借酒浇愁。"

我一句一句解释给他听，出乎意料，他的嘴唇有点发抖。老外的手骨骼粗大，却接不稳我递回去的酒瓶。酒瓶落在地上，摔成碎片，没喝完的酒流到地上。他盯着一地的碎片，问我："那他当时应该很痛苦。"

"谁？"我问。

"我朋友。"他说，"他姓程，叫程忘秋。我要去找他，对，我一定要去找他，我们之间有过婚约。"

他撑着桌角站起来，跌跌撞撞地往门外走。酒保过来打扫地板，对我指了指脑袋："小姐，那个老外脑子有问题。

"他一直在找程氏绸缎庄的老板，可是那绸厂早就垮了，就剩一堆破铜烂铁。唉，我说你不是有报纸吗？今天报上说了，你自己看。"

我叫了杯橘子汽水，就着初冬稀薄的阳光，打开晨报，在社会版块找到一篇回忆录。回忆录写的是一位叫程忘秋的丝绸厂老板，说他的厂生产一种新式丝绸，享誉国内，行销海外。

程忘秋家教严谨，为人正直，很少犯错。他唯一一次犯的错，便是去欧洲参加一个服装展销会，顺手救了一个傻老外。

―― 五 ――

程忘秋就着茶看账本，小翻译突然跑进来："少当家，那个美国佬又来了！带人堵了门！"

三月春，新茶上市，他喝的还是去年旧茶，因而有些苦。巴黎回来之后，程忘秋便派人去德国考察机械设备，买了纺织机，聘请了工人，将绸缎庄办成了绸缎厂。他把买茶叶的钱都投在了机器设备上，因此日子过得很是节俭。

程忘秋搁下茶盏站起来:"我去跟他解释。"

绸缎厂门口站着一位金发碧眼的美国人,一身剪裁得宜的灰西装,身后跟了一众保镖。凯文·怀特拿着一只首饰盒子:"程先生,我是来买我那一半股权,顺便向令妹求婚的。"

盒子开着,里面是一枚精致的钻石戒指,太阳下程忘秋觉得有些刺眼:"我解释过很多遍了,当初那个约定不能算数。我是为了救你。"

"你是为了打击竞争对手,故意破坏了我的生意。你答应了我一个约定,第二天就消失了。"

"家父去世,我收到电报当即回国了。"

凯文·怀特是西方人,体格高大,一步便把程老板逼到墙角。他俯身看着面前气得发抖的青年,碧绿色的眼睛一点感情都没有:"你还在说谎,程老板。我见过你妹妹,非常美丽。我希望你能兑现自己的承诺,让我娶她为妻。"

程忘秋气得脸色有点发白,差点就站不住了:"我并无胞妹,怎么嫁给你?"

他太愤怒了,骂了一通忘恩负义、见利忘义,后来自己的工人就和美国佬的保镖打了起来。凯文就带了四五个保镖,而他厂里有两百个工人,不负众望地把美国佬揍得鼻青脸肿,赶了出去。

凯文·怀特走的时候手扶着腰,一瘸一拐,影子在夕阳下拉得老长。旁边有人递给他一张纸条,程忘秋打开,上面就四个字:

莫管闲事。

署名只有一个"周"字。

这是周独眼的报复。他定是通过什么手段,将自己装得十分正派。周独眼正派,程忘秋自然不仁不义,百口莫辩。

"那个美国佬就是脑子有毛病,"他听见账房对小翻译说,"我们少当家从小就是独苗,什么时候多了个妹妹?"

程忘秋把纸揉成一团,扔在地上,叹了口气。

这件事就这么过了,毕竟开门做生意,得罪一两个人并不稀奇。

后来,江南绸缎厂多了起来,也有一些外国人参股的,甚至市面上开始渐渐有了

第十一章
朝露苦

别的霞光绸，若有若无地模仿他的货，程忘秋也不以为意。

凯文·怀特似乎在苏州长住了。有一日程忘秋参加一个业内的茶会，看见这个趾高气扬的美国佬被奉为座上宾，才知道他现在是某个西方财团在华的代理人，已经并购了数家绸厂。

程忘秋不喜热闹，在窗边看两株长得不错的嫩竹，凯文·怀特却穿过人群，主动走了过来。

在中国待久了，他竟然学会了几句中文："程先生，你不和我合作，自然有别人愿意合作。不只是股权，有人甚至把整个厂都卖给了我。谢谢你的霞光绸，让我在东方找到了生财之道。"

程忘秋端起茶盏冷笑："霞光绸的印染我们有自己的诀窍，并非轻易仿得了的。"

端茶送客，但显然美国佬并没有看懂。他依旧站在原地，问："程先生，不知道令妹嫁了没有？"

陈芝麻烂谷子的事情程忘秋也不想解释，转身自己走了："没有。"

突然有一天，卢沟桥事变的枪声打响了。

日本人的铁蹄自北而下，很快淞沪沦陷，苏州告急。

苏州城内的厂子撤的撤，逃的逃，程忘秋却留了下来。他走了，厂就没有了，程家的霞光绸就没了，工厂里的工人也没饭吃，实业救国的梦也没有了。他守着他的厂，寸步不离。

日军围城，画着太阳旗的飞机在苏州城上空盘旋了几天几夜，炸弹雨点般落下，程忘秋在厂中忙里忙外地清点损失，忽然有人喊他接电话。

电话线竟然没有被炸断，他接起来，那头是断断续续的中文："程先生，我有我的信息渠道。很快日本人就要进城了，到时候你的厂肯定会驻扎军队，只有我能帮你。"

程忘秋问："怎么帮？"

"我会告诉日本人，程氏绸缎厂已经卖给我了，是美国的产业，置于美利坚合众国的保护之下。条件比以前苛刻一点，全部的股权和联姻。"

"并不是每个厂子都会被驻军。"

"你如果不答应我，你的厂一定会。"

程忘秋愤然挂断电话。

次日城破，果然有日本人小分队进了厂，直接扎营驻防。进驻的日本人把厂里值钱的东西洗劫一空，程忘秋在头天的空袭中被弹片炸伤了腿，只能眼睁睁地看着。

有人劝他，还有机会，给日本人送点钱，先逃出去再说，程忘秋摇头："我要守着我的厂，我在厂在，机器设备才在，日本人总有一天会撤走，我还可以开工。"

——— 六 ———

日军进城那日，苏州城死了多少人，谁也给不出准数，但是占了多少厂，是有史可考的。除了美资的大华纺织厂以外，但凡中国企业，均被接管。

程忘秋拖着伤腿清点损失，修理机器，终于熬到日本军队撤走，汉奸政府掌权，工厂得以复工。那段时间程忘秋瘦了很多，脸色青白青白的，像入冬前霜降时节的竹。

后来日本人成立了华中蚕丝公司，垄断丝绸买卖，程忘秋每开工一天，就赔本一天，他忍了下来。

每日必须上下打点、阿谀奉承，他忍了下来。

心字头上一把刀，程忘秋知道，只要自己忍下去，再冷的冬天都会过去。

其间美国佬倒是来找过他几次，还是谈买股份的事情，每次还在门口，就让人赶走了。

小翻译进来说："美国佬说他的门路要广一点，问要不要帮忙？他说如果我们卖股份给他，变成美国厂子，日子会好过一些。"

程忘秋腿脚不方便，入冬时痛得厉害，拄着一根手杖进办公室，冷笑："帮忙？那个忘恩负义的美国佬会帮忙？他不过是趁着我们落难，想要霞光绸的工艺罢了，真以为我看不出来？"

程忘秋拉开抽屉，取了一卷柔软绚烂的丝绸面料，一下一下地抚摸："他买厂子，专门仿我们的工艺，样子与真品差多远，他自己也知道。"

突然有一天，厂门口来了一个日本军官。

程忘秋拖着残腿去门口听训话，日本人带了一位汉奸政权的高官，高官一进门便与他握手："太君说，你们厂的丝绸很好，盛名在外，十分可贵，想与你做生意。"

战争正是激烈之时，由于尼龙短缺，日本人把空军的降落伞材质改成了丝绸，并在沦陷区征用工厂生产。

第十一章
朝露苦

小翻译一直跟着他,附在他耳边:"少当家,日本人说这是军令,您不能拒绝。"

直到日本人走了很久,程忘秋都没有缓过气来。他想起年幼时去太湖游船,不慎落水,好不容易凭着可怜的水性浮起来,湖面打过一层巨浪,打碎那可怜的一丝希望,将他当头盖入水中。那时还有亲人家仆大呼小叫地把他救上来,现在程家就他只身一人,如孤叶浮萍,了无依靠。

"从今以后程氏绸缎厂的东西,为大日本帝国皇军生产。待天皇大胜,东亚共荣时,你大大的有功。程先生,你有三天的时间准备。"

程忘秋觉得,自己真的忍了很久。

忍字头上一把刀,自己早晚要被这把刀剁碎了。

他拄着一根手杖,去了大华纺织厂。美国佬在办公室的真皮沙发上喝咖啡,看见他,把眉毛扬起来:"程先生?"

"我答应你的条件。"

碧绿的瞳孔骤然睁大。

"我没有胞妹可以嫁给你,但是我可以给你程氏绸缎厂百分之百的股权,从此它就是美国公司了。"程忘秋道,"我的腿是日本人的飞机炸伤的,我厂里的三十七个工人在空袭中被炸死,我不能为日本兵生产降落伞。我可以跟你签一份合同,说战前你就有程氏的股权。你可以依据这份合同,把厂从日本人手中要走。"

美国佬听得很认真,饶有趣味,然后笑了起来。

"程先生,"他说,"太晚了。"

"为何?你不是一直想要霞光绸的技术工艺吗?"

"我是很喜欢你的丝绸,也知道你没有妹妹。我只是想看看,你能用那些可笑的借口撑多久。生病?联姻?你完全可以老老实实地承认,自己就是为了竞争利益。你和我都是商人,什么话不能坦白地说?但是这次我真帮不了你,我明天就要启程回国了。昨天日本轰炸了珍珠港,我的国家马上就会对日宣战。届时我的厂、厂里所有的设备,都会作为敌产被日本人没收。我还有一些私人关系,可以伪造德国护照,趁现在离开这里。很抱歉,再见。"

程忘秋脸色苍白,他站在那间装潢华丽的办公室内,突然觉得很讽刺。

十二月的冬天,他的伤腿冻得发痛,每走一步就跟要命一样。

程忘秋挺直了背走到门口,尽量不靠在手杖上,迈过门槛:"是我做错了,不应该找那么多借口。不过谢谢你,怀特先生,没有你当年新式机器的建议,程氏绸缎厂可能也撑不到今天。"

凯文·怀特站在窗口,看着那个瘦弱的东方青年顺着鹅卵石步道走出大门,直到混入街上的人流之中,看了很久。

七

凯文·怀特一直想不清楚,投资的途径那么多,当初自己为什么一定要来中国呢?

有一句中国话形容得很好,叫鬼迷了心窍。

凯文·怀特出身资本世家,是家族里最小的儿子。他在巴黎参观一场时装展,于细雨之中看见一位青衫长袍的东方青年,撑着一柄伞,突然就理解中国丝绸极致阴柔的美了。那种在西方世界里见不到的、沉静的、古老的、千年累积的底蕴,让不到两百年历史国家的西洋人看呆了。

他追了上去,递了一张自己的名片,说:"我们或许可以做一笔生意?"

这笔生意没有做成,程忘秋不守诚信,和他定了一个口头约定,然后消失回国了。

凯文·怀特追到了中国,事实证明他的选择是正确的。他有钱,有实力,虽然没有拿到程氏丝绸厂的股份,却买到了别的厂,生意好时,丝绸转运欧洲,行销世界,利润巨大。

后来中日战争爆发,苏州被围,他想劝这位东方旧友把厂放在自己名下,还是被拒绝了。日本兵驻扎,必然会选厂房宽敞舒适、交通便捷之处。他的丝绸厂建在路口,逃不了被征用,但是他不信。

他看着青年受了伤,忙前忙后,操劳不已,又重新把自己的条件提了一遍。只要程忘秋接受,他的厂就会成为美国资产,脱离日本人的掌控,进货出货方便很多。

然而中国人总是在奇怪的地方死脑筋。

"程先生坏过你的生意,"一位合伙人问他,"你为什么还想帮他?"

"他的丝绸很美。"凯文说,"我想要他的工艺。"

"那你为什么总是提联姻?"

"他当初答应过我,却没有做到。"他说道,"这是一个谈判筹码,他如果想避免，就只能提高给我的股份。总有一天，他会答应转让我百分之百的股份。"

凯文·怀特已经订好了飞机票，下午便飞香港，然后乘船回美国。

没有拿到那位东方青年的绸缎工艺，美国佬有些遗憾。他最初追求的、一见倾心的、让他义无反顾来到这片陌生土地上的美，他没能用金钱买到。

他想要的友谊，也没有买到。

凯文·怀特满怀遗憾地回国了。

临走前叫了一个街边专门跑腿的小孩，塞给他一把糖："你，帮我给程氏绸缎厂的老板带个口信，说战争结束后再见。"

小男孩听懂了，剥了糖纸抿了一粒，笑起来："程老板他在喝酒呢，喝得醉醺醺的，什么都听不进去。从昨天起，他就让所有工人回家了，一个人在厂子里，拿铁榔头一架一架地砸机器，所有的织布机都砸坏了。"

凯文抓住孩子瘦小的肩膀："你怎么知道？"

"他有个会说外国话的叔叔，让我给一位叫凯文·怀特的人带封信。你让开，我先去送信。"

── 八 ──

回忆录写得很好，我把每一个字都认真地读了一遍。

报纸上说，程忘秋答应了日本人的请求，回到家写了一封信，寄给名下供应蚕丝的桑园，然后让人去街上买酒。

那时程家留在他身边的人已经不多了，得力的就一个小翻译，现在帮他管账。小翻译把酒买来，程忘秋就一直喝，喝到大醉，便拿起一把铁榔头，去工厂里开始砸自己的机器。

钢铁的机器并不容易被砸坏，但是每一台都是程忘秋亲手修理过的，他知道老伤在哪里，哪里被弹片划过，哪个零件生锈易碎。

他一台一台地砸过去，砸完了所有设备后，他便倒在废墟里，一觉睡到天明。

第二天早上小翻译来厂，程忘秋递给他一个信封，让他转交给一个叫凯文·怀特的美国人。他神情镇定自若，小翻译却觉得心慌如鼓，找了个跑腿的小孩送信，打算回去把少东家守着。

就在他出门的时候,程忘秋走上了工厂办事处的五楼。

程忘秋爬上窗台坐下来,腿悬在外面,看着小翻译在楼下交信,看着一辆黑色的汽车远远地从街道尽头驶来,在楼前停下。

他看见凯文·怀特从车上下来,一身西装革履,拿了根手杖,像是要出远门的样子。他抓住门口的小翻译,问:"程,程呢?程忘秋在哪里?"

程忘秋坐在窗台上喝酒,向他招了招手。

凯文抬起头来,特别紧张:"程,你在干什么?那里很危险,你下来。"

程忘秋笑了笑,仰起脖子喝了口酒:"喝酒。"

"对酒当歌,人生几何?"他笑着晃了晃瓶子,"譬如朝露,去日苦多。"

美国人很少看见程忘秋笑。当初他在巴黎时常常笑,笑起来有一种属于东方的、说不出的含蓄味道。回国以后,拘泥于家族的条条框框之中,他反而不笑了,每次见到自己,要么是冷着一张脸,要么直接拂袖而去。猛然看见那样的笑容,凯文·怀特顿时有些发怔。

"慨当以慷,忧思难忘。何以解忧?唯有杜康。"

程忘秋喝完了最后一滴酒,把瓶子往下一扔,玻璃瓶就落在凯文·怀特脚边,摔得粉碎。然后他纵身一跃,整个人从楼上掉了下来。

当场就没了气息。

过几天又传来了消息,说乡下的桑园收到了少东家的一封信。看完信,桑农拿起斧子,把桑树皆砍了,举家遣散。

报纸上叹息,说程氏绸缎厂从那时起便真的没了。日本人后来换了一家叫大华的纺织厂做降落伞。

那个厂是在珍珠港事件后接管的美国人的敌产,虽说也好,质量终究是差了点。再往后出了几起伞兵跳伞,降落伞没有打开摔死的情况,又换了别的不知名的厂子,具体不表。

很少有人还记得程家的少当家,写这个故事的是一直跟在程忘秋身边的小翻译。小翻译在他去世以后偷偷去了延安,做了一名记者,直到抗战胜利才回来。故事的结尾,有一个小小的情节,是小翻译和美国佬的对话,我看了好几遍。

据说程忘秋死后,银行账上几乎没有什么存款,葬礼从简而行。他生意上的死对

第十一章
朝露苦

头,一身肃穆黑衣,出席了葬礼。

死对头拿着一封信,拦住了小翻译:"程先生把霞光绸的配方给了我。"

"少东家以前说过,好东西就要给到喜欢的人手上,这样不至于日后明珠蒙尘。"小翻译道,"或许是这个道理。"

墓碑很简朴,薄棺材,坟头插了一块木板。小翻译是自幼就跟在程忘秋身边的,已经长成了俊秀青年,与美国人并肩站在坟前。

然后他开口:"当初少东家在巴黎与你签的合同,确实是在救你。"

"我知道。"凯文苦笑,"但是利益面前,我不想让步。况且那天晚上我喝了太多的酒,不是很清醒……我真的,你别嘲笑我,我真的觉得看到了一位东方美人,坐在一辆黑色 Nash 汽车里,透过车窗向我微笑。有人跟我说那是程的妹妹,只要我离开那家东方戏院,她就嫁给我。"

天色已经很暗了,青年侧过身,靠在美国人耳边。他的声音很轻,神情有些哀伤,美国人一直在听,脸色越来越苍白。

小翻译终于说完了,摇了摇头:"少东家表面谦和,骨子里却傲气很高,断然不会承认自己做过那样的事情。"

他转身离开,向留在原地的凯文·怀特挥手告别。

据说那天,美国人在墓碑前站了很久。

他原本有一张一再推迟的离境机票,最终作了废。他没有回国,而是在程忘秋的厂里住了下来,守着那堆被砸得破破烂烂的机器,不让地痞流氓拖去当废铁卖。

因为美国对日宣战,他的银行存款被冻结,自己开的工厂也被没收,美国人却毫不在意,守着死对头的厂,一守守了四年。

"他一直守到了抗战胜利。"酒保对我说,"现在在到处找当年的程老板,说自己有钱,想让他回来重新开厂。那个他守下来的厂,只剩一堆破铜烂铁不说,而且已经被政府接收了,正在拍卖。程老板就死在他眼前,你说那人脑子是不是有问题?"

"有人买吗?"我问。

"谁买得起啊?"他摇头,"现在的苏州城不比当年鬼子在时好。当初钱都被日本人收走了,现在仗打赢了,各路都来瓜分日产。收走的米面食油就堆仓库里发霉,收走的房产自己住,厂子里的机器车床全部在火车站的露天坝子上生锈,还漫天要价。"

酒保附在我耳边:"相比中央政府,我更喜欢延安。"

舞厅很空，没有别的招待，就一位酒保，兼职小提琴手，我想他还兼职老板。舞池里几乎没有人，酒保在场边拉了一曲，我一个人伴着旋律跳了片刻，心生无聊，便离开了。我是店里唯一的客人，酒保站起来为我送行。他不像是常在苏州住的人，皮肤晒得很黑，脸部轮廓清晰，像是刚从北方回来。我突然问他："为什么那个脑子不正常的外国人哪儿都不去，就待在你的酒吧？"

"哦，"酒保说，"因为他每天在我这里吃饭。"

"你是个好人。"

酒保笑了："我以前的老板常常跟我说，要做个好人。"

我笑着问他："那等以后酒吧赚钱了，你想做什么？"

"开家丝绸厂吧，"他想了想，"跟那个傻老外一起。哪行哪业都没差，我以前是干翻译的，就当实业救国吧。"

九

我在自己房间里看书，易月生忽然登门了。他穿着青灰色夹衫，端着盅热茶，站在门口看着我："大小姐，听说你买了个厂？"

"你不也登报找猫？"我说，"光托人在北平的报纸上打广告找'大小姐'，就花了不少钱。"

"那不一样，我人又不在北平，"易月生竟然笑了，"当然无妨。"

最近他常常笑，看见我倒茶被烫了要笑，看见干桃花在水里泡胀展开也要笑，慵慵懒懒的，胸无大志。

有时候我想，或许这么多年，易月生根本不想在亚洲司部的顶层坐着，他天生就是一个应该在家看账本的奸商。

只是如果他不坐在那个位置上，管理局内部会一片一片被黑暗蚕食，于是他只能勉勉强强在上面待着而已。

"看看报纸跳跳舞，无关大碍。"他温和地说道，"但是买个厂送人，就太高调了。"

"我乔装打扮过的。"

第十一章
朝露苦

"既然你乔装打扮过,那我怎么会知道?"

我突然明白了。

实话说,我虽然爱玩,因为一直有谢青跟着,也花不了太多的钱,这么多年执行员生涯,也攒了一点资产。这些钱一半写了谢青的名字托人换成资产,一半留在账面上以备不时之需。

易月生虽然从容悠闲,我却知道局面危险,如果有万一,谢青自保必然无恙,写在他名下的物产也算有主人,只是账面上的就太可惜。

我去参加了一场拍卖会,顺手买了一家绸缎厂,写的酒保的名字,分了百分之五十的股权给他店里脑子不正常的美国人。我想就算日后有个万一,至少我能为这世界留下一种丝绸。

我做这些事情时是小心翼翼的,连谢青都避着,没想到马有失蹄。

"就你那点小聪明啊,"易月生摇头,"当年谢青不抓你,必然是放了水。"

他指了指门口:"走吧,我们现在走,还来得及。你助理已经找好车了。"

"去哪里?"我问。

"往南边走,一直到海边,上你们停在港口的船,只能一路往海上逃了。"

我有些不可置信:"易先生,你真不管亚洲司部了?就让密党——"

他伸手敲我的额头:"管天管地,我就只求密党不来管我们。"

= 十 =

战后物资贫瘠,汽车很难找,谢青找了两辆马车,我们乘坐前一辆,易月生带着行李乘另一辆。

上车前他伸手从袖子里拿出那只怀表,递给我:"路途颠簸,人老眼花,大小姐你且帮我拿着。"

易月生如果只看脸,一直三十未满,戴顶礼帽也可以去交际场上跳舞,却不知何故,总喜欢摆一副老气横秋时光可叹的样子。

我接过怀表,只觉得表身冰凉光滑,像是常年拿在手中把玩,人手磨出的细腻感。

路途确实颠簸,我们出了苏州城,马儿一路狂奔。谢青打起车帘往后看,忽然严肃道:"季小姐,易先生的车把我们超过去了。"

我一看,确实不知何时,易月生的马车跑到了我们前头。

"同样的两匹马,流汗程度也不相上下,后车却超到了我们前面,"谢青的眼睛暗沉沉的,"说明他的马车比我们轻。如果不是易月生把车里的行李扔了,就是他不在车上,那辆车只剩行李。"

我叫住车夫,调转车头,一路往回。

快马加鞭,等我和谢青回到苏州城时,太阳已经快要落山了。

我一路杀回观前街,推开绸庄的门,正看见易月生在大堂的八仙椅上喝茶。他端着茶杯,看着账本,喝得怡然自得,看见我时还有些吃惊:"大小姐,你怎么回来了?"

"一起逃到海上,"我问他,"这可是你说的话?"

"我突然想起自己有点晕船。"易月生道。

我很难看见易先生会一脸尴尬,东拉西扯,顾左右而言他,因而一语道破:"你向来放心不下管理局,也看密党不顺眼,当年管理局暗藏污垢时,你和家母血洗缮史处,将黑暗和光明分开来。现在母亲与前辈们不在了,你想干什么?"

我突然冒出一个念头:"易先生,难道你想独自一人,再把管理局血洗一次?"

他叹了一口气。

"你知道密党都有谁,平日在哪里?"我问。

"我不知道那群宵小在哪里,"他道,"但是他们知道我在这里。我开了一家绸庄,托人买了桃花茶,还派你去舞厅跳了两圈舞。密党再不找过来,就太蠢了。大小姐,你不应该回来,你这一回来,就走不掉了。"

易月生话音刚落,我便听见轻微的猫叫。很轻很轻的喵喵声从门口传来,一个白白胖胖的身影跨过门槛,跳进堂屋,一路走到他脚下。

有人跟在猫后面进门:"易先生,我看见你贴的寻猫启事了,特意顺路给你捎了回来。鹰眼的报酬也不高,两颗心脏便好。你的心脏,以及旁边这位谢先——季萱?你是季萱?"

谢青拉了我一把,直接把我拉到他身后:"不,你看错了,她不是。"

易月生一把捞起自己的猫,抱在怀里,心痛道:"怎么瘦了?谁欺负你了,我帮你杀了他。"

弑神录

第十二章 · Chapter Twelve

一

易月生把"大小姐"从地上抱起来,拍干净猫毛上的尘土,心痛地举到鼻子尖前:"怎么瘦了?谁欺负你了,我帮你杀了他。"

他言语谆谆,目光恳切,我下意识地往谢青背后躲了一步,正好听见谢青对进门的人道:"不,你看错了,她不是。"

黎家铭的目光越过谢青,落在我身上:"哦,眼拙。那我便不留情面了。"

他当然知道是我。我虽然化了装,可是我的化装术,是当初做演员时在黎家铭眼皮子底下练出来的。那时他天天搬个小凳子看我演戏,说:"哎季萱,你这个眼神不对,是个男人都不会被诱惑。你看我就心如止水,重新换一个。"

我问他那是什么眼神,他说是讨债的眼神。

黎家铭穿着平常那件鹰眼的制服,夹着惯常的文件夹,看上去与往常并无两样。在那座衰败的宫殿里,面对那么多围追堵截的鹰眼时,我就猜到他不可能不知情。然

第十二章

而真相如此直白地呈现时,依然让人说不出话来。

我愣了好一会儿:"我一直以为黎家铭是易先生身边的……"

谢青打断我:"他不是。"

"他怎么会是——"

谢青说:"他一直都是。"

谢青转过头来,意味深长地看了我一眼:"想想当年在桃花林中,谁在追捕易先生?我又是从谁的手中救的你,费尽心思把你藏到上海的戏班子里?"

他说的是当年我回苏州买祖宅时的事情。鹰眼突然从天而降,逮捕易月生,同时隔离审查与他私下见面的我。就在门前的桃花林中,易月生向我开了一枪,恰逢谢青赶来。那时他的身份还没有暴露,而我又崩溃无助,哭着求他带我走,去哪里都好。谢青答应了,他真的把我从鹰眼的层层包围中带走了,藏在上海一家草台戏班子里,还取了个艺名叫禾草。

而带着鹰眼追击易月生的,就是黎家铭,鹰眼亚洲部行动处的处长。

那时我仅仅是觉得奇怪,我们明明同期进入管理局,为什么他在督查处升迁得如此快,我却还在执行员系统里垫底。如今仔细思考,我甚至不知道每天哼着小曲写剧本的黎导演是通过什么渠道进入管理局的,谁为他盖的章,又怎么被收入鹰眼编制。似乎从来没有人问过,而他也绝口不提。

这个道理既然谢青想得到,那么老狐狸不可能没提防,大约一直被蒙在鼓里的人,只有我自己。

我听见易月生冷笑一声:"就凭你?"

黎家铭便笑了笑。

他低头,打开手中的档案袋,念道:"易先生的绸缎庄,管家一名,年老脸皱,蓝布衣,左手手心有痣;伙计五名,一名年二十,吴侬口音……"

这种腔调略耳熟,片刻后我才想起,这是他当年念剧本时惯常的调调。

黎家铭向前走了一步,身后的门就轰然自两边打开!

他方才推门时很轻,门不过开了一人宽的缝,正好被他身体挡住。此时房门洞开,我才看清楚,刚才空空荡荡的庭院,已经站满了人!

都是熟人。

我看见了易月生的老管家、吴侬口音的伙计、端茶的女佣、做饭的厨娘,甚至还有隔壁店铺里管账的阿伯。这些人都沉默地站着，像一尊尊泥塑的雕像。突然老管家抬起手，往脸上一抹，什么东西便被扯了下来，扔在地上。

那是一张精致的人皮面具，惟妙惟肖，以假乱真。

更多的面具落在地上，面具下的人有些我眼熟，大部分素未谋面。黎家铭刚才念的，正是他的剧本，他做导演，门外的皆是演员。不知从什么时候开始，我们身边的人便一个一个被相似的角色替换掉，直到最后，所有的人都是密党。

黎家铭退入人群之中，像一滴水隐入大海。

我一身冷汗，易月生倒是风雷不动。他转身，指了指旁边的八仙椅："大小姐，你坐。"

我只好坐下。

他又伸手拿起放在矮几上的长嘴茶壶，泡了一盏桃花茶，递到我手上："茶。"

我捧茶。

他从怀里取出一只信封，垂眼看我："你真的不应该回来。你的船够大，可以逃到天涯海角，谢先生会照顾好你。本来我写完就后悔了，不过既然你已经回来了，就读一读这封信吧。我至少还可以最后为你斟一杯茶。"

易月生做完这一切，弯腰把怀里的猫放在地上，抬起眼皮子，看了一眼外面："是你们欺负'大小姐'？"

二

大小姐，我知道你一直认为，我是管理局最强的那个人。读完这封信你就会发现，很多事情与你想象中的不一样。我，包括令堂，都是命运的弱者。

因为强者主宰命运，只有弱者才会奋起反抗。

从我到令堂身边起，她就一直在杀一个人。

所谓一直，就是不停地，一旦有机会就会这么做，从来没有考虑过后果。她杀死了那个人无数次，同时也杀了她自己。

天启七年，旧帝驾崩，新帝继位，正是犒劳功臣、送旧迎新之时，缮史处的薪俸格外丰厚。还未到年底，便有特使策马自边疆赶回分堂，分堂又派人加急赶往本堂，将金银珍宝、瓜果珍馐，一车一车地送。

青年提着一把刀，立于落了薄雪的庭院中，问："为何我的薪俸如此之少？"

"你不是说，不干杀人越货的勾当，跟着你，按劳取酬，能赚大钱吗？"

"这一年间我未杀一人，克己守法，每日只帮你倒茶买酒记账，为何到手的钱如此之少？"

美人如画，临窗打谱，两罐棋子，一方楸枰。青年提的是一把吹毛断发的杀猪刀，问得咄咄逼人。她叹了一口气，只好从棋盘上抬起头来："易月生，我是说过，按劳取酬。

"一壶酒，一贯钱，一页账本，两贯钱，年底四舍五入给你十两银子，我如何说话不算话？"小桃红摇摇头，怜悯地看着窗外气势汹汹的人，"今天我心情好，一两银子一盘棋，陪我下一盘？"

易月生道："不。"

小桃红拿了枚白棋子敲棋盘："一两银子的买卖，过期不候。记账的，真不挣？"

易月生收刀，入座，熟练地收拾棋子："挣。"

风轻帘动，有人在身后轻笑："一两银子一盘棋，我挣如何？"

笑语带着凉意，像是一盘冰珠，叮叮当当落入耳中。这间别馆，虽不说戒备森严，却不是生人能轻易进来的。易月生脸色陡变，反手抓刀，看也不看，便起身往后刺去！他刀在腰间，取时手自棋盘上一划而过，蓦然被人按在盘面上，动弹不得！

按住易月生的，是小桃红。

十指如春葱，皓腕如霜雪，落在手背上，不知道为什么那只本来想拿刀的手，就这么动不了了。

门口站着一位药师。药师背着药篓，宽衣广袖，戴着一顶竹斗笠。药师看不清脸，只看得清斗笠下一弯薄唇。他放下药篓，伸手拈了一枚白子："这一次，还是你先走。"

小桃红附在易月生耳边："有一笔生意，你做不做？"

"和我一起杀了这个人，一百两银子。"

"不愿便走。"

易月生离开时，细细思索，觉得方才小桃红落在自己手背上的手，竟在发抖。

那盘棋从早上一直下到傍晚，药师最终推开棋盘站起来，穿过枯枝败叶的庭院，向大门走去。他走得很慢，每一步踩在地上，都留下一个带血的脚印。走到门口时，他脚步顿了顿，问门边等候的青年："你是给小桃红做事的人？"

"是。"

药师似乎很感兴趣："你平时帮她做什么？"

"买酒，一壶酒一贯钱。"

"还有呢？"

"记账，"易月生道，"一页纸两贯钱。"

药师便笑了起来。他笑的时候，只能看见一弯勾起来的薄唇，却不带半分笑意："可惜，你拿不到钱了。我和她赌棋，她输了，赔了我一条命。"

易月生说："那你岂不该赔我钱？"

他低头，手伸入袖中，取出一支毛笔。他将笔握在手中，突然欺身向前，自药师下颌往上捅去！柔软的笔尖划过药师的皮肉，血当即就溅了出来！那支秃毛竹笔易月生日日带在身边，看似普通，狼毫里竟然藏了只磨得锋利的尖刀！易月生那两刀对着咽喉，又准又狠，药师一声不吭就栽倒在地上。

易月生没有多看地上的人一眼，转身往院内走，直冲堂屋窗前。他冲得太急，几乎站不稳，正看见小桃红站在一地碎陶片中，转过身来："我的手被棋罐划破了。你来做什么？脸色这么白？"

易月生收脚，站在门槛处，愣了半天："我来领工钱，一百两银子。"

小桃红问："你杀了谁？"

易月生说："刚才那个人。"

小桃红转身，向外望去："是他吗？"

易月生回头，正看见药师站在窗外的枯树下，背着药篓，向这边看来。他的脸依旧藏在斗笠之下，衣服纹丝不乱，话语里的笑意依旧明显，仿佛时间定格在刚才那两刀之前："我不过就开了个小玩笑，你的账房竟然当真了。"

后来药师常常来，每次不过小坐片刻，喝一杯茶，下一盘棋。他似乎是缮史处特别高层的人物，想来就来，想走就走。有时候小桃红闭门谢客，一转身，却看见药师已坐在堂屋的八仙椅上，欣赏她新买的字画了。

易月生问："他是谁？"

小桃红道："我师父。"

小桃红是认真地想杀这个人。第一次她在药师的酒里下了毒，等待毒发之后，将尸体抬到河边，沉入浊浪之中。下毒时小桃红整个人都在发抖，直到尸体被大水吞没，她才松了一口气。然而第二天早上天还没亮，药师又出现在门口，背着药篓，问："昨天那盘棋，下到哪里了？"

　　仿佛那杯毒酒从未存在。

　　第二次，小桃红在别馆里点起一把大火，烧了她住了三年的家。那时药师在小桃红的美人靠上小憩，隔着窗户都能看见他的衣服被火苗咬噬。灼烧的剧痛惊醒了药师，他向外冲去，然而一根大梁倒下，整个房屋轰然倒塌，埋葬了那个修罗场。

　　自始至终小桃红都站在院子里，望着眼前的熊熊火焰，一动不动。

　　易月生跟在她身后："这一次，他不可能还活着。"

　　"不，他没死。"小桃红转身，拉了拉易月生的袖子，"走吧，我们开始逃命了。"

　　她轻声道："他忍了我太多次，这次应当忍无可忍了。"

三

　　小桃红原本住京师，这一逃，便是一路南下。

　　她雇了一叶扁舟，顺流而下，过了重山，过了湍流，两岸杳无人烟，并无人追来。

　　最后她到了苏州，易月生劝她留下来："大小姐，那人是真的死了，我们何必如惊弓之鸟？

　　"以前他怎么活下来的，我不知道，但是这一次，他的尸体确实已经被焚成了灰。

　　"大小姐，苏杭繁华，何不久住？"

　　小桃红没有留在繁华的苏州城内，而是去了城边的一处荒山。苏州地势低平，山向来不高，这一段路只是因历代采石刻碑而略显陡峭。她的马车在低谷中前行，眼看就要到达谷口，忽然骏马长鸣一声，车便停了下来。

　　山谷的尽头，站着一位宽衣广袖的药师，斗笠遮着脸，一步一步向这边走来。

　　药师一直走到马车前才停下来，抬起头："小桃红，你知道烈火中，很痛的吗？"

　　"毒酒的味道也不佳。

　　"你的账房刺在我身上的那两刀，亦不好。"药师把斗笠取下来，放在身边的地上，摇头,"自你三岁起,我便将你带在身边,你就是如此谢师恩的?"

斗笠之下的脸苍白俊秀,像是伸手一抹便能化为虚无。

马车的帘子打起来,小桃红下了车。她那日穿了一身白衫,只在乌发上簪了一朵桃花簪,站在空寂的谷底,像一朵伸手就能掐断的花。她看了一眼赶车的易月生,对男人道:"让他走,此事与他无关。"

易月生坐在车上,纹丝不动。

"好,与他无关。"药师颔首,"但是我想知道你为何执意杀我?"

药师说话的瞬间,人已经从眼前消失了。当时山谷里似乎刮了一股清风,那人就消失在了风里。再看清时,人已到易月生面前。他的手就抓在易月生的脖子上,仿佛一用力,就能将这个布衣青年的脖子拧成两段。这时易月生才意识到,之前自己用一只竹刀割断他咽喉的手法,宛如儿戏。

奇怪的是,易月生当时并不感到害怕。

后来他想,大概是因为当时小桃红在身边,似乎只要她在旁边,就算是刀从脖子上砍下去,大概也只有平常的一半痛。易月生也曾暗想,这种感觉不妥。他从未托付真心,也不念什么深情厚谊,只不过待在这个人身边,比别处安心一些。

小桃红的脸色却有些发白。

她没有看易月生:"我看见了,你不是他。"

"看见了什么?"

"你不是我师父,"小桃红说,"你是鬼,不过用了恩师的皮。师父当初告诉过我,如果他死了,一定要杀掉你。

"成化年间我杀过你一次,你没死,如今我又杀你,你依然活着。"她颤声道,"火烧不死你,水淹不死你,然而万物皆有尽数,我会把所有杀人的法子试一遍,直到你死。"

药师的嘴唇很薄,这样的唇形心情好时原本是带着轻薄人间的愠意,此时却如蛇一般扭曲起来,咬牙切齿:"他说过要杀我?你骗我,不可能,我没有听见他说过!"

小桃红道:"恩师说过。"

这场对话易月生一个字都没有听懂,突然就觉得脖颈间一阵疼痛!有人抓着他,往高处掷去!他身体撞上山石,又滚到半山的小路上,五脏六腑几乎被摔碎,他抠着泥土爬到山崖边上往下看,正看见药师举刀往小桃红的胸口刺去!

第十二章

白衣的男人风度尽失,吼声在谷间一遍一遍回响:"他没说过!他没有!"

刀口刺下去时,易月生只觉得胸口一阵钝痛。那一刻他心中只有一个念头,就是小桃红躲不开。这一刀冲着心脏,她如果躲不开,就会死。

然后大火便燃了起来。

从刚才起易月生就觉得奇怪,无雨无雾的山谷中,为何草木皆湿。他原本以为是朝雾未消,此时才发现,原来是油。整个山谷,预先被人泼了油。药师很快,小桃红也很快,她快得像一团轻纱薄雾,短刀插入雾里,只穿过一片幻影,落在岩石上。

火花溅起来,落在枯草之上,顿时烈焰熊熊。

山体倾斜陡峭,易月生想都没想,就这么顺着陡坡连滚带爬往下滑,突然一声巨响!

那响声实在是太大,如同平地一声惊雷,巨大的山石当即松动,顺着山谷往下落!

紧接着是第二声、第三声与第四声。

周遭都是刺鼻的火药味,这种气味他太熟悉。当初他走私过火铳,闻过硫黄的气味。这是一个数年前就布好的局。小桃红想杀药师,她知道这个人杀不死,因此之前的每一次暗杀,不过是将他引到这座山谷之中。而山谷两面,都预先埋好了火药桶,以火触发。

她穿着一身白衣,站在火海当中,不断有巨石自上落下。山崖上不知道埋了多少火药桶,爆炸声愈来愈烈,落石如雨,地动山摇。最后一声巨响后,半座山塌了下来。易月生知道,她是不打算活下去了。从来到这里起,她就已经准备好与那个男人一起,长眠于落石之中。那身白衣,便是她为自己穿的丧服。

这大概是她所想到的,最后一种能够杀死那个人的方式。

易月生终于意识到,为小桃红做事的人必然不止他一个,他甚至不是最核心的那一个,只不过是正好可以看到结局的那枚棋子。事后他仔细回想,却总也想不起当时自己到底想了什么。他是个做事周全、谋定而后动的人,那一刻心底却是白茫茫一片。他只看见那袭白衣,就冲了下去。

四

小桃红醒来时极不舒服，颦眉道："这床太硬了。"

易月生道："这不是床。"

她方才惊觉不对。

"大小姐，你躺在我怀里。"易月生苦着脸，"我的右手大概断了，左手抱你挺困难的，你就不要挑剔了。"

小桃红坐起来，四顾茫然，问："山谷呢？"

"山塌了。"

"我师父呢？"

"尊师埋下面了。"

小桃红坐起来。她站的地方，原本是半山腰上，因为对面山塌下来，土石将脚下的浅谷填成了平川。她站在残存的半山上，看着满目狼藉，问："那我怎么活下来了？"

"你命大。那半边山差一点把你埋在下面，我冲下去把你拉上来了。"

究竟如何冒着石雨，在那一瞬冲入那个修罗场，又怎么背着昏迷的小桃红，爬上陡峭的石壁，又如何用手为她挡住滚石，折了骨头，易月生一个字都没有说。小桃红的白衣被尘土染得灰蒙蒙的，而他那身青布长衫早已成了一件血衣。

易月生说起这件事的语气，与平时斟茶买酒没有任何区别。他从怀里取出账本，拿了一支竹笔，沾了点身上的残血，写上去："一百两银子，记在账上。"

小桃红转身看专心写字的青年，看了很久。

她最后微微一笑。那个笑容就像三月春风，一瞬枯木与乱石似乎活了，仿佛白纸上平添了一笔生机。她走过去，坐在青年旁边，看着他用左手一笔一画记账："你不问我，为什么要做这些事？"

"为什么？"

"他死了，人间才能活。"小桃红说，"还有一件事情，我没做。你要是陪我做完，拿到的不只是银子。"

"除了钱，你还能给我什么？"

小桃红附在他耳边，吐气如兰："我最重要的东西。"

青年笔下一顿，账本上留下一个墨点。

小桃红站起来："不愿便算了，当我没说。"

易月生把本子收起来，放怀里："愿。"

易月生又问："你要我做什么？"

小桃红抬头看了一眼灰蒙蒙的天色，眼底有几分说不清的眷念："恩师驾鹤以后，缮史处便不再是什么好地方了。我要秉承师意，要破旧立新，涤尽黑暗，开一片新天。

"我喜欢你的一点，"她伸手戳戳青年的脑门，"就是我不想说的东西，你不多问。"

后来小桃红在苏州住了很长一段时间，就守着那片被填平的山谷。她在荒谷之上种了几棵桃树，数年后竟然长成一片桃林。易月生问为什么一定要在这里种桃树，她回答道，桃木辟邪。

再往后，就是她与钟不二血洗缮史处。

　　大小姐，再往后的故事你都知道了。令堂当初对我的承诺，一样都没有兑现。她确实涤尽了黑暗，树了一片新风，开了新天，然后老老实实以叁的身份在管理局待下去。后来的新人都说，NO.3在总部来去自由，不拘等级，谁知道如今整个管理局，都是她当年一手创办出来的。

　　后来我问她要旧账，她给了我一本效仿欧洲新立的《约法》，就是现在你手上的《党章》。翻开第一条，便是"缮史处特使盖无私情"。

　　后来这部《约法》又添了林林总总的条款，这条便被排到了第三页，又用白话文重写了一遍，其中内容想必你的助理应该很清楚。如果他不喜欢这条，这笔账应当找令堂算，千万别记在我头上。

　　我无法容忍，当年夫人拿命去换的管理局，如今落在一堆宵小手中，因此这次，我便是拼了这条命，也要重开新天。

　　大小姐，海上风大浪大，切记添衣。

=== 五 ===

门打开，黎家铭身后是黑压压的枪口。

院子里说不出有多少人，每个人手中一把枪，枪口对着室内。院子里摩肩接踵都是人，而没有带出一点声音，黑压压的枪口根本数不清！金钱、名誉与地位都是虚无缥缈的东西，而人身是血肉铸的。有血有肉，便有生有死。

易月生伸手，十指如铁，抓起了面前的八仙桌，挡在面前！

我不知道那张八仙桌是什么材质，枪林弹雨打在上面，震动轰鸣，火光四溅，而桌面平滑光洁，毫无损伤！我想起当初在小楼上，曾经看他打着一把薄如蝉翼的伞，于白鬼的枪炮中闲庭信步，想必这两者在材质上有相同之处。空气里都是火药味，连我杯中的茶水都有苦涩的余味，而对面的子弹，没有一发越过他落在我身边。

那桌子吃饭时常用，我曾经试着搬过，死沉死沉的，像是灌了铅。当时我还问，不如换一张？老狐狸就端着茶缸摇头，说这桌子木材好，大小姐你不识货。

现在易月生举起它时，就像拿起什么轻巧玩意儿，随意往外一扔。

正好密党破门而入！

我只看见桌子被扔出去，然后就什么都看不到，什么都听不到了。

巨大的爆炸声，橘红色的火光铺满整个视野，继而一片亮白。四周突然变得寂静，只有自己的耳鸣声，夏蝉一样长鸣不绝。过了好一会儿，蝉鸣消失了，白光消退，眼前又是一片绚烂的橘红色，而依旧满座寂然。

我这才发现，堂屋正面的墙已经全塌了。我看到的是门外，小院上空的那方晚霞。手中的茶杯已经碎成残片，茶水洒了我一膝盖，把易月生的信纸都浸软了。

我这才意识到，自己竟然在一方炸药上，吃了这么久的饭。

如果用慢镜头来看，一切应该是有清晰的逻辑关系与先后次序的。易月生应当是先用八仙桌格挡弹雨，再抬枪，用子弹压制冲进来的密党。紧接着桌子投出，爆炸声轰然响起，半面墙塌下来。然而当时一切都在电光石火之间，我只看到一片耀眼的橘红色，然后就是院子里横七竖八躺着的人。

易月生走到墙角，弯腰，拿手杖，穿过断壁残垣，向外面走去。

他走了两步，在霞光里回望我："帮我看好猫。"

易月生大步向院中走去，他走得很快，前一秒我只看见他走出房外，下一秒他已经到了一位尚且站立、没有倒下的密党面前，抬手便是一杖。这些人有些我眼熟，大部分我都面生，而每一位易月生都记得。

他打一杖，骂一句，句句点名："张意，当年入会时你说了什么？

"邱信,百年前你几乎饿死于槐树下,时任捌把你带回来,你说要缔丰粮盛世,救天下苍生。如今捌死了,这盛世你就不要了?"

"是谁科举被人陷害,说国将不国,要刺杀朝中要员,被缮史处救的?"

"是谁在朝中以头抢地,要死谏的?"

"还有你和你,你们的傲气呢?喂了狗吗?"

"有了永生,便想要钱,有了钱,便想要权!有了权还不够,是不是要把天下装进口袋里才够?"

"党章最后一句,'致虚极,守静笃,万物并作,吾以观复'——你们之中谁做到了?"

易月生每骂一句,就是一杖下去!他的动作快得人眼几乎看不清,往往这一秒还在这个人眼前,下一秒已经到了院子的那头,向另一位目瞪口呆的执行员一杖挥去。那根不知道多重的手杖击在人身上,发出一声声低沉的闷响。而被击中的人,当场就断了两根肋骨,不声不响地倒在地上。我仔细看,发现被打过的人,似乎都还留着那么一口气,我忽然明白了——这不是逃跑,也不是反击,只单纯是一场杖责。

密党在东方的势力,必然以亚洲司部为主。这些人每一位都是易月生当初的得力手下,一步一步堕落至今,因而易月生气不过。这么长的时间他在苏州,并非消极避世,只不过是端着一杯茶,坐在一方小院当中,等这群叛徒们上门,再狠狠地修理一番,直到他们双膝跪地,口吐鲜血,一句借口都说不出来。

这场杖责持续了很久,偶尔有人想放冷枪,还没有来得及扣扳机,就被谢青一枪击中胸口。易月生终于骂完,提着手杖站在满目疮痍的庭院中央,环视满地匍匐的人,问:"知错了吗?"

没有人敢回答,四下寂然无声。

易月生身后是一丛被炸倒了的翠竹,他坐在竹下塌了一半的石凳上,换了一个问题:"你们最顶上那位呢?没见到我真的死,他必然不会安心,因此这次不可能不来。"

汗水湿透了青衫,他就这么坐在石凳上,一派清闲,仿佛坐在亚洲司部的办公室里,随意点名一位没有到场的执行员,问问人去哪儿了。

终于有人开口,低声道:"易先生。"

黎家铭被一杖戳穿了胸骨,倒在血与尘土之中,强撑着爬起来:"易先生,你不能这样。"

易月生走过去，蹲在他面前，伸手拍了拍他满是血的脸，就像一位长辈宽慰家中顽童："他来了吧？他在哪里？"

黎家铭说了什么，易月生摇头："听不清。"

黎家铭听上去几乎是恳求："易先生……你快走……再不走，他就来……"

他胸口蹦出一朵血花，跌回地上，不再动了。

易月生没有开枪，他必然死于别人之手。

男人站在一地如血残阳中，声音轻得不真实："我已经来了。"

这时我刚读完易月生的信。我不相信世上真有不死之身，猜想这封信应当是易月生开的一个玩笑，为了了却我一桩心事，让我好安心逃去海上。

此时我抬头，便看见了白衣男人。

男人穿着早已不是这个年代的广袖白衣，戴着一顶竹斗笠，站在一地如血的残阳中，向这边看过来："我已经来了。"

六

那身白衣很白，那顶斗笠很青，男人站在门口，像是一位正循着云深不知处而去的药师，顺便看一眼凡界人间。

"我记得你，你是小桃红身边的……"他对着易月生想了半天，"那个管账的。"

易月生的脸色突然变了。

他回头，向我做了一个口型。

"走。"

然后他站起来，平举手杖，手握两端，向内一折——我不觉得易月生用了多大的劲，就仿佛折一根春日的竹枝，那方才硬如铁重如山的手杖，就如此轻易地从中折断了。断杖内赫然滑出两根铁杵，铁杵有寸许粗，末端磨尖，锋利如锥。白衣男人一步一步向他走来，易月生双手握杵，如握双剑。

斗笠男走得很慢，易月生神情凝重，仿佛走向他的不是一位远道而来的访客，而是地狱里的阎王。

易月生道："你果然还活着。"

斗笠下是一弯薄唇："我当然还活着。只不过当初被埋在桃花树下，有些痛罢了。"

这时他已经走得很近了，几乎就站到了易月生面前。

"易先生！"

突然一只手抓住男人的脚，死死地抠入泥地里！黎家铭拔出一把短刀，一刀插入自己手背，刀刃穿透手掌，连同手中男人的脚面一起，深深地钉在地上！

"易先生！"他又喊了一声。

易月生回头，又看了我一眼："走。"

继而他手提铁杵，向着白衣斗笠男高高跃起！

那一瞬他快成了虚影，双剑脱手，穿过男人的胸口，一声不响地插入地里，力道之重，我只看得到铁杵的头。

赢了。

哪里不对，肯定有什么地方不对。

然后我就看见易月生像断了两根肋骨一样，从空中摔下来。他甚至不能保持一个缓冲的姿势，与那些被他杖责过的人一样，以一种痛苦的姿势摔在地上。从头到尾，我没有看到白衣斗笠男出手，我甚至没有看到他动。他的双手一直藏在广袖当中，抬都没有抬一下。

我突然意识到，易月生的钢剑穿过他的胸膛时，我没有看见血。正如易月生形同虚影一样，我看见的这个男人也是残影。黎家铭的刀只穿透了自己的手掌，而易月生的杵，穿透的不过是一片晚风。

他太快了，快得连易月生都看不清。

"我在你身边插满了眼线，没想到你在密党中也放了一枚棋子。"斗笠男弯下腰，把短刀从黎家铭的手上拔出来，向易月生走去，"请君入瓮，这就是你用来请我的棋子？"

斗笠男只走了一步，便停了下来。

黎家铭双手鲜血淋漓，死死地抓住男人的脚腕，嘶声道："易先生……"

我终于看懂了易月生在下的这盘棋。

之前我便想过，精明如老狐狸，为何会让自己陷于如此众叛亲离的境地，以至于需要和我一起颠沛流离，动用早年存起来的那点家底。现在我才明白，这是示弱。主动将脆弱的咽喉展现出来，引诱猛兽从黑暗中扑来，再给予最后的反击。除非你有绝对的实力，否则绝不会轻易下这步棋，因为露出咽喉的瞬间，就是离死亡最近的瞬间。

易月生需要一个人，巧舌如簧，循循善诱，配合他演一出好戏，引蛇出洞。这就是为什么导演出身的黎家铭会被管理局收编，以及他为什么在鹰眼内部晋升得如此之快。为了让这盘棋下得更真一些，刚才他甚至一手杖捅穿了黎家铭的胸口。

易月生杖责之时，黎家铭曾反复说，"易先生，你不能这样"。

他应当是一直想阻止易月生走出这步棋。

易先生，你不能这样，你不知道面对的对手，有着怎样可怕的力量。

你再不走，就真的来不及了。

"你错了，"我对谢青说，"黎家铭自始至终都是易先生的人。"

黎家铭是我的挚友，易月生是我的上司，我不可能眼睁睁看着他们身处险境。我想都没想就伸手拔枪！还没有打开保险栓，谢青已经扣了扳机！我不知道他是怎么做到的，或许斗笠男当时慢了一秒，或许谢青的枪确实比易月生的刀快，子弹击中了斗笠男手中的短刀，刀落在了地上。

斗笠男向我这边看过来："小桃红？"

等我回过神来，他已经不再站在黎家铭身边了，而是在几步之遥，隔着门槛盯着我："小桃红？"

风吹走了那顶青色斗笠，我看见一位发色如墨、白衣胜雪的青年。青年目光沉沉如深水，站在我面前，像从画中走出来一般。

他失望地摇摇头："哦，你不是小桃红。我知道你是谁，柒给过我你的档案。"

他知道我是谁，我也知道他是谁，我们以前见过。

很小的时候，我听过他的声音。

他说："正好我找你，你跟我走。"

我想拒绝，可是谢青在我身后说："好，我们跟你走。"

=== 七 ===

雾很大，青年站在大雾之中。

有人在雾气的深处问他："这是哪里？"

"人间。"

"你是谁?"

"我姓顾,"青年道,"叫顾白。"

"你想要什么?"

"永生。"

青年从梦中醒来,冷汗淋漓。

他推开门,外面是清晨静谧的街道,没有大雾,也没有看不到尽头的路。他打了一桶井水洗了把脸,倒影里的青年一袭白衣,气质绝伦。

"有句话不知道当讲不当讲。"

青年道:"不当讲。"

那个声音道:"你的鞋子穿反了。"

青年低头一看,果然反了。他坐下来换鞋子,那个声音又道:"你那小破结社叫什么名字来着?"

"缮史处。缮史之不足,正世间新风。"

"退了吧,和我一起去看人间繁华,享无尽财富。我觉得城东的那家青楼就挺好。"

青年没有理它,径自去灶台上烧了一锅水:"小桃红早上起来要吃面。"

他煮了碗清汤挂面,撒了几颗葱花,没放盐。青年把面搁堂屋桌上,又摆好碗箸,才施施然起身,去了东市的牡丹楼。这么早楼里姑娘们都还在睡,他就要了碗茶,坐了上座,小口小口地慢慢喝。待到茶水喝完了,他便搁下茶盏,起身出门。

那个声音问:"姑娘们呢?"

"没起床。"顾白说,"你不是觉得牡丹楼不错吗,带你来看了,可以走了。"

顾白穿着一袭白衣,走在街上,无论那个声音再说什么,他都缄口不言。他有时候也想,这个声音是什么呢?

看不见,摸不着,就住在他心里。

大约是他的心魔。

他借用了鬼神的力量,鬼神便住在了他的心里。

那天他很闲,就去本堂小坐了片刻,听几位特使说说人间闲话。不外乎是哪位贪官做了什么坏事,又有哪位贤才提了何等高见,让人心生佩服。光阴轮转,如今和他一同进缮史处的挚友都死了,现在的同僚没有人知道他是谁。有人听过他从不归路上拿回"果实"的传说,没有人知道那个人就是顾白。人人都遵守他当初定的约法,没有人知道他心中其实住着心魔。

现在的顾白,只是缮史处一位优哉游哉、每天去本堂喝喝茶的不起眼的闲人。每次集会他就在一旁听着,往本子上记两笔,回头让人去核实。或是参书一本,或是往茶里放点东西,总之赶快将事情解决了,还得回去给丫头片子徒弟做饭。

其实那时缮史处做事简单直接明了,该杀便杀,该救则救。

至于什么人该杀,什么人该救,活得实在太久,便自然看得清楚一些。

缮史处正想着建一个仓库,装一些历朝历代失散的奇珍异宝,以期有朝一日物归原主,心魔便说:"何不据为己有?"

正说着这件事,两派人马吵了起来。一派人觉得,仓库甚好,可以广收天下财富,以备不时之需。另一些人却说,既然是天下之物,自然为天下所有,缮史处不过代为保管,恰当之时还应当归还人间。

反驳的人是个少年。少年三百年前进缮史处时,是个稚气未脱的少年,现在依旧风姿未变,只是眉宇间多了几分沉淀:"章约第七条,假公济私,贪图钱财者除名,杖一百。杖我带了,有谁愿意受罚?"

顾白暗自赞许。

心魔道:"断我钱财者,都得死。"

顾白说:"闭嘴。"

他对骤然闭嘴的少年道:"不不,我不是说你,你说得挺好,继续说。"

第二天,少年死了。

一只手穿透少年的胸膛,留下五个指印,抓出了心脏。

顾白去看了尸体,半天没说话。有人说少年胸前戴了一片金叶子,凶手一把抓进去时,被割伤了手,因为金叶被镶进了肉里,一直带进伤口深处。

顾白在人群中站了一会儿,转身走了,回到家里。

他的食指上有一道伤口,已经结痂了。昨天晚上做了什么,他怎么也想不起来。

第十二章
弑神录

— 八 —

"在周朝，我叫方士，通鬼神，掌刑狱。

"汉书称我神仙家。

"有人叫我安期生，有人叫我李少君。我为皇帝算过命，也去海上求过仙药。

"其实我本姓顾，单名一个白字。"顾白对我说，"是个采药的。"

我们沿着长街一路走，两边都是喧闹的人群。人们提着水桶向绸庄的方向奔去，喊着失火了，日本人的炸弹爆炸了……他们应该会发现倒在地上的易月生和黎家铭。好人活不长，祸害遗千年，这两位按理都不应命绝于此。

男人带着我们穿过苏州城的长街短巷，一路往城外走去，路过熟谙的坊间巷陌时，便向我回头解释两句。

"当初小桃红一路逃到苏州城，在这里住了很长一段时间。"

"令堂啊，"他伸出两根指头，夹住一枚飞刀，向我摇头，"简直狼心狗肺，恩将仇报。当初是我将她捡回来，每天早上为她煮一碗清水挂面，她还嫌弃我不爱加盐。

"让她喊一声恩师，比要了她的命还难。

"今天面太淡，不喊。

"明天回家晚了，不喊。

"去青楼喝杯茶回来，闻到身上有胭脂味也不喊。"

一路上我用尽了所有手段试图杀他，然而毫无作用。子弹穿过他的身体，如同穿过一片晚风，而他甚至头也不回，两根指头夹住我掷过的刀，扔到地上。我用尽了浑身解数，甚至不能摸到一片他的衣袖。

我甚至觉得，自己是跟在一个幽灵鬼魅身后，一路前行。

我们走到几近城郊的地方，青石小路尽头是一片残垣断壁，枯黄杂草齐腰深，深冬时节一片凋敝。

"后来呢，你母亲想杀我。"顾白指着一座被焚烧殆尽的老宅，对我说，"她炸平了一座小山，将我埋了，然后在上面种了桃花。桃树的根很深，一直向泥土深处扎下去，扎在我身上很痛。"

那是我家，已经被大火夷为平地。

我问："母亲为什么要杀你？"

"因为我想要金银财宝、美色人间。"他感伤地举目四望，寻找桃林的方向，"金银财宝还好，缮史处供得起，美色我也拿到了，唯一她不肯让步的……"

顾白在我家对面的那片桃花林前停了下来。冬日树木凋敝，桃树没有几片叶子，只有一林子的残枝。他带着我抬脚往林中走去，把刚才的话补完："便是人间。因此一次又一次想要我死。"

世事变迁，山河不移，桃林一如幼时玩耍那般，静立于矮丘之上，晚霞之中。青年走进的那一瞬间，似乎有什么不一样了。不知何处香风袭来，我正寻找香气的源头，就感觉谢青从后面拉了我一把。

我抬头，发现整片桃林竟然一瞬开花了！

顾白抬脚进去之前，这里还是冬天，他走进林中，便忽然带来一片春色！他每走一步，便有一树桃花绽放，便有一朵花从树上落下来，便有一阵香风从林中飘来。自从进管理局以后，我见过很多让人不可思议的东西，然而此时，是真的如在梦中。

我们跟在青年身后，踏入这个仙林幻境。

他在一棵树下逗留了片刻："季小姐，就是在这里，易月生向你开了一枪。"

我问："你知道？"

他微微一笑："我当然知道。我还知道跟在你身后的人，拼死把你救到了上海。

"上海啊，"他喟然长叹，背着手继续走，"纸醉金迷的好地方，特别适合草台戏班子。"

我说："我们以前在这里见过。"

顾白回头："哦？"

"小的时候，我在桃林玩，我们捉迷藏。你吹笛子，我来找你。"我道，"后来夜雾起来了，四处都是笛音，但是你不见了。最后是易月生把我找回去的，因为晚归，还挨了家母的揍。我记得你的声音，过耳不忘。"

顾白哈哈大笑。

"那时你太像小桃红小时候了，"他笑道，"我就想捉弄一下，小孩子记忆挺好。"

"当年家母还健在，你为什么不找她算旧账？"

青年回过头看我。

他仔细打量着我的脸，一时有些不悦："我忙。"

说话前，他停住了脚步。我们站在桃林的最深处，青年站在两株枝叶相交的桃树下，看着我，目光温和："好了季小姐，把'钥匙'还给我。我知道它在你身上，我已经看到了。"

他身后是两株极高的桃树，繁花似锦，枝叶相连。他就站在双树之间，白衣翩飞，宛如站在一扇花枝拱门之下。这两株相交的桃树我幼时见过，不过两株枯木，被天雷劈倒，早已腐朽不堪。因此我从未想到过，它们也是一扇"门"。

这样便能解释通，为什么母亲会在父亲过世之后，依然守着这座时常有亲戚登门骚扰的宅子，住尽一生。她是在守这扇"门"，一直守到它被天雷劈为两截。

我知道顾白想要什么，但是不打算给他。我们之间几步远的距离消失了，一双冰凉的手落在我脖子上，颈项间一阵剧痛，易月生的怀表便断开了。放了母亲肖像画的表身落在地上，链子已经到了男人手中。

顾白将金链缠在手腕上，心痛道："终于回来了，让我一阵好找。"

他抬起那只缠了链子的手，在风中轻轻敲了三下，如同敲一扇看不见的门。敲门的时候，他回头问我："忽如一夜春风来，下一句是什么？"

我下意识答道："千树万树梨花开。"

"开"字一脱口，风忽然变大了，花瓣纷纷落下，几乎迷了人眼。我看见在两树相交的穹窿下，景象变得很奇怪。

光线穿过树枝时变得扭曲，仿佛有一面镜子横在两树中间。雾气平地而起，浓雾中有一条渐渐成形的路，若隐若现，一直延伸到看不到的深处。

看到那条路的瞬间，我就明白了，母亲这么多年来到底在做什么事情，以及她为什么想杀掉面前的男人。

一切答案，终有归宿。

——— 九 ———

很早以前就有执行员前辈这样告诉我，传说总是一半真实，一半谎言，关键是你不知道哪一半是真实，因此只能靠猜。这次我很幸运，大概猜对了一个。

我甚至能猜到顾白是什么。

顾白不能用"谁"字来形容，他是"什么"。

传言说一位执行员前辈踏上了一条不归路，一直走到世界尽头，从神树上取下了三枚永生果实，奠定了管理局的今天。这个传说有一半是真的，确实有人带给当年的缮史处，如今的管理局，三枚永生果实。

只是那个人并没有踏上那条不归路。

三号果实闲谈时曾经告诉我，任何走过永生之路的活人，都会在路上留下黑色的脚印，而灵魂则会留下黑色的倒影。我曾经在梦里走过一段这样的路，见过饥荒的人群身后日渐缩短的影子。

现在这条路真实地出现在我的眼前，我看到了路上的脚印。

只有一双脚印，从路的尽头，一直延伸到眼前。

有人从路里出来，但并没有人进去。

不是人间带走了果实，而是果实来到了人间。

然后我看见了更多的脚印，从远处凭空浮现，一步一步，向我的方向走来。仿佛有很多很多人，正通过这条路走向人间。

"我说过，金银财宝，美色人间，"顾白弯起眼睛，"我就缺人间了。"

我伸手拿枪。

我的动作很轻微，它还是看见了。

我甚至还没有来得及拉下保险栓，就感到腹部一阵剧痛！

我们之间几步远的距离不见了，一双冰凉的手穿过我的身体，剧痛让我无力握枪。

就在它动的那一刹那，谢青也动了。

顾白的手穿过我身体时，有那么短暂的一瞬，我们身体相交，血肉相融。我抱住它："你换了这么多容器，为什么还是用最初的那个人的脸呢？"

顾白想把手抽出来，但是晚了："你说什么？"

"我知道你是'什么'，"我抱紧它，"你是果实。执行员也会病死，没有人类能够真正永生。果实虽然永生，但是容器会破碎，用得越多，碎得越快。刚才一路上，我一直在试图杀你，你便无数次用了这个容器。现在它应该很虚弱了，一碰就碎。你看，你现在连挣脱我都很困难。"

顾白并非永生，它应该被杀了很多次，只是每次都运气好，换到了新的容器。而我，正好也曾做过容器。盛放过果实的容器，在第二次盛放时，自然会顺畅很多。于是在那一刹那，我们血肉相交之时，我竭尽全力将它拉了过来，拉到了自己的意识中。

第十二章

在这瞬间,谢青开枪了!

他三枪打在白衣斗笠男的身上,两枪心脏,一枪后脑!

我倒下的同时,男人也倒下了。

血落在我肩头时,我听到了一种清脆的、瓷器破碎的声音。青年的手终于从我身体里抽离出去,像一具没有灵魂的木偶,摔在地上。它的手脚突然断裂开,仿佛这一摔,将整个人摔成了无数碎片。

这些碎片烟雾一样飘散在空气中,一阵清风过后,就毫无残留。一件"容器",便这么破碎了。

而谢青已经从身后接住了我。

痛。

意识里只有一个"痛"字。而谢青抱住我的双臂收得太紧,让这种痛变得更加不可忍受。以前谢青总是婆婆妈妈,风大了必须穿衣服,下雨天一定要打伞,着凉了马上得吃西药,配着人参汤。此时他却什么话都没有说,只是把我抱得很紧。

我想告诉他,别太担心,这条命本来就是他换回来的。这么长一段时间里,我看够了小说,喝够了新茶,听够了春风里的流行歌曲,除了有点留恋被他扔掉的跳舞时爱穿的高跟鞋,已经没有别的遗憾了。

顾白不会让我们都活下去,而这是唯一一个选择。

谢青一生很长,再深刻的感情都有淡漠的时候,再深刻的恨意都有忘却的时候。我只希望他能够一直活到时间的尽头,看着这个世界慢慢变好;希望他能遇见一见倾心的姑娘,笑容甜美,温柔持家;希望他偶尔在下雨的天气里,撑一把黑色的伞,在我墓前放一朵白玫瑰花。

这便足够了。

而我会拖着顾白,一直沉入黑暗的深渊。

我想告诉他这些,但是那时嗓子里都是血,一个字也说不出来。我努力在意识里,牢牢地抓住顾白,不给它任何离开的机会。

身体知觉慢慢消失时,意识就立在黑暗中。

十

周朝时顾白是方士，汉代时被人叫神仙家。他用过安期生的名字，也用过李少君的名字，在宫里待过一段时间，又被皇帝派到海上去找仙药。世人将他传得神乎其神，其实他只是一个采药的，喜欢云游四海，求仙问道。

顾白当然不是真的求仙问道，只是觉得乡村山野空气宜人，便拿这个理由搪塞旁人。后来他在山中捡了一个徒弟，觉得烟火气适合女娃娃，又回城里，去缮史处本堂混了个闲职，每天喝喝茶，记两笔，给小桃红煮饭。

顾白是药师，有永生之药，却不能救死人。

他在少年的坟头立了良久，终于转身下山。

心魔问他："你最近怎么不笑了，我喜欢看你笑的样子。"

顾白问："你就住在我心中，如何看得到我的脸？"

心魔想了想："我可以看倒影啊，井边河里都看得到。"

顾白问："你喜欢什么？"

心魔道："金银财宝，美色人间。"

顾白问："具体点，缮史处仓库的藏品，牡丹楼的美人，以及人间四月天？"

心魔纠正道："缮史处仓库的藏品，你，以及人间。没有四月天。"

顾白问："少年之死，与我有关吗？"

心魔斩钉截铁："与你无关，自然与你无关。"

在那之后不久，仓库便建了起来，一些散见的、私藏的珍品，全都收了进去。这些奇珍异宝引来不少纷争，其间又死了几个人，皆是五指穿心，一击毙命。缮史处的人都是活了千百年的老妖怪，能杀他们的，顾白想，必非凡人。

他有心查证，却无处下手。

现在的缮史处，机构庞大，错综复杂，早已不比当初。他于其中，不过是一位闲职而已。有人冷落他，有人嘲笑他，有人善待他，有人漠视他。顾白发现，同僚之间竟然开始拉帮结派，秘密结社。朋友与他浅谈过一个密党，说是小到私改账目，左右任命，调遣鹰眼，大到改朝换代，黄袍加身，都必须经过密党中某位大人物的私允。

他问同僚："没有人反对吗？"

"反对派都死啦。"那位还算朋友的人道，"像你这样的闲职，是不知道的。"

顾白又问:"那样的大人物是谁?"

"我这样的小角色怎么会知道?"朋友摇头,"就连上面的大角色都不知道。"

顾白觉得不应该这样。

这是他第一次觉得,自己应该重新插手缮史处的事务。他便通过每一条自己能查到的线索,顺藤摸瓜,试图走到那个黑暗的核心。然而不管他抓住了哪条线索,见到了哪个人,第二天,线索尽头的那个人都会死于非命。

有人被马踏死,有人落水而死,有人五指穿心而死。

而顾白想不起,这些人死的时候,自己在做什么。

那时顾白常常喝酒。他把自己喝得酩酊大醉,怕丫头片子徒弟生气,不敢回家,便随意往地上一躺,天为被,地为床。那时天气已然入冬,他早上醒来却不觉得寒冷,一直以为是饮酒暖身之效。直到有一天,顾白醒得比平常早一点——

头上是柔软的丝绸,身边是轻纱窗幔,脚下的地板砌的是金砖。他光着脚在地上走了两步,发现自己身上穿的是一件白绸长衫,床边有一顶巍峨高冠,戴上便仿佛仙风道骨,不染凡尘。

这不是他家,也不是昨夜喝酒的小店。

两位侍女从外面进来:"大人,缮史处第一特使求见,放下纱帐让他进来吗?"

顾白茫然:"为何他要见我?我不过一介闲职。"

侍女道:"大人昨日召他进来过,说到了该收租的时候了。"

顾白呆立于地。

忽然他听见了心魔的声音,就在耳畔,如同私语:"如今正是末世,天下不稳,盛世积累的财富,就该由乱世收入囊中。又到了改朝换代、搜刮民间膏脂的好时节,这天下我已经帮我们拿到了。这是我为你准备的府邸,我为你准备的衣裳,我为我们准备的家,你可喜欢?"

顾白心里发颤:"你是密党?"

"不,"心魔笑道,"你是密党。"

心魔问顾白:"你为何愁眉不展?"

顾白道:"人的寿命有限,我想如果有一天我死了,小桃红怎么办?"

心魔说:"我替你养。"

心魔说:"养得白白胖胖,没有人敢欺负她。"

心魔有些不悦:"你难道真的想死?"

顾白说:"对,我真的想死。我死了你才会死。"

顾白是药师,采四方之药,集阴阳之术,想死自然很简单。他试着上吊,手拿白绸之时,绸缎不知道为什么裂开了。他又拿了把匕首往心口扎去,匕首举起来,身体一分也动不了。目瞪口呆之时,他的手却自然地动了,将匕首扔到窗外。

顾白对心魔说:"你竟然可以如此!"

心魔道:"我向来可以如此,只是怕你知道了会不开心,一般是趁你喝醉了或是睡觉时,才用用你的身体,用完便原样还回去。"

顾白依然寻死。

后来有一次,他真的差点死成。那一次他独自登高台,纵身一跃,却因衣袍宽大,挂在树上,才没有死成。那时他不知为何,常常手抖,心口发冷,心魔遍寻名医,毫无疗效。那一次心魔是真的被吓到了,于是便趁着顾白一日大醉,调了一杯酒。

酒是用顾白采的药调的,喝下之后,能让人昏睡终生,一睡不起。

心魔用顾白的身体,喝了那杯酒。

喝完以后它想,现在顾白再也不可能寻死了。

顾白睡了,心魔还醒着。它搬去了自己为顾白设的府邸,为他换上了极尽华美的衣裳,带着他巡游天下,阅尽人间。它去了牡丹楼,点了最好的姑娘,又去了顾白常去的酒庄,买了最贵的陈年好酒。它记得顾白爱看红叶,还在一年秋天特地雇了船,带着他顺流而下,赏两岸美景。

心魔做了很多事情,可还是觉得哪里不对,不尽人意,不够满足。

究竟是哪里不对呢?

有一天它回到府中,有侍女来报,说一个女童想见它。

心魔不想见人,但是女童已经径自走了进来,拉了拉它的衣角:"师父,你很久没有给我煮面了。"

心魔突然发现究竟是哪里不对了。它想拿的东西,是金银财宝和美色人间,金银财宝它拿到了,人间它也拿到了,可是美色呢?

那个大雾之中打开阴阳之门的药师,已经死了,死在了这具身体里。

现在它手中的,不过一介容器而已。曾经让其熠熠生辉的灵魂,早已在那杯毒酒之下,沉入黑暗,不复醒来。

第十二章 弑神录

心魔觉得心里空空荡荡的，它蹲下来，摸了摸女童的头，道："为师不是派了人每天给你煮面条吗？"

"不，"小桃红说，"他们煮面条都放了盐，我不爱吃盐。"

"你不是我师父，"她道，"我师父呢？"

小女孩冲进府邸，钻进床底下，爬到柜子里，翻箱倒柜，把锦绣之箱翻得一塌糊涂，又回到它面前："我师父呢？"

心魔问："你看我的脸，你听我的声音，我不是你师父，那我是谁？"

小桃红定定地看着它的脸，仔细地听了它的声音，道："你是鬼。我师父说过，他身体里住了一个鬼，如果有一天他死了，我一定要把这个鬼杀掉。"

"师父说的是，等我长大了，再把鬼杀掉。现在我还没长大，先饶你不死。"

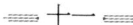 十一

白袍斗笠的青年就在我对面看着我，冷冷地问："好看吗？"

在我抓住它的一刹那，我们关系如此密切，我甚至能够感觉到它的情绪，那是一种怀念，以及近乎偏执的喜欢。我试着去寻找那种喜欢的源头，竟然在黑暗的深处，看见一位身着白衣的青年。

青年穿着广袖白衣，手里拿着一顶斗笠，笑起来如同桃花春水，一瞬春回大地。

果实会吞噬容器，容器也会反噬果实。我看到的，便是它的记忆。

"我知道为什么当初你和顾白在一起时，他从未怀疑过你。其实你每杀一个人，他都有所察觉。身体的酸痛感，手指的伤口，凭空消失的记忆——顾白拼命地想救这些人，然而无能为力。"我说，"因为他与你交换过契约。你赋予了顾白永生，同时拿走了他的信任。"

我盯着青年的眼睛："而你辜负了这份信任。"

这个故事细细想来，与易月生说的那个是环环相扣的，只是不同的人，看到的东西略微不同。例如易月生看到了心魔，便是一弯勾唇，薄凉无情；而心魔看到的自己，却是情深义重，体贴入微。

这个故事应当是这样的。

曾经的确有位前辈，拿到了三枚永生之树的果实。这个人姓顾，叫顾白，是位药师。区别在于，不是顾白走到了神树下，而是果实来到了他身边。

根据记录，管理局一共有三枚果实，分为一、二、三号，其实应有一枚尚未记录在案。当时顾白直接以自身作为容器，将这枚果实带在身上，称它为心魔。现在管理局与果实有关的约法，想必很多是顾白与心魔无数次交锋以后定下来的规矩。

如果要排序，作为最早被使用的那枚果实，它应该称之为零号。

"顾白利用你，你也利用他。"我对心魔说，"在顾白看来，你想要的，只是荣华富贵而已，小桃红却知道，你要的是人间。"

果实自不归路而来，是为了打通那扇连接人间与那边的"门"。可是这扇"门"只有顾白能开，纵然它有了顾白的身体，却没有他的信物。那条手链，连同开"门"的声音，顾白临死前一起给了小桃红。小桃红用尽一生，将它藏了起来。

自她起，管理局才真正开始了对果实的研究，而她在离开管理局时，带走了三号果实，镶在了自家门把手上。

她甚至不惜抹杀小桃红这个存在本身，来抹杀神路与"门"的存在。

"不是，"心魔摇头，"不是我想要人间，是神树想要。我不过来游山玩水看一眼，觉得如此繁华温柔之乡，不拿到手中可惜了。"

"人间真好啊！"心魔叹息一声，"可惜我来了便回不去了，所以一直待到现在。"

小桃红忠于师嘱，无数次竭尽全力去刺杀这个人，将他埋葬于深水，埋葬于火海，埋葬于山丘之下。而水里有鱼，渔夫成了下一个容器。火势虽大，拾荒者却成为下一个容器。山间有桃花，桃树根且深，砍柴人就成了下一个容器。

只是每一次换容器，心魔都用了同一副面具，同一张脸，甚至保持了同样的生活。

它隔那么一段时间，去见一次小桃红。见一次，它便被杀一次，下一次换一个容器，依旧如约前往。

它像顾白一样和小桃红下棋，让她叫自己恩师，指点她最近诸多事情该如何处置。就如同顾白还活着，就如同它就是顾白。

心魔原本想，顾白死后，便开了那扇"门"，将人间送给神树。

后来它发现，找不到开"门"的信物，便想着一边找，一边在世上走走看。

再后来，它被小桃红沉水里几十年，压山下数百年，醒来时人间早已沧海桑田。缮史处已更名为管理局，身边的密党成员早已被小桃红尽数杀完，剩下一些人亡命天涯，自称黑洞协会。就连顾白爱穿的衣服款式，都早已不再有人穿。它穿着宽衣广袖，走在人群中格外打眼。

心魔觉得，顾白的徒弟真是不让人省心，不如等她死了再说。

所以心魔一直等到小桃红去世，才重建了密党。

"你当真猜不到，"我问心魔，"信物在我母亲手中？"

"猜到了她也不肯给我。"

以它之力，自然能杀小桃红，可是它没下手，甚至连她身后的跟班，都留了一份情。

"怎么可能？"心魔理直气壮，"我答应了姓顾的，要照顾他徒弟。又不能杀她，又得防着被她杀，偶尔还要看心情故意被她杀两次，以免她惶惶不可终日，哪里有时间找信物？"

它道："令堂当年就是个磨人精，不想回忆顾白是怎么把她带大的。"

它又道："她长到十岁连饭也不会煮，要不是为了杀我练了点手段，如何能在缮史处混到今天？"

我们对视很久，心魔问我："你刚才是不是问我，换了这么多容器，为什么还用顾白的脸？"

"要你管。"它说。

心魔问我，为什么知道得如此多，我便跟它说了三号果实。因为我曾经是三号果实的容器，它跟我说了很多。

它道："那个叛徒。"

我说："我还和神树下了半盘棋。"

它愤愤然："让我在前线拼死拼活卖命，它竟然在家下棋！"

"你已经输了。"我告诉它，"虽然不是你的第一个容器，但我会是你最后一个容器。我马上就碎了，而'门'也会被重新关上。你会和我一起下葬，再在土里埋上千年。"

这场对话回忆起来很长，其实不过片刻。世界似乎已经离我远去，我甚至感觉不到疼痛与难受。心魔却摇头："不，你与我不同，会活下去的。"

它甚至有些感伤："不知道神树怎么想的，它竟然放了你一马。"

我不明白它在说什么，忽然觉得果实的气息变淡了。

白衣青年的影子开始变得轻薄，像是被风吹起来的画卷。那张画卷越来越薄，上面的墨迹晕开，脸上五官开始模糊不清。我向它伸手，试图抓住它的衣襟，指间却空空如也。

我一时有些惊惶："怎么了？"

"难道我那蠢货弟弟没告诉你，不仅容器会耗尽，果实也会耗尽吗？"它说，"顾白创建缮史处用的就是我的力量，后来又帮他去讨要人间繁华富贵，早就透支了。现在我要去找顾白，跟他说我依约把他徒弟养大了……没有人能欺负小桃红，现在连她的女儿都会揍我了……"

我十指扣拢，什么都没抓住，掌中只有虚无缥缈的风。

心魔已经不见了。

我听到了谢青的声音，透过层层黑暗传来。他的额头抵着我的额头，他的低语就在我耳畔："季小姐，其实我早该告诉你，但是晚说一天，你就会多笑一天。

"万物守恒，带回一条命，就要还一条命。我把你从不归路上带回来，意味着早晚我自己要走上那条路，去你原本应该去的地方。我曾经很焦虑，自己究竟能不能在你身体尚能支撑之时，打开这扇'门'，因此总是担心你被风吹凉了，被雨淋坏了，在我还没来得及完成这场交易时你就消失不见了。不过今天看来，我是幸运的。"

有柔软的东西落在我唇上，像是一个温柔的吻。

或许那只是一片落下的花瓣，带着夕阳的余温。

"还有很多春茶等着你喝，有很多歌曲等着你听，以及很多人等着看你演的电影。

"季小姐，你就当睡一个好觉，做一个长梦，终会醒来。"

我奋力睁开眼睛，然而世界模糊不清。我只能隐约看到一个远去的背影，一步一步，走进繁花似锦的穹窿之下。那个背影每远走一分，那条路上方才逼近人间的奇怪脚印便后退一分，而我身上的知觉就多回归一分。

当他消失在我视线之中时，春日温暖的阳光也消失了，桃花也不复存在了。那些飘落的花瓣落在我脸上，化成湿润的水汽，归于无形。冬天又重新回到这片土地上，而"门"也不再有了。

我仿佛又重新听到那句话："季小姐，你就当睡一个好觉，做一个长梦，终会醒来。"

【《时间海》第三部完】

一

我做了一个冗长昏沉的梦。

梦里我坐了一辆空荡荡的列车,回到山城自己租的小院子。列车开得很慢,轰隆隆一路过去,四季更迭,等我回家推开门时,院子里的绣球花已经开了。

谢青脚边放着一只洋铁皮喷壶浇花,转身对我说:"季小姐,我等你很久了。"

梦境像一段电影,日出日落,循环往复。

我永远在绿纱窗前看书,谢青永远站在篱笆旁修枝剪叶。窗外桃花开了,绣球谢了,薄雪落在枯枝上,又落在谢青白衬衫的肩膀上。他惯常拿枪的手握着一只大剪刀,枝叶断裂时发出清脆的声响。

总是有人在我耳边轻语:"季萱。"

"季萱。"

"NO.99,你该醒了。"

梦里谢青回头看了我一眼，点点头："季小姐，你该走了。"

我睁开眼睛，发现自己确实身在山城的小院里。冬天确实过去了，窗外绣球花已经长了大片的嫩叶，桃树也生机勃勃。易月生身边的小鹰眼坐在我床头："季小姐，你的奖金。"

我问什么奖金，他说："你和易先生一起破黑暗、立新天的奖金。易先生说，谢谢你。"

我问他："我睡了多久？"

"一个冬天。"小鹰眼说，"医生每天来看你三次。"

易月生伤得很重，据说一直在总部的医院疗养，难得想起我。日本人的飞机不再侵袭山城，商铺渐渐繁荣起来，路边也有挑着瓜果的小贩。我用奖金换了从苏州运来的桃花酿，坐在绿纱窗前，偶尔小酌。

每次放下酒杯时，就仿佛觉得窗外有人，回头对我笑："季小姐，你该走了。"

二

那段时间我分不清梦境和现实，也分不清白天和夜晚。有时候斟酒时还是早晨，放下杯子已经晚霞漫天了。

我总是做一个梦，梦见桌上有山城难寻的点心，是我常吃的口味。

我梦见桃树被人修剪过，枝叶跟往年别无二致。

我梦见厨房里煮着咖啡，尝起来又苦又咸。

我梦见有人对我说："季小姐，记得你的药，还有咖啡。"

我醒来时，桌上空空荡荡的，积了一层灰，窗外桃树郁郁葱葱，而厨房里的咖啡杯却是刚洗过，还滴着水。我想或许是醉梦里自己假装那个人在，因此煮了咖啡，又剪了树枝。

我常年在枕头下放一把子弹上膛的枪。我将枪取出来，上油擦拭，试了试保险栓，拿起来。突然一只手放在我肩上："季小姐，不要！"

我转身，一枪对准他的额头！

"易先生说你的状态不好，"小鹰眼举起手，"他让我看着你。"

"我很好，"我说，"是你帮我修的树枝、买的点心吗？"

他点点头。

我道了谢，送他出门。门外桃花已经开了，风吹落花一地花瓣，铺在台阶上。小鹰眼反复对我说："季小姐，你没事就好。"

三

回屋时，太阳正好落山，堂屋半明半昧。

我说："再躲晚一点，你就被鹰眼发现了。"

一个男人从墙角立柜的阴影里走出来。他穿着宽大的衣服，独臂，右边袖子空空荡荡的，在八仙桌前坐下来："你知道我在？"

"我知道这里不止我一个人。"我指了指门口铺满落花的台阶，"桃花上有新脚印。普通人开门时，常常站在门左边，而惯用左手的人，会站在右边。刚才的小鹰眼，惯用右手，双手健全。"

司徒清明点点头："我是谢先生的人。"

我知道谢青有他自己的关系网，点了点头。

司徒清明看着我："谢先生说，如果有一天我们之间的联系断了，就让我来这里，最后帮他做一件事。"

"什么事？"

"最后为你煮一壶黑咖啡。"他叹了一口气，"小姐，世事难料，人心难测。有时候我经常想，为什么像我这样的坏人，心里总是挂着一个江湖游医，而谢先生心里会挂着你？"

司徒清明站起来，摇了摇头，往门外走。

我叫住他："为什么？"

司徒清明回头看了我一眼，开口说了两个字。说完他向我挥了挥尚且完好的左手："季小姐，咖啡煮好了，盐也加了，没别的事我就走了。"

他的声音太轻了，微不可闻，可是这两个字却在我耳畔轰然炸响，有如雷鸣。我一时站不住，只觉得头晕目眩。那一瞬间仿佛阴郁的天空开了口子，冰冷的阳光终于

倾泻到灵魂上。又像被拿走多年的旧物，忽然回到原本应该存在的位置。

"季小姐，我是你的助理。天涯海角，我可以带你去。"

"季小姐，我不会让你死。你睡一百年，我等你一百年，你睡一千年，我等你一千年。你早晚要为自己的狠心付出代价。"

"季小姐，骗你的，真正的原因是，我喜欢你。"

"季小姐，你就当睡一个好觉，做一个长梦，终将醒来。"

=== 四 ===

"季萱。"

"季萱。"

"NO.99，你该醒了。"

睁开眼睛时，暖和的春光正落在脸上。有人伸手摸我的脸，试了试体温，对旁边某个人说："她做过两次果实的容器，竟然没有碎，真是个奇迹。"

睁眼的瞬间，梦境就消散了。说话的医生俯身问我："季小姐，你做了一个好梦吧？"

梦里我触摸到了一个很重要的东西，可是怎么也想不起来了。

后记

再见留到最后说,是一种温柔
——写在《时间海·叁》之后

一

我是一个不擅长写后记的人,因为后记意味着我们在一起的旅程,又阶段性地结束了,而下次相见,还不知道是什么时候。我会一直在这里,但是不知道你是否还会回来。

《时间海》系列写到第三本,很多拼图便逐渐完整了,某些看上去的真相开始浮出水面，而过去的人物也穿过迷雾，站到我们面前。我喜欢故事的这个阶段，迷雾散尽，希望还在。

谢青："希望还在？"

谢青："我还会从不归路上回来？"

垃圾作者："我没这么说。"

谢青："我什么时候能再见到季小姐？"

垃圾作者："你急？"

谢青："很急，不小心把银行存单带进去了。"

在故事的这个阶段，谢青难得的沉静与温柔。从第一篇《旧歌谣》开始之时，他便已经知道换回季萱的代价，而他依然这么做了。从那时起，留给谢青的时间就很少。他才是那个必须找到神树，使用"钥匙"，走上不归路的人。我喜欢他的一点是，这原本可以成为博得季萱好感的筹码，他却选择了沉默，直到最后一刻才低声告别。

所有陪伴你的时光，都是温柔的，沉静的，充满希望，请允许我把那杯苦涩的咖啡留到最后，一饮而尽。

所有的故事，并不终结于谢青的离开。他从什么地方得到的情报，与谁做了交换，以及三号果实的那点小心思，都还没来得及从迷雾中拿出来。只要神树与季萱的棋局尚未结束，我想这个故事便尚未结束。

因此，在这里，我就不跟大家说再见了。

由于连载篇幅有限，故事的很多角度无法呈现出来，我一直希望能有机会，从别的视角重新审视它。于是这次借后记的机会，我整理了一些以前写的小段子当番外，聊以弥补缺憾。

二
季萱 & 谢青
1.

除夕，管理局聚餐，季小姐欣然前往，天没黑就回来了，看见黎家铭在自家门口坐着，便说："你没去是正确的，易月生说经费紧张，竟然发的工作餐！"

黎家铭："我路过，看见你助理做了八宝饭、糖醋鱼、粉蒸排骨、乳鸽汤……"

季萱喜道："还有剩吗？"

"他做好就倒掉了，我干等……"

2.

季萱曾向谢青解释过汤圆与元宵的不同,汤圆是包出来的,元宵是滚出来的,说今年过年想吃元宵。那年黑洞协会年终检查除了格斗、枪法等,新增了滚元宵一项。据说其手指练习于枪法有益,每个人都要考,前三名作品送给谢先生亲自检查。结果元宵节当日季萱出任务,打电话说不回来吃年夜饭,这个考核项就突然取消了。

3.

管理局火灾事件以后,谢青回到黑洞协会。一日季萱去舞场跳舞,突然有人过来邀请她。男人容貌平凡,面无表情,舞姿僵硬,踩了她无数脚,才跳了半曲季小姐就愤然离去。片刻后想起忘了东西,重新回去,发现舞场已是黑灯瞎火一片死寂,两个戴白色面具的人在门口聊天:"老大竟然包了个舞场让我们跳舞,好可怕。"

"是啊,而且只跳了半曲就把舞会取消了。"

"别说了,今天是七夕,肯定协会有什么机密行动……"

4.

季萱离开管理局流浪在外时,有很长一段时间不方便取管理局账户的钱。一来是她已经上牺牲名单了,取钱不方便;二来就是易月生虽然按时给她卡里打工资,然而同时也按时克扣,扣得还比以前狠。

奇怪的是,那段时间她并不觉得自己缺钱花,直到有一天,谢青把账单摆在她面前。

"白鬼甲,法币三千元。"

"白鬼乙,法币两千元。"

"白鬼……"

季萱把账单拍桌上:"这是什么?他们为什么给你钱?"

"这些人消息不灵通,不知道我已经离开协会了,"谢青道,"还在日常上供。"

(靠助理养活的上司)

易月生
1.

易月生闲来无事,问季萱:"假若,假若有一男子,温文尔雅,嫁否?"

"不嫁。"

"又位高权重。"

"不嫁。"

"睿智且多金。"

季小姐拂袖而去,愤愤不平:"世间真有此人?"

想听赞美的易月生叹了口气,拿起笔,在她奖金等级上画了个减号:"竟然不认识自己上司,扣钱。"

2.

除夕管理局聚餐,易月生用管理局经费请工作餐,半小时后下属纷纷借故离去。除夕钟声未响,他一个人在客厅,收拾碗碟,重新摆了一桌菜,问扫地的:"大小姐呢?"

扫地的把猫抱进来。

"不是这只,"易月生道,"No.99呢?"

"嫌饭菜难吃,一早就走了。"

易月生叹了口气,独自抱猫举箸。不过就是想清静点吃个团圆饭,怎么这么难呢?

(以前季萱还小时,春节是季妈、易月生以及整个季府上下一起过的。)

三

小桃红

1.

除夕,季府。季夫人小桃花下楼查看年夜饭,问用人:"为何少了一只碗?"

平日她总是在桌上多摆一副碗箸,给已故的季先生。用人道:"摆了,被易先生不小心打碎了。"

小桃红去找易月生,他道:"天冷手滑。"

他又道:"大小姐,斯人故去,忘掉为好……"

小桃红甩手而去:"别叫我大小姐。"

易月生留在原地,弯腰一片一片捡起故意打碎的碗:"世上能让我叫大小姐的,仅一人而已。"

(垃圾作者:哦,可是你后来还这么叫了季萱和你的猫。)

2.

季萱："易先生，为什么你怀表里有家母的肖像？"
易月生："令堂当年说过，事成之后把她最重要的东西给我。"
易月生："然后她就给了我一张肖像，说她不要脸了，呵呵。"

心魔

1.

有一段时间，密党内人人皆怕"那位大人"，盖因他能力无边，而毫无恻隐之心。手下拍他马屁："大人真是气吞山河，举世无双！"

心魔点头："那当然。"

手下又赞扬道："所向披靡，从无败绩！"

心魔又道："那当然。"

外面有喧哗声，手下去看，片刻后回报："大人，有个女童提刀杀进来了！要你给她煮面，不能放盐！"

手下："大人，大人你不要躲桌子下面！她已经走了，你出来啊！！！"

2.

又过了一段时间，手下重新赞扬："大人你真是气吞山河，举世无双。"

"那当然。"

"所向披靡，从无败绩。"

"那当然。"

"有个不长眼的在门口叫阵，扬言要跟大人比武，生死有命！"

心魔拍案而起："哪个不长眼的，我现在就出去杀了他！"

"叫小桃红。"

心魔（突然面色苍白）："哎哟，今天拉肚子，算了，改日再战。外面有点小雨，去给那个不长眼的撑把伞……"

3.

心魔与顾白在窗前喝酒。

他问："天下也有了，钱财也有了，你爱喝的酒爱赏的枫叶都在，今日可开怀？"

顾白不言。

心魔又道:"小桃红昨天摔碎了缮史处一个用了两百年的杯子,按人间算法,这是古董了。总觉得我们养的徒弟以后嫁不出去。"

心魔说:"如果她以后真的嫁出去了,我就少祸害人间一百年,哈哈哈哈……"

心魔絮絮叨叨,顾白一言不发。

过了很久,它才想起来,顾白已经死了。是它自己,用这具身体,穿上广袖长袍,戴上巍峨高冠,坐在窗前喝酒。

心魔突然觉得,杯里的酒格外难喝。

四

大概就这么多了,谢谢大家耐心看完。我特别喜欢写小段子,觉得很有意思。上面的段子有些我在微博上贴过,这次正好趁机收集整理。如果有机会,希望还能再多写一些。

关注新浪微博@爱吃肉的原晓,会不定期掉落上面这种没节操小故事。

正如我一开始时所说,再见留到最后说,是一种温柔。既然这个故事还没结束,我就不跟大家说再见了,换一句话:

"《时间海》可能要出大画集了,跪求收留!"

勤奋努力温柔可爱从来不打游戏的甜文作者原晓
2016 年 12 月 14 日
于重庆

时间海 叁

作者
原 晓

封面&插图
九千坊

装帧设计
陈 启

特约编辑
简鸣琅

图片总监
杨小娟

出版社
中国致公出版社

总出品
湖北知音动漫有限公司

制作出品
知音动漫图书·新阅坊

平台支持

图书在版编目（CIP）数据

时间海. 叁 / 原晓著. -- 北京：中国致公出版社，2020

ISBN 978-7-5145-1541-1

Ⅰ. ①时… Ⅱ. ①原… Ⅲ. ①长篇小说－中国－当代 Ⅳ. ①I247.5

中国版本图书馆CIP数据核字(2019)第236413号

时间海. 叁/原晓 著

出　　版	中国致公出版社
	（北京市朝阳区八里庄西里100号住邦2000大厦1号楼西区21层）
出　　品	湖北知音动漫有限公司
	（武汉市东湖路179号）
发　　行	中国致公出版社（010-66121708）
作品企划	知音动漫图书·新阅坊
责任编辑	杨　鸿
特约编辑	简鸣琅
装帧设计	陈　启
印　　刷	长沙鸿发印务实业有限公司
版　　次	2020年12月第1版
印　　次	2020年12月第1次印刷
开　　本	710mm×1000mm　1/16
印　　张	18
字　　数	309千字
书　　号	ISBN 978-7-5145-1541-1
定　　价	38.00元

（版权所有，盗版必究，举报电话：027-68890818）

（如发现印装质量问题，请寄本公司调换，电话：027-68890818）

上架建议：青春 | 动漫 | 幻想

ISBN 978-7-5145-1541-1

定价：38.00 元